제6회 직지소설문학상 수상작

고서 사냥꾼, 광야를 달리다

정다운 장편소설

작가의 말

본래 작품의 제목은 '고서 사냥꾼의 행적'인데 직지를 찾아 나선 고서 사냥꾼의 역동성이 드러나지 않아 보다 역동적인 제목으로 바꾼 점을 밝혀둔다. 고서 사냥꾼 다음에 새로이 붙인 '광야를 달리다'라는 단어가 풍기는 역동적 이미지가 주인공의 활동을 형상화하는 과정에서 어떻게 투영되는지, 눈여겨보면 그 이유를 알 수 있을 것이다.

이 작품은 한마디로 민족자긍심을 버무린 본격적인 북헌터(책 사냥) 소설이라고 할 수 있다. 지난 1월 16일 한 신문 보도에 의하면 1995년 청주에 사는 최모 씨가 지인을 상대로 빌려간 직지 반환소송을 제기한 적이 있었다. 그런데 2019년 2월 그 직지가 어느 교수에 의해 은닉되어 있다고 경찰에 신고된 것을 계기로 지금까지 내사를 하고 있다는 소식이 있고 보면 이 작품이 직지 발굴에 대한 관심을 제고시키는 데 일조가 되기를 바란다.

조국이 해방된 지 70년을 넘긴 지 오래건만 아직도 한반도 정세는 민족의 앞날을 가늠하지 못할 만큼 불투명하다 못해 난기류가 혼란을 거듭하고 있는 형편이다. 그동안 숱한 정권 담당자들이 정상회담이다, 남북교류다, 이산가족 찾기다, 북한주민 지원이다며 듣기 좋은 구호는 다 늘어놓았지만 지금 나타나고 있는 현실이 그 결과라고 생각할 때 우리 국민은 어처구니없어 말문이 열리지 않는다.

정치지도자들이 해온 일들이 이런 판이니 어찌 민족의 자긍심 운운할 수 있겠는가?

우리가 입만 열면 자랑스레 내세우는 세계 최초의 금속활자본인 '직지심체요절'이라는 고서를 두고서도 민족의 자긍심을 선양할 수 있는 그 직지를 찾지 않고 그대로 두고 있다는 생각에 안타까움을 금치 못했다. 직지가 간행된 곳인 청주지방에서만 무엇인가 해보려고 한 것 같았다. 시 차원에서 잠시 직지 찾기를 해봤으나 성과 없이 끝나고 말았다. 2012년에 와서 프랑스 도서관에 묵혀 있는 직지 하권을 몇 차례 빌려오려던 것조차 제대로 뜻을 이루지 못했다. 청주시와 고인쇄박물관이 지방행사에 이어 한국소설가협회와 제휴하여 직지소설문학상 공모 행사를 하고 있을 정도이지 정부 차원에서는 잊혀진지 오래였다. 하기야 정권에 따라 입맛에 맞게 남북관계를 요리하느라 직지 같은 고리타분한(?) 고문서에 대해 무슨 구미가 당겼겠는가.

그러한 의미에서 후반부에 미북 비핵화협상을 배경으로 깔면서 직지 추적활동을 형상화했다.

이러한 사실을 알고 난 뒤부터 직지를 주제로 한 작품에서 무엇인가 민족자긍심을 북돋울 수 있는 서사를 구상해 볼 필요를 느꼈다. 여기에 주제의 성격상 역대 수상 작품들 대부분이 역사물로서 소재의 한계에 다다른 느낌이 없지 않아 직지를 현대에 살려 민족문제 차원에서 형상화를 구상했다. 특히 직지의 저자인 백운화상이 활동하던 곳이 황해도 해주 지방 사찰이었던 점에 주목, 남북관계의 주요 과제로서 직지 발굴 작업을 우선순위에 두어야 한다는 데 착안했다.

이 작품은 직지가 민족자긍심을 세계에 선양할 수 있는 만큼 한민족 역사에 큰 가치가 있는 문화재의 발굴을 현실적 과제로 삼고 한 고서 사냥꾼이 고군분투하는 활동을 형상화하는 데 역점을 두었다. 주인공을 북 헌터(책 사냥꾼)로 설정한 것은 직지문제에 대한 관심을 도서차원과 연결 지음으로써 일종의 북 헌터 작품 성격을 부여하여 애서가나 장서가 입장에서 접근해 보도록 하려는 배려가 깔려 있다. 그 결과 민족자긍심을 버무린 본격적인 북 헌터 소설이 되었다고 할 수 있다. 디테일 면에서 보면 애서나 장서에 얽힌 이야기가 곁들여 있어 독자에게 하나의 덤으로 읽을거리가 제공된다. 이와 아울러 청나라에 사신의 수행원으로 갔던 연암 박지원 등 조선의 백탑파 선비들이 당시 유명한 서점가이던 유리창에서 문헌들에 눈독을 들이던 장면을 배경으로 하여 주인공 장서쾌가 독립운동가의 정신이 깃들인 만주 벌판을 누비는 집념의 활동을 형상화했다. 이 과정에서 등장하는 동북공정 관련 중국 인사의 방해 의도를 삽입한 것은 직지문제를 주변국과의 관계에서도 눈여겨볼 필요가 있음을 시사하고자 한 것이다.

직지 찾기 얘기를 다룬 이 작품은 어디까지나 픽션이로되 단순히 직지를 기리는 행사의 결과물에 그칠 것이 아니라 남북관계를 이용한 직지 발굴 작업이 민족자긍심의 선양은 물론 분단조국의 벽을 뚫어야 하는 현실적 과제의 하나로 자리매김하는 데 기여할 수 있기를 염원한다.

이 염원은 작가로서가 아니라 작품의 주인공인 장서쾌로서 바라는 것이 보다 타당하다 할 것이다. 그는 한낱 헌책방이라는 보잘 것 없는 가게 주인의 아들로서, 역전 깡패였다가 장돌뱅이가 되어 시골 장터를 누비며 세상물정을 터득한 끝에 아버지의 간곡한 유언으로 헌책방을 인수한 후 고서 사냥꾼이 되었다. 이 고서 사냥꾼이 우연한 기회에 세계 최초 금속활자본인 직지의 존재와 그 실상을 알게 되고 민족자긍심을 더 높여야 한다는 자각에서 직접 직지를 찾아 나섰다. 그런 그만큼 소박하면서도 간절한 민족의 염원을 대변할 사람이 있을까? 그가 바로 우리요, 북한의 동포이다. 말하자면 우리 주변에 있는 필부의 소망이야 말로 한민족의 소망이기 때문이다.

이러한 작품을 발표할 수 있게 해 준 청주시와 청주 고인쇄박물관, 한국소설가협회, 도서출판 청어 이영철 대표와 편집진에게 감사를 드린다.

차례

작가의 말 / 2

프롤로그 / 6

보수동 망나니 / 10

고서 사냥꾼이 되다 / 32

장서쾌와 박서치의 만남 / 59

직지를 찾는 네 갈래 길 / 93

북한 탐색루트 모색 / 113

4·15문학창작단 지도원의 제의 / 140

성불사의 두 그림자 / 159

박서치의 죽음 / 178

취원창 밀회 / 202

강명호 구출작전 / 229

사라진 꿈 / 254

다시 도전하다 / 270

에필로그 / 295

프롤로그

    초여름이지만 기온은 그렇게 높지 않았고 이따금 바람이 불어오면 마치 초가을 기분을 느낄 만큼 중국 동북 지역은 견딜 만했다. 이른 바 광대하게 펼쳐진 만주벌판을 보노라면 눈앞이 툭 트여 일망무제 글자 그대로였다. 그런 환경 속에서 서광이 비치듯 기대를 부풀게 하는 소식을 듣고 가만히 있을 수 있는 사람은 없을 것이었다. 장서쾌의 기분은 저 넓은 대지를 훨훨 날아 한시 바삐 서울에 낭보를 전하고 싶을 따름이었다. 지난 수년 동안 황무지에서 바늘 찾는 격으로 직지를 찾아 종횡무진 내달려온 장서쾌는 이제 세계사에 최초로 한국 금속활자의 발명이 떳떳하게 기록될 날이 가까워 온 듯 조급한 마음을 가눌 길 없었다. 밀거래가 제대로 되기만 한다면 더 이상 프랑스 측에 직지 하권의 대여를 구걸할 필요가 없어지는 것이 아닌가. 그야말로 기대에 잔뜩 부풀어서 마음이 둥둥 뜨는 기분이었다. 아직 진본 여부를 밝혀내야 할 과정이 남아 있었지만 조선족 브로커를 통해 전해온 북한 측 전문가의 감정결과로 볼 때 크게 걱정할 필요가 없다는 판단 때문이었다. 잠시 돌이켜 생각해 보면 김칫국부터 마시는 것이 아닌가, 스스로 반문해 보기도 했지만 왠지 이번만큼은 북한 전문가의 견해를 믿고 싶었다.

아니 믿고 싶은 것이 아니라 믿어야 한다는 쪽으로 마음이 기울어지고 있었던 것이다.

사실 그로서는 이번 기회를 헛되지 않도록 하기 위해 진본을 가리기 위한 감정 수단을 마련하기 위해 애써왔다. 심지어 미국 한인박물관에까지 다녀왔다. 그곳에 직지 하권의 영인본이 있다는 정보 때문이었다. 박물관 측 얘기로는 반기문 전 유엔사무총장이 그 영인본을 소지하고 있다가 퇴임할 무렵 박물관 측에 기증해서 소장하게 되었다고 했다. 청주시와 청주고인쇄박물관 측에서 프랑스도서관 측에 전시를 위해 직지 하권을 대여해 달라고 그렇게도 간절하게 요청했으나 거절당했던 그 책의 영인본이 어떻게 나왔는지 알 수 없었다. 어쨌든 그로서는 직지 하권의 진본 여부를 가리는 데 직지 하권의 영인본이 가장 중요한 수단임에 틀림없었다.

이제 연길로 가서 이 영인본과 북한에서 유출된 직지 하권을 대조해서 진본을 확인하는 일만 남았다. 직지 하권을 구입할 자금도 이미 서울에 요청, 중화은행 심양지점으로 송금이 완료되었다는 연락을 받고 오후에 인출하러 갈 준비를 하고 있었다. 날씨마저 행운을 예고하는 것 같았다. 며칠 내리던 비도 그치고 마치 초가을처럼 미풍이 불어 들뜬 마음에 한 줄기 청량제가 되어주었다. 돈만 인출하면 오후 늦게라도 연길행 여객기를 탈 셈이었다. 해서 은행으로 가기 전에 여행 준비를 함께 했다. 간단한 세면도구와 돈을 넣을 지갑, 그리고 무엇보다 중요한 직지 하권 영인본을 챙겼다. 먼저 연길로 떠난 박서치에게 주려고 했으나 안전이 염려되어 자신이 직접 가지고 가서 북한에서 넘어온 고서와 대조해 볼 생각이었다.

장서쾌는 저절로 콧노래를 흥얼거렸다. 무엇인가 신나는 일이 있으면 자신도 모르게 자연발생적으로 콧노래를 부르는 것이 습관처럼 되었다. 평소에 이것도 아마 조건반사일 것이라고 여겼던 터라 흥얼거림을 멈추지 않은 채 외출 준비를 막 끝내려던 참이었다. 그때 휴대폰이 울렸다. 서울에서 자기를 찾는 줄 알고 액정화면을 들여다보다가 멈칫했다. 고영동으로부터 온 전화였다. 이 시간에 무슨 전화인가, 의아해 하면서 전화를 받았다. 단번에 고영동의 다급한 목소리가 고막을 때렸다.

"장 선생, 장 선생! 큰일 났시오."

"어! 고 선생. 뭣이 그리 급하오?"

그 다음 고영동이 소리치며 전한 말을 듣고 가슴이 콱 막히는 것 같았다. 순간 장서쾌는 시야가 흐려지며 잠시 의식이 몽롱해졌다. 그와 동시에 이래서는 안 된다는 경고음이 흐려지는 정신을 일깨웠다. '박서치가 변을 당하다니……' 확인해 봐야 할 일이라는 것을 퍼뜩 깨달은 그는 다그쳐 물었다.

"어떻게 된 일인지 찬찬히 이야기 해보시오."

조선족 브로커 고영동이 그에게 새된 소리로 전한 이야기는 정말 어처구니없는 것이었다. 고영동이 박서치와 만나기로 하고 북한에서 '물건'을 가지고 온 밀수꾼을 데리고 연길 역전 대주호텔에 갔다. 그곳에서 박서치에게 밀수꾼을 소개한 후 어머니가 아프다고 해서 잠시 집에 다녀오겠다며 나갔다. 집에 막 도착할 무렵 박서치로부터 급하게 찾는 전화가 왔다. 전화를 받고 무슨 일인지 묻는데 전화선 저쪽에서 갑자기 소란스런 소리가 들렸다. 그때 비명이 들리는 것과 동시에 박서치도 으악! 하며 말문이 막혀버렸다. 심상찮은 일이 벌어진 것을 직감한 고영동은 집에 들르지도 못하고 대주호텔로 내달렸다. 호텔 부근에 공안이 차단선을 설치해 호텔에 들어갈 수가 없었다. 할 수 없이 차단선 가까이서 동정을 살폈다. 들리는 얘기로는 호텔 손님이 살해되었다는 것이었다.

어떻게 손을 써보지도 못하고 돌아선 고영동은 나중에 텔레비전방송을 통해 박서치가 괴한에게 살해되었음을 알게 되었다. 그리고 '물건'을 가지고 갔던 북한 밀수꾼은 어딘지 사라지고 없었다는 보도였다. 누군가가 북한에서 직지로 불린 '물건'을 가지고 나와 밀거래를 한다는 정보를 입수하여 범행을 저지른 것 같았다.

장서쾌는 직지 구입 자금과 직지 하권 영인본이 무용지물이 돼 버린 사실에 망연자실했다. 어떻게 이런 일이 벌어졌단 말인가. 참으로 통탄할 일이었다. 그토록 오매불망 직지 찾기에 나섰던 일이 허사가 된 것을 믿을 수 없었다. 해방 후 정부가 이만큼 중요한, 세계사를 바꿀 중요한 문화재를 찾아나선 적이 있었던가. 기껏해야 2천 년대 들어 직지를 유네스코 세계문화유산에 등재하고, 프랑스 도서관 측에 전시를 위해 대여를 요청했을 뿐이 아닌가. 그동안 숱한 대통령들이 정상회담을 비롯 남북회담을 하면서도 직지 직 자 한마디라도 했던가. 그런데 개인이 이렇듯 자비를 써가며 직지를 찾아 나서야 했으니 이를 두고 무엇이라고 할지 알 수 없었다.

장서쾌는 철벽에 부딪친 느낌을 지울 수 없었다. 그럴수록 그가 그토록 직지에 매달려 왔던 노력이 이렇게 끝날 수는 없다고 이를 악 물었다.

보수동 망나니

1

  부산에서 가까운 기장군 장안읍, 해운대 신도시에서 송정터널을 지나 동해안을 타고 가다가 보면 기장읍–일광면이 나오고 잇달아 장안읍이 나온다. 이 장안읍에서 국도를 따라 조금 가다 보면 왼쪽으로 정관면으로 가는 길이 나온다. 그리고 장안읍에서 남쪽으로 방향을 틀면 바닷가에 임랑이 있으며, 여기서 동해안을 타고 곧장 가면 월내를 거쳐 잘 알려진 고리원전이 나온다. 해운대역에서 동해안 기차로 가면 청사포를 거쳐 송정–일광을 지나 임랑–월내를 거쳐 고리원전에 다다른다. 그만큼 장안은 부산 교외 동해안 지역의 교통 요지라고 할 수 있었다. 해서 5일장이 열리는 날이면 사방에서 몰려든 장사꾼들로 제법 장날 분위기를 돋우는 곳이었다. 시골 장 하면 으레 나타나는 약장수는 물론 각설이 타령까지 한몫을 하는 날이면 시끌벅적 장날 맛을 느낄 수 있었다.

  30년 전 장날은 지금보다 훨씬 전통적인 시골 장 모습이 드러났다. 사실 시골 장은 그냥 생활필수품만 팔고 사는 곳이 아니라는 것쯤은 시골 사람으로서는 체험으로 다 아는 것이었다. 농경사회의 전통이 이어진 장마당에는 오랜만에 객지의 고향 친구를 만나는 것은 물론이요 이웃 마을에 시집 간 딸을 만난다든지, 사돈을 만나 회포를 푸는 정겨운 장소가 아니던가. 물론 모두가 정겨운 만남이었던 것은 아니었다. 막걸리에 취한 사나이들이 심심찮게 싸움판을 벌이는 것도 장날의 구색 맞춤이었다. 장안 장날, 노점들이 몰려 있는 한쪽 구석에서 고함 소리가 들리는가 했더니 사나이들이 몰려서서 싸움판을 벌이고 있었다. 오랜만에 장날에 나온 김에 막걸리 한잔씩을 걸친 사나이들이 별것도 아닌 것을 가지고 시비가 붙기는 예사였다. 헌데 이 싸움판에서 유달리 눈길을 끈 것이 있었다. 멱살잡이를 하는 사나이들 사이에 그들보다 어려 보이는 청년이 3, 40대 사나이들에게 삿대질을 하고 있었다.

"와들 이래요? 장보로 왔시모 장이나 보고 갈래기지."

그 청년은 연상의 사나이들을 보고 마치 어른처럼 행세를 했다. 그러자 멱살잡이를 하던 키다리 사나이가 잡았던 멱살을 놓고 청년에게 달려들었다.

"아, 이 자슥 보래. 아아(아이) 자슥이 어른들 싸움에 와 끼어드노!"

그러면서 청년의 멱살을 잡고 흔들었다. 이때다 청년은 멱살을 잡은 그의 손목을 비틀면서 밭다리를 걸어 넘어뜨렸다. 키다리는 아이쿠 하며 맥없이 쓰러졌다. 청년은 쓰러진 사나이의 가슴팍을 발꿈치로 한 번 내리찍었다. 그는 가슴을 움켜쥐고 고통스런 소리를 토했다. 부산 역전에서 닦은 솜씨를 시골 촌놈들이 당해낼 수 없었다.

"이 자슥이 장보로 왔시모 장이나 안 보고 나무(남의) 아지메나 히야까시 (희롱)하고 지랄이야. 빨리 안 꺼지나!"

청년이 윽박지르자 키다리는 가슴을 부여잡은 채 비틀거리며 일어나 가 버렸다. 그러자 청년도 '아이구 재수 없다'고 중얼거리며 큰길 쪽으로 나갔다. 그때 주변에 있던 남녀 장사꾼들이 한마디씩 했다.

"저 총각, 보수동 깡패라 쿠데."

"그래요. 그래도 총각이 경우가 밝구만."

"하모 장보로 온 사람이 여자들 히야까시나 하모 혼이 나야제."

청년은 보수동 깡패라는 말을 듣고도 못들은 척 그냥 지나쳤다. 그러나 그의 심사가 좋을 리가 없었다. 부산에서 자갈치를 지나 얼마 안 가면 보수동이 있는데 거기 깡패가 이 동네, 아니 부산 교외 일대에 이미 알려진 존재였다. '보수동 깡패' 하면 모르는 사람이 없었다. 하지만 그는 깡패 짓을 하러 장날에 다니는 것이 아니었다. 나름대로 장사를 하러 다녔다. 그냥 장사하는 것이 아니라 장사도 할 겸 세상 물정도 배울 겸 겸사겸사 다니는 것이었다.

동해안 일대에 보수동 깡패로 알려진 그의 이름은 장문세였다. 그 이름이 풍기는 이미지는 보수동 깡패와 전혀 달랐다. 장문세는 할아버지가 지어주신 이름과 다르게 글을 멀리하며 장돌뱅이 생활을 한 지가 벌써 10년이 되어간다. 열다섯 살부터 시골장터를 돌기 시작하여 장터의 돌아가는 형국을 파악하는 데만 3년이 걸렸다. 그리하여 열여덟 살부터는 제법 장사꾼 노릇을 하며 시간을 보낼 수 있었다. 어느 시골장터에서는 어떤 물건이 돈벌이가 되는지 터득할 만큼 이른 바 장사꾼으로서 잔뼈가 굵어져 갔던 것이다.

며칠 후 정관 장날에 나타난 장문세는 통상 하던 버릇대로 할머니들이 옹기종기 모여 앉아 산나물이며 집에서 가꾼 푸성귀들을 늘어놓은 좌판을 스치듯 지나 도붓장수들이 득실거리는 장터 안쪽으로 갔다. 이곳은 여느 장터와 달리 시골장의 구색 맞춤에 해당되는 것은 모두 갖춘 것 같았다. 스테인리스 그릇, 촛대 놋그릇, 약장수, 각설이, 강아지, 국밥, 벽시계나 라디오 수리, 흘러간 유성기와 골동품 등 각양각색의 장수들이 손님을 기다리고 있었다. 이런 곳에서는 유달리 각설이 타령이 흥을 돋우었다. '어얼시구 시구 들어간다, 작년에 왔던 각설이 들어간다……' 제 흥에 겨워 어깨와 엉덩이를 들썩거리며 흥을 돋우는 각설이를 보고 있노라면 가만히 있을 사람이 없다. 잠시 그의 각설이 타령과 춤에 귀를 기울기고 보던 노인은 물론 젊은 사나이, 머슴애들이 덩달아 어깨춤을 추거나 엉덩이를 들썩거리기 마련이었다. 그쯤 되면 시장판은 무슨 굿판이나 된 듯 와자지껄해지고, 옆에서 이 광경을 보고 있던 할머니마저 어깨를 들썩거리기 시작하는 것이다. 이것이 시골 장마당의 공동체 모습이었다. 여기서 아는 사람 모르는 사람 할 것 없이 끈끈한 정이 사람들을 옆으로 묶어 놓게 된다.

그러나 장문세는 다른 곳에는 관심을 갖지 않은 채 골동품 노점 앞에 섰다. 그곳에는 유성기 등 꽤 오래 되었을 것 같은 고물들이 늘려 있었다. 제대로 진열할 여유도 없이 대충 손 가는 대로 늘어놓은 것이다. 보통 축음기라고도 하는 유성기를 만져 보던 그는 주인에게 레코드를 얹어보라고 했다. 골동품 장수는 시범용으로 낡은 레코드를 가지고 다녔다. 소위 엘피판에 해당하는 옛날 레코드를 유성기에 얹고 바늘을 그 위에 놓고 나니 노래가 제법 흘러나오기 시작했다. 고복수의 '황성 옛터'였다.

─화앙성 예엣터에 바암이 되에니 월색만 고오요해…….

귀에 익은 노가수의 목소리가 구성지게 울려 퍼지자 앞을 지나던 60대 사나이가 발길을 멈추고 고개를 돌렸다. 구수한 멜로디에 호기심이 발동하는지, 앞으로 다가오더니 노래를 따라 불렀다. 20대인 장문세도 덩달아 불렀다. 장날에 다니면서 이따금 들어 온 노래여서 친근감을 느꼈다. 그는 유성기를 사려고 흥정을 했다.

"이거 얼마요?"

"그거요, 적당하게 주소. 마이 안 받소."

"그래도 주인이 얼마라고 해야 내가 얼마 주겠다고 하지요."

골동품 장수는 미처 값을 정하지 못한 듯 유성기를 한번 훑어보더니 가격을 말했다.

"이거 깨끗하모 10만 원 받는 긴데 5만 원만 주소."

장문세는 씩 웃는 것 같더니 값을 내리깎았다.

"에이, 5만 원은 무슨…… 몇 천 원 주고 산 거 다 아는데 2만 원만 하소."

"그리 에누리 하모 장사 우찌 하요 참. 4만 원 주소."

"안 돼모 갈라요."

장문세는 주춤 일어서서 가려는 자세를 취했다. 그러자 장수는 손님을 놓칠까, 싶었던지 얼른 발목을 붙잡는 소리를 했다.

"더 이상 에누리가 안 되는 긴데 꼭 살라쿠모 3만 원 주소. 우리도 마수거리는 해야제."

장문세는 잠시 뜸을 들이더니 마지못한 듯 화답을 했다.

"알았소. 아제도 마수는 해야 될 긴께네 그 값에 주소."

그는 장수가 신문지에 싸주는 유성기를 들고 웃으며 자리를 떴다. 시골 장터의 거래는 부르는 것이 값 같이 보이지만 문세처럼 그 바닥을 손금 보듯 잘 아는 사람에게는 그렇게 녹녹한 것이 아니었다. 해서 서로 에누리를 감안한 값을 주거니 받거니 하다가 이쯤 됐다 싶으면 대충 흥정을 끝내려 하게 된다. 그것도 장수 쪽에서 '마수거리'를 핑계 대며 적당하게 양보할 빛을 보이고, 손님 쪽도 눈치를 채고는 못 이긴 채 응하게 되면 흥정은 끝나는 것이다. 이를 이미 터득한 문세는 흥정을 끝내자 12시도 되기 전에 시장기가 느껴졌다. 바로 국밥집에 들어갔다. 시골 노인들이 먼 길을 오느라 허기가 졌는지 벌써 많이 와서 앉아 있었다. 마치 강가에 나앉은 왜가리들 마냥 옹기종기 앉아 무슨 얘기인지 주고받느라 옆에 사람이 와도 쳐다보지도 않았다. 장문세는 그런 그들이 고깝지는 않았다. 오히려 돌아가신 할아버지 같은 정겨운 모습에 잠시 눈길을 주었다. 그 사이 국밥집 아주머니가 와서 알은 체를 했다.

　"아이구메야. 총각 언제 왔노? 할배들 땜에 정신이 없어서 니 온 줄도 몰랐다 아이가."

　"아지메. 잘 있었소. 나도 국밥 하고 막걸리 한 주전자 주소."

　아주머니가 주문을 받은 후 유달리 웃음을 머금고 돌아서 가는데 뒤에 대고 살짝 소리 높여 말했다.

　"내 깜박했구만. 묵도 한 사발 주이소, 안주 하거로."

　그래놓고 음식이 오도록 기다리고 있는데 옆에서 손 하나가 쑥 들어왔다. 장문세는 '왠 손이고……' 하는 의아한 표정으로 손의 주인을 쳐다봤다. 40대 후반쯤 되어 보이는 장년이었다. 미처 말을 붙여 보기도 전에 그가 한마디 했다.

"총각, 한잔 받게."

장문세는 엉겁결에 잔을 받았다. 그러나 무슨 곡절인지 모르고 술을 받아 마시기가 겸연쩍었다. 일단 받은 술잔이라 물릴 수는 없고 손에 든 채로 물었다.

"아, 예. 고맙십니더. 이 술잔은 무슨 잔인기요?"

사나이는 슬며시 미소를 띠며 말을 받았다.

"무슨 술잔은…… 혼자 있어서 권한 기지."

사나이는 농사꾼 같지 않은 풍채에 얼굴도 준수해 보였다. 지방 관청이나 학교에 있는 사람 같았다. 해서 공부를 팽개치고 장돌뱅이 신세가 된 그로서는 말 섞기가 어색한 기분이었다. 하지만 그의 말 본세로 봐서 굳이 피할 필요는 없었다. 이렇게 하여 둘이서 술잔을 주거니 받거니 하다 보니 어느새 이물 없는 사이처럼 되었다. 아주머니가 갖다 준 장문세의 막걸리와 묵까지 곁들여 이야기는 길어지게 되었다.

권영한이라는 그 남자는 양반 댁 후손으로서 장래가 창창한 젊은이였으나 아버지의 사상편력 때문에 집안이 쑥대밭이 되어버렸다고 한숨을 푹 쉬었다. 일본에 유학 갔던 아버지가 조총련과 엮여 평양에 갔다. 그 길로 간첩으로 몰려 목숨을 잃게 되었다. 어머니 혼자 생계를 꾸리다 보니 권영한은 공부를 더 하고 싶어도 하지 못했다. 할 수 없이 대입 검정고시를 쳐서 독학을 하고 고향으로 와서 교편을 잡았다. 늙고 병든 어머니는 고생 끝에 별세하기 전 무엇인가를 내밀었다. 살펴보니 아버지의 메모장이었다. 그것은 사실상 아버지의 유언장이었던 것이다. 그 내용은 '사상 때문에 눈이 어두워 너희들을 제대로 공부시키지 못한 것이 한스럽다. 토지 한 마지기 없어 물려 줄 것은 없고 대대로 물려받은 고서가 몇 권 있다. 할아버지 얘기로는 매우 귀한 것이라 함부로 발설을 하지 말라고 했으니 그리 알고 사정이 어려울 때 요긴하게 써라.'는 요지였다.

권영한은 술기운이 돌자 가보처럼 전해 온 고서 얘기를 끄집어냈던 것이다. 그러면서 친구 보증을 잘못 서서 사는 집을 날릴 판이 되어 걱정이라고 했다. 살다가 보니 결국 가보인 고서를 팔아야 할 지경에 이르렀다며 안쓰러운 표정을 지었다. 아버지가 보수동에서 헌책방을 하는 것을 외면하고 나온 장문세는 헌책 이야기가 나오자 시무룩해졌다. 시골 장터에서 고물은 사서 팔아 봤지만 헌책은 거래를 해보지 않아서 알 수가 없었다. 보수동 헌책방을 외면한 만큼 헌책에 대해 이야기하기가 싫었던 것이다. 그래서 대충 얼버무렸다.

"나는 요 헌책은 잘 모르는데요. 팔라고 그랍니까?"

"임자가 있으모 고서를 팔아야 될 긴데……."

"그냥 난장에 내놓고 팔모 안 되는 기요?"

"안되네. 우리 할아버지가 아무한테도 말하지 마라 쿤 긴데 총각한테만 말한 기제."

"그래요. 거기 그렇게 비싼 긴가요?"

"얼마나 될란지 몰라도 비싼 기란 말은 들었제."

장문세는 헌책이 비싸면 얼마나 비싸겠나 싶은 생각에 시큰둥했다. 더이상 헌책 이야기는 하고 싶지 않았다. 그와 헤어져 나오면서 보수동 책방을 떠올렸다. 할아버지가 그 책방을 시작할 때 '문창서점'이라고 했다는 말을 들었다. 아버지 혼자 고서점을 잘 운영하고 있는지, 궁금증이 스쳤다. 유성기를 싼 신문지뭉치를 옆구리에 끼고 버스 정류장으로 나왔다. 유성기를 산 김에 장터를 떠나려는데 어디로 갈까, 망설였다. 바로 송정동 숙소로 가기에는 시간이 너무 일렀다. 일단 장안 쪽으로 나와 임랑으로 가보기로 했다. 거기는 바닷가라서 시원한 바람을 쏘이며 장사할 일을 곰곰 생각해 볼 참이었다.

2

임랑에는 박태준 전 포항제철 회장의 고향이라서 지나는 관광객들이 알게 모르게 들리는 발길이 드물지 않았다. 더군다나 이곳 출신 정훈희라든가, 문주란 같은 여가수들이 가까운 해운대의 설운도와 더불어 부산, 기장 등 동해안의 유명 스타를 대표하는 것을 모르는 사람이 별로 없어 임랑이 점점 외지에 알려지기 시작했다. 동쪽 해안에 빤히 보이는 곳에 있는 고리 원전까지 곁들여 이곳은 작지만 그리 낯설지 않은 곳이 되었다. 더군다나 여름이면 해운대를 비롯 송정, 일광 등 해수욕장에 피서객이 넘쳐 나는 바람에 그 덕을 톡톡히 보는 곳이기도 했다. 시설로 말하면 그런 곳에 비할 바가 아니지만 오히려 그때문에 피서객들의 발길을 끌어당기는 힘이 되어주었다. 해변 곳곳에 설치해 놓은 임시 방갈로나 천막촌 같은 것이 편안한 느낌을 주어 가족 단위 손님이 찾았다. 그뿐만 아니라 곳곳에 모래밭이 비어 있어서 젊은이들이 찾아 들어 천막을 치고 쉬기에 편리했다.

이런 사실을 익히 알고 있는 장문세는 임랑에 오자마자 고리원전이 보이는 동쪽에 자리를 잡았다. 이전부터 고리원전이 부산에서 가까운 곳에 있다는 얘기를 들었지만 이렇게 눈앞에 두고 바라보는 것은 처음이었다. 원자력으로 발전을 하여 전기를 공급한다니 경이로웠다. 부산 감천 화력발전소에서는 시커먼 연기가 하늘에 용이 올라가듯 뭉클하게 몰려가는 것을 보고 고개를 절래절래 저은 기억이 났다. 저런 연기가 하늘을 뒤덮으면 숨이 막혀 죽을지도 모른다는 겁이 가슴을 옥조여온 느낌이 새삼 떠올랐다. 헌데 저 원자력 발전소는 연기는커녕 무엇을 하는 곳인지 모를 정도로 조용하기만 했다. 멀리서 보는 고리원전은 마치 해변의 성처럼 보였다. 해변에 모로 누워 한가한 생각에 빠져들 무렵 물새 떼가 바로 앞 수면위로 내려앉듯 접근했다가 다시 솟구쳐 오르는 모습이 눈길을 끌었다. 암수 구별이 어려웠지만 몰려드는 무리를 보아하니 가족인 것처럼 보였다. 그중에 날쌘 놈이 수면으로 곤두박질치는가 했더니 좀 순하게 보이는 놈은 그 뒤를 따라 역시 곤두박질쳤다가는 날쌘 놈을 따라 하늘로 솟구쳤다. 그리고 어려 보이는 놈들은 수면 위로 약간 고개를 수그렸다가 먼저 간 두 놈을 따라 가볍게 날갯짓 하며 졸졸 올라가는 모습이 눈에 들어왔다. 장문세는 신음하듯 중얼거렸다.

　'저런 날짐승도 가족끼리 오붓한 시간을 보내는데…….'

　그 순간에 저도 모르게 한숨을 쉬었다. 가슴팍에서는 무거운 무엇이 서서히 짓눌러 오는 느낌이 들기 시작했다. 동시에 어머니의 얼굴이 서서히 수평선 위로 떠오르고 있었다. '옴마, 얼마나 보고 싶었던 얼굴이고……' 되뇌어 보는 그의 심사가 울적해졌다. 그럴 즈음 어머니의 얼굴 위로 아버지

의 얼굴이 겹쳐지는가, 했더니 갑자기 호통 소리가 천둥번개 치듯 고막을
때렸다.

'나가라, 이 자슥아! 니는 내 자슥 아이다, 이놈아!'

그 소리에 장문세는 반동적으로 집을 뛰쳐나왔다. 그리고 장돌뱅이로 떠
돈 지 10년, 10년이면 강산도 변한다지만 그의 가슴 저 밑바닥에는 그때 그
반발심이 응어리로 남아 있었다. 돌이켜 보면 그 응어리가 밑 받쳐 주어 10
년이란 세월을 버티어 오게 했다. 가다가는 깡패들과 싸우기도 하고, 나이
많은 장사꾼들과 잘못 어울려 돈을 날리기도 하고, 어쭙잖은 주막 과부의
유혹을 받아 보기도 하며 장돌뱅이로 잔뼈가 굵어졌다. 자신이 이렇게 장
돌뱅이로 크게 된 배경에는 어린 그에게 감당하지 못 할 일이 있었다.

일곱 살 장문세는 몇 달 학교를 다니다가 학교 가기가 싫어졌다. 학교에
가봐야 따돌림을 당하기 일쑤였다. 특히 반 애들이 놀리기 시작할 때면 아
버지가 귀환동포 가족이라고 '우환동포'라며 멀리 했다. 마치 같은 형제가
아니고 이복 아이로 취급하는 것처럼 말이다. 그 무렵 왜 귀환동포가 우환
동포로 변하게 되었을까? 재일동포로 살다가 행방이 되었다고 고국으로 돌
아온 사람들이 귀환동포였다. 이들은 대부분 서부경남 쪽 시골 사람들로서
일본에 가면 일자리가 있다는 소문에 남부여대하여 일본으로 건너갔다가
고생만 하고 돌아온 사람들이었다. 해서 귀국선을 탈 때까지는 좋았으나 막
상 돌아 와 보니 일자리가 없는 것은 물론 고향의 부모 형제를 돌보아 주어
야 할 또 다른 난관이 앞을 막아섰다. 그냥 두고 볼 수 없어서 얼마큼 장만
했던 돈이나 패물로 그들을 도와주다 보니 빈털터리가 되기 십상이었다. 처

자 거느리고 먹고 살려고 발버둥 치게 된 귀환동포는 은연 중 골치 아픈 존재라는 이미지를 심어주게 되었다. 그 결과가 어느 날 우환동포로 둔갑하고 말았다. 이런 연유를 알 수 없는 어린 문세는 우환동포의 자식이라는 것이 그렇게도 싫었다.

그런데 집에 오면 어머니는 몸져 누워 그런 그를 보살펴 줄 형편이 아니었다. 아버지는 또 골방 같이 컴컴한 헌책방에 들어앉아 나올 줄 몰랐다. 어쩌다가 집에서 얼굴을 보는 날이면 술에 취해 몸이 시원찮은 어머니를 닦달하느라 정신이 없었다. 장문세는 학교에서도 외톨이, 집에서도 외톨이, 어디 한 곳 붙일 데가 없었다. 그런 판에 학교에 가고 싶다는 것이 이상할 지경이었다. 그래서 밖으로 나돌며 떠돌이 신세를 스스로 짊어지게 되었다. 특히 보수동 헌책방 길 건너 국제시장으로 가면 별의 별 것이 다 있어서 발길을 자꾸 끌어당겼다. 그곳에서는 어린 아이로서는 좀처럼 보기 어려운 외제 물품들이 넘쳐났다. 어떤 전자제품 가게에서는 진열장에 텔레비전을 놔두고 방송 프로그램을 그대로 보여주었다. 진열창에 서서 방송 화면을 보는 것이 학교나 집에 가는 것보다 훨씬 재미있었다. 그러자 아버지는 그를 보기만 하면 무슨 미친개 패듯 두들겨 패기에 바빴다. 학교도 안 가는 것이 시장 통에 싸돌아다닌다고 툭 하면 매질이요 욕설이었다. 장문세 눈에는 아버지가 아니라 어디서 온 불한당 같았다. 이렇게 거친 환경에서 자라던 그는 제대로 된 학생이 될 수 없었다. 어영부영 초등학교를 나오고 중학생이 되었지만 그 또한 학생의 본분을 지킬 수 없었다. 그만큼 머리가 커지자 아버지의 닦달에 반발하기 일쑤였다. 하루는 친구들과 국제시장 내를 돌아다닌 후 늦게야 집에 들어왔다. 그때 어머니의 단말마 같은 비명이 그의 고막을 때렸다. 동시에 쨍그랑 하고 그릇 깨지는 소리가 들려왔다. 얼른 방으로 들어가서 살폈다. 한눈에 사태를 짐작할 수 있었다. 밥상이 방바닥에 나뒹굴고 그 옆으로 어머니가 나자빠져 있었다. 장문세가 들어온 것을 본 아버지는 쌍욕을 하며 방을 뛰쳐나갔다.

신음하고 있는 어머니 옆에 앉은 장문세는 어머니의 어깨를 잡고 몸을 돌렸다. 정수리 부근에서 피가 솟구쳐 나오는 것이 보였다. 깜짝 놀란 그는 어머니의 몸을 흔들며 불렀다.

"옴마! 옴마! 정신 차리소."

아무리 불러도 대답을 하지 않았다. 간간히 들려오는 신음 소리는 그의 애간장을 태웠다. 엉겁결에 그런 어머니를 들쳐 업고 동네 병원으로 달려갔다. 의사 말로는 그릇이 가까스로 정수리를 비껴가서 다행이라고 했다. 하마터면 큰일 날 뻔 했다는 것이었다. 아버지가 밥상머리에서 말다툼을 하다가 밥그릇을 어머니에게 던졌던 것이다. 응급조치를 한 후 한참 기다려서야 어머니의 의식이 돌아왔다.

장문세는 그 길로 집에 들어가지 않았다. 어머니가 없는 집은 텅 빈 둥지였다. 이따금 병문안을 가기는 했어도 별 도움이 되지 않았다. 중학생이 무엇을 할 수 있을 것인가. 그럴수록 답답하기만 했다. 어린 마음에 몸부림쳐봐도 별 재간이 없었다. 그 후 친구 집을 전전하다가 시골 장을 돌게 되면서 밥벌이를 하게 되었다. 장돌뱅이 10년, 장문세는 만감이 오갔다. 아버지와 영원히 이별하는 심정으로 집을 뛰쳐나왔던 때는 천방지축 철없고 세상물정 모르는 애였지만 이제 다 커서 세상 돌아가는 것을 알게 된 지금은 사람 사는 것이 이런 것인가, 어른스런 생각에 미치자 스스로 놀라웠다.

남창 장날은 유달리 붐볐다. 기장에서 울산 쪽으로 뚫린 국도를 쭉 따라 가다보면 일광 지나서 오른쪽 장안 가는 길목과 거기서 10여분 지나 왼쪽 정관 가는 길목을 지나 얼마 안 가서 오른쪽에 남창이 나온다. 울산에 가 까운 곳이다. 울산뿐만 아니라 멀리 경주에서 오는 장수들이 몰려들어 장 터에 사람들이 북적댄다.

장문세가 장터에 들어 설 때는 막걸리 한잔씩을 걸친 시골 노인들이 불그 레한 얼굴로 한창 흥을 돋우는 각설이 엿장수 앞에 몰려 있었다. '어얼시구 시구 들어가안다 작년에 왔던 각설이……' 흥이 절로 나도록 하는 각설이타 령에 맞춰 어깨춤을 덩실덩실 추는 장면이 발걸음을 멈추게 했다. 노인들 중에는 낯익은 사람도 있어서 그가 고개를 숙이며 인사를 하자 반갑게 한 마디씩 던졌다.

"아. 장군 왔나. 오늘은 물건 좀 했나?"

"예. 벌써 한잔 하셨는가베예. 장터 좀 돌아보고 물건 할라 쿱니더."

"문세 자네, 장가는 언제 갈라쿠노?"

그러자 옆에 섰던 키다리 노인이 한마디 거들었다.

"우리 남창 처녀 다 늙기 전에 장가 가아라."

그와 단짝인 노인이 한술 더 떴다.

"아따. 자네땜에 남창 아가들 생과부 만들것다 아이가."

장문세는 장터에서 낯이 익은 노인네들의 줄 성화에 속으로 움찔했다. 무 슨 비밀을 들킨 사람처럼 낯을 붉히며 자리를 떴다.

그의 뒷모습을 보고 있던 노인네들은 안타깝다는 듯 동정을 보냈다.

"저 사람 장사도 잘하고 어른을 공경할 줄도 알고 참한 사람인데 와 장가를 안 가는지 모르겠다. 쯧쯧쯧."

"신랑감으로 참한 사람 같은데 통 혼사 말이 없는가베."

"저거 부모가 없나?"

장문세는 마땅한 물건을 찾아 장터를 훑어보던 중 고물전 앞을 지나게 되었다. 지난번 정관에서 고물 유성기를 사서 두 배 반 남는 장사를 해 고물이 낯설지 않았다. 여기에 또 무엇이 있을까 싶어 발걸음을 멈췄다. 오래 쓰다가 내놓은 생활용품들이 많았다. 엽전, 다듬이 방망이, 목화씨에서 실을 뽑는 기구, 옛날 등잔, 낡은 벽시계, 심지어 요강(사기로 된 소변 통)까지 다 있었다. 별로 살만한 것이 없었다. 다시 걸어가는데 한쪽 구석에 푸석푸석하게 생긴 40대 초반쯤 사나이가 리어카를 세워두고 있었다. 리어카 위에 판자를 걸쳐놓고 헌책들을 늘어놓았다. 우연히 그곳으로 눈길이 갔다. 헌책을 살 생각이 없는데도 왠지 모르게 늘어놓은 책들이 손짓하는 것처럼 느껴졌다. 멈칫 하는 순간 옛날 소설책이 자신을 빤히 쳐다보는 것 같았다. '저 옛날 소설책이……' 머릿속에서만 소리 없이 들리는 것 같아 휙 돌아섰다. 꺼림칙한 기분을 털어 버리려는 듯 머리를 한번 흔든 후 자리를 떴다.

장문세는 어머니의 입원 후 외톨이가 된 느낌에 시달렸다. 세상에 부모가 있으나 없는 것과 마찬가지였다. 아니다. 그냥 부모가 없는 것이 낫지 있는데도 없는 것 같이 느껴야 하는 동심은 이루 말할 수 없었다. 결국 그가 갈 수 있는 길은 가출밖에 없었다. 국제시장 주변을 어슬렁거리며 다니다가 불량 또래들과 어울려 가게 물건을 슬쩍 훔치는가 하면 쓰리꾼(소매치기)과 연계되어서 장보러 오는 여자들이나 노인네들의 돈을 소매치기 했다. 점점 돈맛을 보게 되자 남의 것이 내 것인 양 착각할 만큼 분별력이 흐려졌다. 한번은 소매치기한 돈을 오야붕(두목)에게 갖다 주지 않고 슬쩍한 것이 탄로나서 혼이 났다. 몽둥이로 찜질하다시피 당한 그는 가로챈 돈 이상으로 벌충하기로 하고 풀려났다. 그러나 아무리 생각해도 그렇게 큰돈을 마련할 길이 없었다.

머리를 쥐어짜다가 헌책방이 갑자기 떠올랐다. 언젠가 아버지가 누런 봉투를 만지작거리며 '이거는 되기 비싼 기다.'고 말하던 것이 머릿속에 남아 유혹을 했다. 책꽂이 어딘가에 누런 봉투가 꽂혀 있을 것이 틀림없었다. 책들 속에서 봉투를 발견하기는 쉬울 것 같았다. 그는 붕대를 감고 문창서점에 나타났다.

"아버지예 차에 받혀서 다칫심더."

금방 숨넘어갈 듯 가련한 목소리를 뱉어냈다. 아버지는 못 마땅한 표정이었으나 평소처럼 내쫓는 말은 안 했다. 그럴수록 장문세는 더욱 몸을 구부리고 불상한 모습을 연출하느라 신경을 썼다.

"우야다가 그랬노? 일마가(이놈의 아가) 병신 안 되기 다행이다. 저기 앉아 좀 쉬어라."

그는 속으로 벙긋 웃으며 아버지의 손이 가리키는 대로 가서 앉는 것이 아니라 일부러 저쪽 안으로 들어갔다. 누런 봉투가 있을만한 곳을 두리번거리기 시작했다. 아버지의 시선이 밖으로 향하는 것을 본 그는 좀 더 안쪽 책꽂이들을 살폈다. 책꽂이 두세 개를 훑었을 때 눈에 들어오는 것이 있었다. 세 번째 책꽂이 오른쪽 아래 칸에 그 누런 봉투가 보였다. 살며시 아버지가 있는 쪽을 살폈다. 방향이 어긋나서 아버지의 등이 입구 책꽂이에 가려 있었다. 몸을 약간 구부린 채 마치 도둑고양이 마냥 봉투를 집어 가슴팍으로 밀어 넣었다. 그리고는 헛기침을 두어 번 한 후 입구로 걸음을 옮겼다. 아버지가 물끄러미 쳐다보는 것을 느꼈다. 오른 손은 가슴께를 누르고 왼손은 항문을 꽉 쥔 채 책방을 나서려 했다.

"니 오데가노? 안 아프나?"

"아이고 지금 막 나올라 안 카는 기요. 변소 좀 갔다 오께요."

그러면서 뒤뚱거리는 자세로 냅다 달렸다. 얼마 후 아버지는 고개를 갸우뚱거리기 시작했다. 변소 간다던 아들이 올 시간이 넘었는데도 나타나지 않았다. '일마가 똥은 안 싸고 머하고 자빠졌노?' 중얼거리던 그는 퍼뜩 의심이 갔다. '설마 그기······' 긴가민가하면서 안쪽 책꽂이에 감춰둔 누런 봉투를 찾았다. 귀신이 곡할 노릇이었다. 그는 다리에 힘이 빠지는 것을 느끼며 그 자리에 주저앉고 말았다.

"일마가요 일마가요. 우찌 이럴 수 있노?"

언젠가 임자가 나타나면 엄청 비싼 값으로 팔 생각에 마음을 부풀게 했던 그 책이 눈앞에서 사라져 버렸던 것이다. 그 책은 희귀본으로 쳐주는 이광수의 '무정' 초판본이었다.

장문세는 이광수의 '무정' 초판본을 들고 고서 수집상이 모여드는 인근 장터에 갔다. 거기서 원래 값어치의 10분의 1도 안 되는 가격에 팔아 소매치기 오야붕에게 갖다 바쳤다. 그놈의 꼴 보기 싫은 헌책방에서 가져온 책이 자신을 오야붕의 그늘에서 풀어줄 줄 몰랐다. 무슨 책이 그렇게 비싼가, 알다가도 모를 일이었다. 어쨌거나 그 책 덕분에 죗값을 치렀다. 아버지도

컴컴한 골방 같은 헌책방에서 그런 재수를 바라고 헌책 장사를 하고 있는지 몰랐다.

장문세는 장세를 꿰뚫어 보는 눈이 생겨 돈도 좀 벌었다. 보수동 망나니는 이제 소문난 장돌뱅이로 변신했다. 장돌뱅이 생활에 익숙해질 무렵 청천벽력 같은 소식이 전해져 왔다. 정관 국밥집에 장문세에게 전해 달라는 전갈이 와 있었다. 장안 장날에 갔다 온 날 정관에 들렀다가 어머니의 부음을 들었던 것이다. 결국 한번 만나지도 못한 채 어머니를 영영 이별하게 되어 슬퍼하기 전에 허허로운 마음을 달랠 길이 없었다. 한동안 멍한 채 서 있었다. 그제야 국밥집 아주머니가 안쓰러운 듯 위로했다.

"총각 어마이가 돌아가셔서 올매나 슬퍼것소. 여기 앉소."

식탁 의자를 빼서 권했다. 그래도 우두커니 서 있자 아주머니는 그의 팔을 잡아 앉혔다. 의자에 털썩 주저앉은 장문세는 막걸리 한 주전자를 시켰다. 안주는 생각이 없었다. 아주머니는 부엌으로 가서 술상을 차려왔다. 막걸리뿐만 아니라 묵이며 풋고추 부침과 고등어자반도 있었다. 상을 당한 그가 측은해 시키지도 않은 안주 거리를 덤으로 가져왔다. 그녀는 그의 맞은편에 앉더니 그에게 술잔을 권했다.

"오늘은 술값 안 받을 낀께네 나하고 한잔 하자."

장문세는 아주머니의 호의에 슬픔이 가라앉는 것 같아 잔을 든 후 그녀에게 권했다. 오늘 따라 그녀가 누나처럼 살갑게 느껴졌다. 그녀는 그녀대로 그를 동생처럼 여기는지 이물 없이 대했다.

"사람은 한번 나면 가는 기 인생인기라. 어마이가 가셨으니 올매나 슬프

것노. 큰 마음 묵고 어마이 저승길이나 잘 보살펴 줘야제."

"예. 안 그래도 불효한 죄를 씻을라 쿱니더. 좋은데 모셔놓고 짬만 나모가 볼랍니더."

"그래야제. 그리고 문세 총각 결혼도 해야제. 어마이 가시기 전에 내가 중신애비가 될라 캤는데 고만 가시뿟렷네. 결혼도 운 때가 맞아야 되는긴데……."

술잔을 들이킨 장문세는 결혼 얘기가 나오자 마뜩찮은 표정을 지었다. 결혼 나이가 되었지만 떠돌이 신세에 그런 호사스런 생각일랑 해본 적이 없었다. 어쩌면 어머니 생각에 망설였는지 모른다.

"나는 문세 총각이 내 친정 동생처럼 든든해 좋더라."

"지가예 뭐 잘난 기 있어야제예."

그는 상을 당했으니 바로 부산 집으로 갈 작정이었다. 아주머니의 살가운 대접에 을씨년스럽던 마음이 풀리자 일어섰다. 부산행 버스를 타고 가는 내내 이 길을 타고 오던 그때 일이 눈에 어른거렸다.

시외버스를 타고 부산을 벗어나던 장문세는 이제 다시는 부산으로 돌아가지 않을 작정이었다. 국제시장 쓰리꾼 오야붕에게서 벗어나서 부산역으로 왔던 때가 엊그제 같은데 그 부산역 생활을 청산하고 가는 길이었다. 그가 부산역으로 옮겨와서 살았던 시절은 정말 막가는 인생이었다. 이른 바 지하 인간이 되었다. 북한에서 내려 온 월남인들은 물론 남한 각 지역에서 인민군의 횡포를 경험한 사람들은 한사코 남으로 남으로 피난길을 재촉하여 당도한 곳이 부산이었다. 이른바 국내 엑서더스의 종착지가 되었다. 부산은 동란에서 생긴 온갖 아픔과 슬픔의 사연을 안은 사람들이 한데 모여 지지고 볶는 아비규환의 도시로 변모할 수밖에 없었다. 여기서 전쟁과 인간의 부작용 현상이 나타난 것이 음지의 세계였다. 햇빛이 가려지고 습기가 찬 곳에서는 독버섯이 자라기 마련이었다. 이 범죄의 온상에 내버려진 어린 싹, 장문세는 제대로 자랄 수가 없었다. 그는 다른 애들과 마찬가지로 어둠의 자식이 되어갔다. 겉으로는 길에 다녔지만 실생활은 법망을 피해 음지에서 살아가는 지하세계에서 맴돌았다. 부산역으로 진출한 후 하는 일이라고는 시골서 올라오는 소년 소녀들을 협박, 돈을 뜯어내는 것이었다. 그러다가 역전파출소에 몇 차례 신고가 들어갔다. 당연히 불량청소년 명단에 한 자리 차지하는 영광(?)을 누리게 되었다. 아버지가 파출소로 찾아와서 유치장에 갇혀 있는 그를 데려가기도 했다. 그러나 그때뿐 장문세는 점점 어두운 세계의 이력이 붙기 시작했다. 이제는 부산역 일대 깡패조직과 연계되어 각종 범죄에 바람잡이 노릇을 했다. 어린 바람잡이들 중 특히 장문세가 발군의 실력을 과시했다. 기차에서 내리는 청소년들뿐만 아니라 청년과 처녀까지 그의 표적이었다. 역전 일대에 잠복해 있는 사창가에 어수룩한 처녀들을 취직시켜 준다고 꼬여 데려 가는가 하면 자기처럼 가출해 부산에 올라온 청년들에게 접근, 날씬한 아가씨들이 기다리고 있다고 유혹하여 사창가로 데려갔다. 물론 이러한 지하인력 시장에서 순조롭게 인력공급이 될 리가 없었다. 깡패의 배경에 힘입어 처녀와 총각들을 겁박하여 거의 강제로도 끌고 갔다. 그의 꼬드김에 순순히 따르지 않을 경우 '다 알아서 해줄끼니 잠자코 따라와!' 하는 식으로 은근히 겁을 주는 수법은 이미 이골이 난 것이었다. 역전 일대 음지의 바람잡이들 중 장문세가 이 계통에서 단연 앞섰다. 인력

공급 성적이 최우수였다는 말이다. 그는 심심찮게 아가씨들을 사창가에 데려가기 전 먼저 시식(?)하는 특혜도 누릴 수 있었다. 깡패들은 이런 것을 두고 시식 우선순위에 따른 서열로 매김 하기까지 했다. 해서 서열이 앞선 장문세는 이제 이 일대에서 '보수동 망나니'로 소문났다.

어느 날 집에 들어온 아버지와 부딪쳐 말다툼을 했다. 어머니의 얼굴도 보고 싶거니와 안부가 궁금해 들렀던 것이다. 그런데 막 대하는 불한당 같은 아버지에게 고개 숙일 이유가 없었다. 아버지는 그대로 그런 아들을 아들 같이 대하지 않았다. 1대 1 상각구도에서 벌어질 수 있는 일이란 날카로운 대립뿐이었다. 이럴 때는 아버지와 아들이 아니라 못 만날 것이 만난 개와 원숭이였다.

"이노머 자슥. 니가 내 아들 맞나? 머하러 왔노! 나가라, 나가!"

그러자 장문세는 기가 꺾일세라 더욱 높이 고함을 질렀다.

"당신이 내 아버지가 맞나? 알았소. 나갈게. 나가모 될 거 아이가."

그러고서는 집을 휙 뛰쳐나가버렸다.

그는 그 길로 부산을 떠나는 결심을 굳혔다. 아버지와의 막다른 대결 끝에 더 이상 부산이라는 도시에서 살고 싶지 않았던 것이다. 그동안 부산역 주변에서 번 돈을 밑천 삼아 시골 장터를 돌며 장사를 해볼 참이었다. 이제는 나이도 들고 해서 독자적으로 돈벌이를 해보는 것이 소원이었다. 더군다나 범죄가 득실거리는 도시보다 자연에 가까운 시골장터가 사람 사는 곳일 것이라는 기대감이 없지 않았다. 그 후 지나온 장돌뱅이 생활에서 산전수전 다 겪었다. 그의 나이 이상으로 철이 들었다면 철이 들었고, 성숙해졌다면 성숙해졌다. 이제는 10년 전의 장문세가 아니었다.

염을 하기 전에 어머니의 얼굴을 잠깐 본 장문세는 왈칵 울음이 북 바쳐 올라 숨이 막혔다. 얼마나 고생을 했으면 얼굴이 차마 못 볼 정도로 말라 무슨 탈을 보는 것 같았다. 울음을 삼키며 수의의 소매를 걷어 올렸다. 순간 말문이 막혀 울음을 토해냈다. 피골이 상접한 손을 부여잡은 그는 어머니의 마른 가슴에 얼굴을 묻고 흑흑흑 통곡을 했다. 남편의 모진 구박에 소식 없는 외아들에 대한 그리움이 뒤엉켜 멍든 가슴을 흑 빛으로 만들어 버린 세월 속에서 남은 것은 가죽과 뼈뿐이었다. 어머니를 이렇게 만든 불효자식은 멀쩡히 살아 왔는데 진작 살아계셔서 모셔야 할 어머니는 이렇게 가버렸으니 천추의 한이 깊어질 수밖에 없었다. 옆에서 모시지 못하고 외로이 가시게 했으니 불효막심했다는 후회가 비수처럼 가슴을 후벼 팠다.

삼일장을 치른 후 장문세는 홀연히 자취를 감추었다. 어디로 갔는지 그의 10년 발자취가 어린 동해안 임랑 일대에도 그를 본 사람이 없었다.

고서 사냥꾼이 되다

1

5년 후 봄 어느 날 30대 초반의 건장한 사나이가 서울 신촌 어느 골목에서 20대 청년들을 상대로 몸싸움을 벌이고 있었다. 이 시간 이 장소에서 흔히 볼 수 있는 장면이라고 할 수 있었다. 신촌 하면 누구나 다 아는 대학가에 유흥가가 곁들여 밤의 세계가 되면 겉보기에 휘황찬란한 네온사인에 들뜬 분위기가 깃드는 곳이었다. 학기 초는 그대로, 학기말이면 또 그대로 대학생들이 삼삼오오 자리를 잡고 회포를 푸는 곳, 그런가 하면 주변 직장인들은 또 그들대로 하루 일과를 마치고 동료들 끼리 정담을 나누는 곳, 이런 자리들이 모인 결과로 이따금 술기운에 젊은 객기를 부려 보는 곳이기도 했다. 오며 가며 행인끼리 부딪치고 시비를 걸다가 멱살잡이라도 하는 때에는 주변이 소란스러워지는 것이 이 동네의 예사로운 정경이었다. 그러나 보아하니 사나이 혼자서 청년 세 명을 상대로 발 빠르게 몸을 놀리는 중이어서 예사로운 장면 같지 않았다. 그는 그들을 상대로 힘겨운 싸움을 하는 것이 아니라 운동 전 가볍게 몸을 풀 듯 손과 발을 질서 있게 움직이며 한 놈 한 놈씩 제압하고 있었다. 그의 빈틈없는 동작에 여유마저 느끼게 했다.

헌데 눈여겨보면 그들과 동떨어져 길가 전봇대 뒤에서 몸을 웅크리고 서 있는 여학생 하나가 시야에 들어왔다. 그녀는 무슨 죄 지은 사람 모양 무척 송구스런 표정을 감추지 못하고 있었다. 그녀의 눈길이 가는 곳은 혼자 불량 청년들을 상대하고 있는 그 사나이의 등이었다. 사나이는 여학생의 눈길이 자신의 등에 박혀 있는 줄도 모른 채 두 놈을 해치우고 나머지 한 놈과 일합을 겨루는 중이었다. 이 한판 승부가 1대 3의 싸움을 결판내는 순간이었다. 상대가 제법 태권도 자세를 취하며 달려들자 사나이는 이거 봐라는 듯 엷은 웃음 머금은 채 가볍게 뛰어올랐다. 그리고 마치 공중제비 도는 것처럼 공중에서 몸을 약간 뒤트는가, 했더니 땅에 발을 딛기 직전 오른 발을 높이 들어 청년의 목덜미를 걷어찼다. 격투기의 하이킥 기술 같았다. 이 하이킥에 정통으로 맞으면 뇌로 올라가는 혈관이 끊겨 죽을 수도 있었다. 사나이는 목을 잡고 나자빠진 청년을 힐끗 본 후 돌아섰다. 그제야 조마조마하던 여학생의 얼굴에 안도의 빛이 스쳤다. 사나이가 다가왔다. 그녀는 어쩔 줄 모르고 그냥 서 있었다.

"학생, 다친 데는 없어?"

사나이가 다정하게 물었다. 수줍은 듯 고개를 살짝 든 여학생은 살며시 웃으며 대답했다.

"괜찮시유. 아저씨 고마워유."

여학생의 아래 위를 훑어 본 장문세는 그제야 어떻게 된 영문인지 물었다. 그가 서울과 인천의 고서점을 둘러보고 신촌에 들렀다가 여학생 하나가 불량배에게 행패를 당하는 것을 보고 구해 준 것이었다.

"우짜다가 그놈들한테 걸렸소?"

여학생은 신촌 대학가 학원에서 컴퓨터 그래픽 수업을 마치고 나오다가 어두운 골목길에서 불량배와 마주치게 되었다. 술에 취한 그들이 마구잡이로 달려들어 희롱을 시작할 무렵 때마침 장문세의 눈에 걸려들었던 것이다. 여학생은 몇 마디 얘기를 나눈 후 고맙다며 커피를 대접하겠다고 했다. 땀을 별로 흘리지도 않았는데 목이 말라 가까운 커피숍으로 갔다. 밝은 데서 마주 앉고 보니 여학생은 의외로 예뻤다. 그냥 고맙다는 인사로 만난 자리지만 여학생이 예쁘니까 기분이 좋았다. 그래서 말이 자연스럽게 흘러나왔다.

"난 장문세라고 해요. 학생은 누구요?"

"아이. 제가 먼저 인사를 드릴 건데……. 송영란이에요."

아까 충청도 사투리가 짙게 밴 말을 할 때보다 훨씬 세련돼 보였다. 서울 생활을 많이 한 모양이었다.

"밤늦게, 더군다나 어둑한 골목길에 다니지 말아요. 송영란 씨만큼 예쁜 미인은 더 위험하지."

"네에. 그래픽 디자이너 시험이 다가와서 평소보다 많이 실습을 해서 시간이 늦어졌어요. 조심할게요."

수줍은 듯 방긋 웃는 미소가 시선을 끌어 당겼다. 장문세는 순간 움찔했다. 왠지 마주보기가 겸연쩍은 기분이 들었다. 헛기침을 한 번 한 후 물었다.

"그럼 디자이너가 되려고 해요? 멋진 직업 같은데……."

"산업디자인 분야에서 컴퓨터 그래픽이라면 재미있는 기술이에요. 그리고 유망 직종이구요."

"그렇구만. 요새는 컴퓨터 없이는 무엇이든 안 되는 세상이니까……. 잘

해서 시험에 합격하길 바래요."

둘은 말을 섞다 보니 지기나 되는 것처럼 친근감을 느꼈다. 무엇보다 화기가 넘치는 대화는 낯선 사람끼리의 간격을 좁혀주는 접착제가 되어 주었다. 이들은 첫 대면에서 어느 정도 신상 정보를 알 수 있었다. 즉 장문세는 부산에서 고서점을 운영한다는 것, 30세로 아직 미혼이라는 것, 또 송영란은 대학을 갓 나온 처녀로 23세라는 것, 고향은 청주이며 아버지가 청주 고인쇄박물관 부관장이라는 것이었다. 이들은 휴대폰 번호를 서로 알려주고 언제 시간 나면 또 만나 식사나 하자며 헤어졌다.

그녀와 헤어져서 숙소로 찾아가는 장문세의 발걸음은 오랜만에 가벼웠다. 내일 서울역에서 부산으로 가기 좋도록 종로 낙원상가 부근 모텔에 자리를 잡았다. 신촌역에서 전철을 타고 모텔까지 제법 가는 시간이 있었다. 객석에 앉아 송영란과의 즐거운 한 때에 머무는 순간이었다. 여운을 남기는 그녀의 미소가 슬그머니 어른거리고 있었다. 오늘 인천 배다리 일대 고서점을 둘러보고 시내로 오다가 혹시나 하고 신촌에 내린 것이 좋은 만남의 계기가 되었다. 때가 절은 헌책을 찾아다니는 팔자에도 이런 때가 있다니 흐뭇했다. 아버지가 돌아가시고 헌책방 '문창서점'을 물려받은 후 처음 가져보는 보람이었다.

박현수는 주위에서 책만 보는 바보라는 뜻에서 서치(書痴)라고 불렀다. 그는 어릴적 국문학 교수인 아버지의 서재에 드나들며 책 읽기에 빠져들었다. 아버지 서재라 어린이가 읽기에는 버거운 책들이었다. 그러나 그는 초등학교 3년생으로서 삼국지같은 대하 역사소설에 흥미를 느껴 틈나는 대로 읽은 결과 6개월 내에 완독했다. 고등학교에 진학한 후는 국문학에 관심을 갖게 되자 국어사전을 외우기 시작했다. 이런 과정을 거친 그는 영어 원서를 사서 읽고 소설을 읽으며 습작을 썼다. 고등학생이지만 어휘 구사가 자유자재로 될 정도로 표현력이 뛰어나다는 평가를 들었다. 그는 읽고 쓰는 생활에 익숙해져 밥 먹기보다 책 읽기와 소설 쓰는 데 정열을 쏟았다.

학교에 갔다 오면 방에 들어가서 나올 줄 몰랐으며, 밤 12시까지 책을 읽었다. 아버지는 그런 그를 이조 시대 간서치(책만 보는 바보) 이덕무를 닮았다고 흐뭇해했다. 하지만 어머니는 책만 아는 책벌레가 되지 않을까 걱정했다. 아버지가 국문학자이다 보니까 이재에는 눈이 어둡고 책에만 눈이 밝다는 것을 알고 있는 어머니는 현수가 아버지를 닮아 가는 것 같아 불안했던 것이다. 현수는 어머니의 걱정과 불안은 아랑곳하지 않고 책 읽기에만 몰두하여 어느 듯 서치라는 별명이 붙게 되었다. 친구들이 책만 보며 방구석에 처박혀 있는 그를 두고 박서치라고 불렀던 것이다.

별난 애서가 장서가들의 이야기는 흥미를 돋우었다. 쉰여섯에 스스로 생을 마감한 독재자 히틀러도 장서가였다. 그의 장서는 1만6천 권이었다. 그가 남긴 책들은 의회도서관 희귀본 서고, 공공기록보관소, 민간보관소 등에 보관되어 있었다. 미국의 역사학자이자 역사 연구가인 티머시 W. 라이백은 그의 책 열 권을 선정, 책 내용뿐 아니라 헌정사, 장서표는 물론, 히틀러가 남긴 연필 자국까지 하나씩 추적해 가며 히틀러라는 독재자가 탄생하게 된 요인을 밝히려 했다. 런던대학 라틴문학 여교수가 좋아하는 시집을 읽으며 차도를 건너다가 차에 치여 죽은 이야기나, 도시생활을 하지 못하게 된 어느 장서 광이 바닷가 모래밭에 책을 가져다 놓고 책이 바람에 날려가지 않도록 책으로 벽돌을 만들어 집을 지었다는 이야기, 밥 사먹을 돈으로 책을 사서 굶어 죽었다는 책 바보, 희귀본을 손에 넣으려 고서점에 불을 지르고 주인을 살해한 탐서광 이야기 등 믿거나 말거나 책 읽는 재미를 불러일으켰다.

2

장문세는 부산 쪽 동해안 일대 시골장터를 누비며 장사 밑천을 장만한 후 제대로 된 장사를 해보려고 활동 범위를 넓혔다. 품목도 고가품으로 바꾸었다. 조수도 하나 데리고 경상도 일대를 훑은 후 전라도 일대로 나아갔다. 시골 장에서 물건을 수집해서 도시로 내다 파는 일을 하고 다녔다. 경상도 일대에서는 주로 지역 특산물로서 도시에서 구하기 힘든 물품을 취급했다. 이를테면 거제, 고성 일대에서 나는 대구를 사다가는 내륙지방으로 가서 팔면 이문이 많이 남았다. 언제부터인가 사라진 대구가 거제, 고성 지방에서 이따금 잡혀서 물량이 많지 않은데다가 특히 겨울철에 선호하는 생선이어서 인기가 있었다. 대구는 아무데나 나지 않아 웬만한 크기면 한 마리에 5, 6만 원을 호가했다. 거기다가 건강 붐을 타고 전복이 인기를 끌자 그것 또한 돈을 낳는 복덩이였다. 전라도 일대에서는 말할 필요 없이 영광굴비가 당연 1순위였다. 이 영광굴비는 대도시 상류층 미식가의 인기 품목이어서 백화점 물품으로 많이 팔려나갔다.

이외에 상류층에 인기를 끄는 품목이 있었다. 이른 바 분재였다. 일본에서 발달한 본사이가 한국에서도 애호가들의 극성으로 분재예술의 경지에 이르고 있었다. 장문세는 국내외 분재 서적을 탐독하고 국내 동호인의 취향을 파악했을 뿐만 아니라 분재를 개발하는데도 관심을 가졌다. 일본 본사이는 축소지향형 문화에 걸맞게 소형이 주류지만 한국 분재는 중대형이 주류였다. 전라도, 특히 전남지방에 가면 해방 후 일본 원예가들의 귀국 후 자생적인 분재 애호가들이 분재 목을 가꾸기 시작하여 대를 이어 받은 데가 있었다. 이런 데서는 분재 목 자체가 수령이 오래되어 노거수의 자태를 뽐내는 것은 물론 다양한 품목이 갖추어져 있었다. 특히 이 지방에서는 바늘에 실 가듯 분재 하면 수석이 따라 다닐 정도로 수석 또한 예술성을 인정받아 애호가들이 적지 않았다. 광주에서도 수석을 즐길 수 있지만 목포에 가면 남농의 수석 수집품이 인기를 끌었다. 남농 허건은 남종화의 대가 소치 허련의 손자로 목포 변두리에 그의 그림과 수석을 진열해 놓은 남농기념관이 있었다. 장문세가 분재 장사를 해보려고 이 지방에 오면서 알아봤더니 많이 변했다고 했다. 지금은 입안산 밑에 갓바위 문화타운이 조성되어 기념관 앞쪽에 목포생활도자박물관이 있는가 하면 주변에 목포자연사박물관, 국립해양문화재연구소 등이 늘어서서 목포의 뛰어난 관광자원이 되어 있었다. 가까운 진도군 의신면에는 남농의 할아버지인 소치의 기념관 뿐만 아니라 그를 기리는 시설들이 들어선 운림산방은 또 다른 관광명소였다. 그가 가보고 싶었던 곳이었으나 초행길에 시간을 낼 수가 없었다. 나중에 시간을 내어 꼭 한 번 들러 볼 작정이었다.

분재는 자연생나무의 모습을 그대로 살리면서도 관상용으로 적합하게 축소한 것인데 기막힐 정도로 예술성을 띤 우수한 작품이 있었다. 도시 가정에 이런 분재 작품 몇 점을 비치해 두면 마치 숲속에 온 듯한 착각을 불러

일으킬 만큼 자연경관을 즐길 수 있었다. 그 바람에 행사장 장식용으로도 인기가 있었다. 분재의 소재 목은 자연 생나무를 잘라 키와 덩치를 낮추고 화분에 심어 뿌리를 내리게 하는 것이 가장 중요하다. 일단 소재 목을 살려 놓고 다음 단계 작업을 해야 하기 때문이다. 그러나 자연 생나무를 채취하기도 문제인데다 분재가 사업품목으로 발전한 만큼 농장에서 분재 목을 키워 사용하게 되었다. 이것이 실생 목이다. 물론 자연생보다 가치가 떨어지기는 해도 분재를 만드는 데는 문제가 없다. 이런 과정을 눈여겨본 장문세는 전남지방에서 분재들을 수집하여 도시 애호가들에게 구색 맞춤으로 공급하는가 하면 큰 행사장이나 재벌기업의 소장품으로 팔았다.

장문세가 이렇듯 장돌뱅이에서 본격 사업가로 발돋움할 무렵 아버지의 부음을 들었다. 분재 소재인 소사나무 거래를 마치고 해남 여관에서 쉴 때였다. 조수가 집에 볼일이 있어서 부산에 갔다가 헌책방 이웃으로부터 별세 소식을 듣고 여관으로 전화했다. 외톨이라서 좋든 나쁘든 혼자서 초상을 치를 수밖에 없었다. 오후에 부랴부랴 버스를 타고 광주로 갔다. 광주에서 다시 부산행 버스를 탔다. 호남고속도로를 지나 남해고속도로로 진입하니 고향이 가까워진 것 같았다. 부산으로 오는 동안 장문세는 귀환동포 할아버지의 일본행부터 해방 후 귀국하기까지의 역정을 더듬어 봤다. 할아버지는 일제강점기에 서부경남에서 일본으로 일자리를 찾아 가는 사람들을 따라 오사카로 갔다. 거기서 20년을 일하다가 해방이 되어 귀국했다. 그러나 조국은 귀환동포를 반겨주지 않았다. 할아버지가 부산에서 헌책방을 열던 때 얘기를 들려주었던 것이 기억났다. 일본에서 부산으로 돌아온 할아버지는 귀환동포였다. 해방을 맞아 잃어버린 조국을 찾아왔으니 먹고 살길을 마련해 주리라 기대가 컸다. 그러나 해방 후 정국은 혼란과 무질서로 제 자리를 잡지 못하고 드디어 남북이 갈라서는 지경에 이르렀다. 이런 형편에서 귀환동포라고 특별히 봐주는 일이 없었다. 오히려 우환동포가 된 할아버지는 처자식을 먹여 살릴 일이 걱정이었다. 일본에 노가다로 갔다가 돌아와서 노가다 신세를 면할 줄 알았는데 또 다시 노가다 일을 하지 않으면 안 되었다. 그나마 공사판에서 다리를 다치는 바람에 더 이상 일을 할 수가 없었다. 6·25전쟁 이후 물밀듯 내려오는 피란민들로부터 고물을 사서 파는 고물장사를 했다. 어느 날 국제시장 부근 보수동을 지나는데 노점상 몇 명이 건물 담벼락에 좌판을 늘어놓고 있었다. 고물들 사이에 헌책이 몇 권 보였다. 책을 만져 보며 잘 팔리는지 물어 봤다. 그리하여 알게 된 사람이 평양에서 월남한 손정린 씨였다.

할아버지는 손씨와 알게 되어 헌책 장사를 시작하게 되었다. 6·25전쟁 직후 그곳 병원 담에 헌책 노점상을 하던 사람은 세 명이었는데 할아버지가 좀 떨어진 곳에서 좌판을 차렸다. 박스를 하나 구해서 '헌책 삽니다'라고 써 붙이고 노점상을 시작했다. 노점상을 하면서 행인들 중 노인네들이 오며가며 들려 준 얘기로는 해방 전후에도 헌책방이 몇 군데 있었다고 했다. 중앙동에 부산에 가장 큰 책방이 하나 있었는데 해방이 되자 문을 닫아 버렸다. 그런데 부평동, 토성동, 보수동 일대 학생들이 즐겨 찾는 대본점이 하나 있었다. 이 지역에 살던 일본인들이 귀국하면서 버리고 간 책들을 모아 대본점을 연 것이다. 책들은 보잘 것 없었지만 당시로서는 가뭄에 소나기처럼 책을 찾는 학생들의 독서욕을 충족시켜주는 유일한 통로였다.

서울에서는 부산과 다르게 서점들이 제법 있었다. 당시 경성서적조합의 자료에 의하면 번화가였던 충무로와 명동 쪽에 문광당, 군서당, 지성당, 면강당, 금강당 등 상호에 당 자를 붙인 고서점이 많았으며, 일반 서점이 몇 개 있었다. 북촌이라고 일컬었던 종로 북쪽 지역에는 종로 1, 2가에 박문서관, 영창서관, 덕흥서림, 한성도서 등, 관훈동과 인사동 등지에는 삼중당, 향림서원, 금항당(金港堂, 해방 후 통문관으로 개칭) 등이 있었다. 해방 무렵까지 서울에 신고서점들이 1백여 개였으나 해방 후 일본인들이 귀국하여 감소되었다고 한다.

1945년 8월 이후 부산에서는 이른 바 도떼기시장이라고 하는 부평동 국제시장을 중심으로 상거래가 활발하게 전개되었다. 그때 패망한 일본인들의 적산물자가 경매에 붙여짐으로써 새로운 상거래를 부추기고 있었다. 경매 물건이 낙찰되면 경매꾼이 '돗따!'라고 외친데서 도떼기시장이라는 명칭이 붙을 정도로 이 무렵 국제시장은 전후 부산 지역 상권의 중심으로 떠올랐다. 이 틈을 타고 재빠른 투기 사업가는 운송회사를 차리고 일본인 물품의 운송사업을 시작했다. 그는 한 고리짝(行李)에 2백 원씩 받고 오사카나 시모노세키로 운송해 준다고 짐을 받아놓고서 엉뚱한 짓을 했다. 짐을 맡긴 일본인들이 아끼던 물건이 무사히 고국에 도착할 것이라고 믿었다. 미군 사령부에서 일본인의 반출량을 제한했기 때문에 귀중품을 몰래 가져 나갈 수가 없었다. 이 약점을 노린 사업이었다. 그 짐들은 일본으로 간 것이 아니라 난데없이 도떼기시장에 나타났다. 짐을 맡긴 바로 다음 날 경매에 붙여버렸던 것이다. 여기서 한 고리짝에 2, 3천 원씩 팔려나갔으며, 귀중한 골동품이나 책들이 거래되었다. 그때만 해도 일반 서적에 대한 인식이 얕아서 소설류 등을 귀찮다고 내버리는 바람에 어린 학생들이 명작들을 주워 보는 횡재를 하기도 했다.

이처럼 일본인의 물품 경매에서 천대를 받던 책들을 모아 길가 담벼락에 노점상을 차렸다. 그 후 6·25전쟁으로 보수동 헌책방의 본격 시대가 열리게 되었다.

할아버지가 차린 노점상 앞길이 대신동 학교로 가는 길목이라서 학생들이 많이 다니는 바람에 책이 제법 팔려나갔다. 당시는 모두 어려웠기 때문에 헌 교과서나 참고서를 많이 찾았다. 그로부터 10여 년 후 군사정권에서 도로계획에 따라 길을 내게 되어 담벼락이 헐리고 공간이 생겼으며, 그 공터를 헌책방에 할애해 주어 하꼬방을 지었다. 그 하꼬방이 곧 할아버지의 문창서점이 되었다. 가족들은 그 헌책방으로 연명할 수 있었다. 할아버지가 돌아가시자 아버지가 물려받아 헌책방을 운영했다. 그러나 젊을 적 건달이었던 아버지는 술이나 마시고 어머니를 구박하는 재미로 사는 것 같았다. 그런 생활 끝에 자신이 객지생활로 몰린 것이었다.

버스가 장유를 거쳐 낙동강으로 가까이 올수록 미련 없이 훨훨 떠났던 부산을 다시 찾는 기분이 착잡해지기 시작했다. 강물 위에 물새 떼가 까악까악 노니는 것을 보고 임랑 해변에 누워 신세를 한탄하던 생각이 떠올랐다. 기왕 부산을 떠난 김에 아버지 장례를 치른 후 헌책방을 정리하기로 다짐했다.

삼일장을 치른 후 부산 생활의 흔적을 말끔히 청산할 작정으로 집안의 물품들을 하나하나 살피며 분류했다. 남 줄 것은 따로 놓고 버릴 것은 한데 모아두었다. 마지막으로 할아버지 때부터 쓰던 장롱을 정리했다. 헌 옷가지들을 모두 드러내고 각종 영수증이며 메모가 들은 낡은 서류봉투 몇 개도 불태우기 위해 쓰레기통에 던졌다. 마지막으로 서랍 안쪽으로 손을 넣어 보았다. 비교적 새로운 느낌이 손끝에 닿았다. 손으로 집어 낸 것은 깨끗한 봉투였다. 의아해 하면서 봉투를 열었다. 거기에는 집과 헌책방의 등기서류와, 또 다른 작은 봉투가 있었다. 아버지의 필체인 듯 서투른 글씨로 겉봉에 '문세 보아라'라고 쓰여 있었다. 아버지가 자신에게 무슨 말을 했을까, 궁금한 김에 봉투 안의 종이를 펼쳐 봤다.

－문세야. 내 나이 칠십이 다 됐으니 언제 갈 지 모른다.

내 자식이라 캐야 니 하나뿐인데 내가 잘못해서 니를 객지 생활시키고 미안타.

조꼼이라도 니한테 미안한 마음을 풀 수 있으모 좋것다. 그래서 올마 안 돼도 내가 모아놓은 거 주고 간다. 이거 갖고 장사를 하든지 니가 알아서 해라.

그라고 꼭 부탁하고 싶은 기 하나 있다. 이 가게는 니 할배가 일구어 놓은 긴 께네 남 주지 말고 니가 맡아서 할 수 있는 데까지 해라.

그라모 잘 살아서 성공하기 바란다. 2000년 새해 애비가 부탁한다.

장문세는 코끝이 짜릿해 옴을 느끼며 그 자리에 쓰러졌다. 무엇이라 할 말이 없었다. 마지막 가는 아버지의 자식에 대한 심정을 이 편지로 대하니 자식인 자기 자신은 어떻게 해야 할지, 그저 울음으로 아버지에게 인사를 올릴 수밖에 없었다. 방바닥에 엎드려 '아버지, 아버지!' 하며 통곡했다. 그동안 단절되었던 부자관계가 이어지는 순간이었다. 아버지를 향한 그 애절

한 부름을 타고 부자의 정이 교차하고 있었다.

그로부터 일주일 후 장문세는 '문창서점'을 탈바꿈하기 위한 구상을 끝냈다. 부산을 떠날 때 다시는 헌책방을 쳐다보지 않겠다고 다짐했던 결심이 무너져 내린 것은 아버지의 유언에서 연상된 할아버지의 말씀 때문이었다.

'헌책방이 지식의 보고라는 걸 알 때가 올 기다.'

할아버지가 돌아가시기 전 유언처럼 하셨던 말이 아버지의 유언장을 들여다보던 중 떠올랐다. 그때는 무슨 말인지 알 수 없었거니와 철이 없어 알려고도 하지 않았다. 그 후는 아버지와의 충돌 때문에 헌책방에 대한 감정이 좋지 않았다. 될수록 그 컴컴하고 구린내 나는 골방 같은 곳을 떠나고 싶은 마음뿐이었다. 그런데 어려서 자기를 장손이라며 사랑해 주시던 할아버지의 말씀 앞에 무릎을 꿇는 심정이 되었다.

3

하루는 아버지가 박서치를 서재로 불러 간서치에 대한 이야기를 했다.

"정조 시대 규장각 검서관이었던 이덕무의 일대기를 잘 읽어 봐라. 그는 스스로 책만 보는 바로라고 여겨 '간서치(看書痴)'라는 책을 펴내기도 했다. 그를 중심으로 한 이른 바 백탑파 이야기도 읽어보고."

"네. 알겠습니다."

그는 아버지의 얘기를 들은 후 이덕무의 별명에 호기심을 가졌다. '간서치'라는 별명은 이덕무 자신이 쓴 책 '간서치'에서 따온 것이었다. 그 후 글자 그대로 책만 보는 바보를 서치라고 부르게 되었다. 박서치는 연암 박지원의 '열하일기'부터 읽어 보고 난 뒤 그를 존경하고 따랐던 백탑파 이야기에 흥미를 느꼈다. 조선 정조 때 원각사 백탑을 중심으로 살았던 이덕무를 비롯 박제가, 유득공, 백동수, 이서구 등 5명을 백탑파라고 했으며, 연암 박지원과 담헌 홍대용을 스승으로 모셨다. 이들은 서로 교유하면서 정조 시대 문학사조를 일구는 데 일조를 했다. 특히 연암 박지원의 열하일기에서 볼 수 있듯 새로운 사조를 과감하게 받아 들여 폐쇄된 조선사회를 밖으로 열려는 꿈틀거림을 보여주었다. 열하일기 때문에 박지원의 청나라행이 널리 알려졌지만 사실은 그를 따르던 이덕무가 먼저 청나라 사신을 수행해 갔었다.

홍대용 선생이 먼저 15년 앞서 사신을 따라 청나라에 갔었고, 다음에 백탑파 중심인물인 이덕무 선생이 온 후 역시 같은 백탑파인 유득공, 박지원이 차례로 갔다. 홍대용이 북경, 당시의 연경에 간 것은 1765년으로 나이 35세 때였다. 동지사의 서장관으로 가는 숙부인 홍억의 자제군관 자격이었다. 그는 때마침 항주에서 과거시험을 보러 온 박정균과 만났는데 서로 말이 통했다. 필담으로 이야기를 나누다가 정이 들어 헤어질 때 시문집을 교환했고, 홍 선생은 귀국해서 '회우록'이라는 문집을 낸 것으로 유명해졌다.

홍대용의 연행 이후 13년이 지난 1778년엔 이덕무와 박제가가 연경에 갔고, 2년 뒤인 1780년엔 연암 박지원이 다녀와 '열하일기'를 저술했던 것이다. 10년 뒤 박제가는 유득공과 함께 다시 연경에 갔고, 박제가의 제3차 연행은 1801년에 있었다. 그의 제자인 추사 김정희가 연경에 간 것은 1809년이었다. 이렇듯 백탑파와 유리창은 깊은 인연을 갖게 되었다.

이런 내력을 알게 된 박서치는 백탑파를 모델로 한 소설을 검색해 봤다.

'방각본 살인사건', '열녀문의 비밀', '열하광인' 등 같은 작가가 쓴 작품이 연달아 출간되었다.

아버지로부터 문창서점을 물려받은 장문세는 그에게 남겨준 돈으로 옆 가게 한 칸을 더 사들여 헌책방을 확장하는 한편 새로이 단장하여 새 출발을 했다. 그는 시간이 지나자 그동안 장사꾼으로 갈고 닦은 사업 수완과 패기로 단순한 헌책 장사가 아니라 고서 사업가로서 발돋움하기 시작했다. 그가 일신하여 이렇게 고서 사업가로 나서게 된 데에는 우연한 인연이 작용했다.

장문세는 헌책방 운영에 손대자 자연스럽게 시골장터 고물상을 생각하게 되었다. 그동안 시골장터를 돌아다니며 고물장수들이 늘어놓은 고물 사이에 헌책들이 끼어있는 것을 자주 볼 수 있었다. 고물상이 가지고 다니는 헌책을 눈여겨보면 값진 것이 있지 않겠느냐, 하는 생각에 미쳤다. 그래서 어린 학생들 교과서나 참고서보다 값진 고서를 취급해 보고 싶었다. 부산 경남 지역 장날을 기록해 두었다가 시간을 내서 시골장터로 나갔다. 그렇게 시골장을 돌던 중 정관에 들르게 되었다. 그때 비싼 헌책이 있다던 얘기를 들은 기억이 났다. 권 누군가 하는 학교 선생이 했던 얘기였다. 기억을 더듬어 그의 이름과 학교를 찾았다.

기장 초등학교 권영한 선생은 장문세를 알아보지 못했다. 정관 장날에 국밥집에서 잠깐 만나 얘기를 나누고 헤어진 것을 잊고 있었다. 벌써, 6, 7년 전 일이었다.

"선생님. 장문세라고 합니다. 이전에 정관 장날 만나 선생님 얘기를 들은 기억이 나서 찾아 왔습니다."

"어, 그래요. 난 기억이 잘 안 나는데…… 어쩐 일로 왔어요?"

"아, 네. 그때 국밥집에서 선생님이 비싼 책이 오래 된 것이 있다고 했어요. 그 말 듣고 그냥 헤어졌는데 지금도 있는가, 궁금해서 왔는데요."

"비싼 책이 무슨 책인고? 오래 된 것이라 캤소?"

"네, 선생님. 할아버지가 함부로 말 하지 말라 카는 책이라고 카던데예."

"아, 그 책 말이구만. 할아버지가 아끼던 고서, 근데 와 그 책 찾소?"

"그때 선생님이 어려분 사정이 있어서 팔라 칸다고 제한테 말했심더. 지금도 그 책 있으모 팔낀교?"

머뭇거리던 권 선생은 미소를 띠며 말했다.

"네. 잠깐 교무실에 갔다 올게요. 여기 기다리소."

10분 정도 기다린 후 권 선생은 나와서 운동장 한편에 하늘을 찌를 듯 높이 서 있는 정자나무 아래로 데리고 갔다. 거기서 권 선생은 헌책의 내력을 자초지종 얘기해 주었다. 그것은 그냥 헌책이 아니라 집안 대대로 전해 내려오는 고서로서 희귀본이었다. 규장각 검서관이었던 윗대 할아버지가 아끼던 책인데 할아버지가 경상도로 유배되어 오면서 가져 온 것이었다. 그 책은 연암 박지원의 문하생이 엮은 '연암문집'이었다.

장문세는 이 자리에서 박지원이라는 사람이 누구이며, 규장각이라는 데가 무엇을 하는 곳이며, 검서관은 또 무엇을 하는 사람인지 등등 흥미로운 얘기를 들었다. 그리고 고서 중 희귀본이 왜 값이 비싼지도 알게 되었다. 헌책이면 보수동 헌책방에 있는 그런 헌책이지 무슨 희귀본이니 비싼 책이니 하는 말을 알아듣기가 힘들었다. 권 선생이 사정이 어려워 판다고 했던 그 책은 여러 경로를 통해 서울 고서점에 팔아서 없다고 했다. 아쉬운 생각에 어디서 사갔냐고 물었다. 서울에 가면 인사동이라는 데가 있는데 거기 통문관에서 샀다고 알려주었다. 그러면서 통문관은 인사동의 대표적인 고서점으로서 고서박물관 같은 곳이라고 밝혔다. 통문관, 통문관…… 그는 고서점 이름을 중얼거리며 운동장을 떠났다.

장문세는 고서를 잘 찾기만 하면 장사가 될 것 같다는 것을 알게 된 후로부터 시골 장날을 기다렸다가 고물상을 찾았다. 교과서며 손 때 묻은 헌책들이 심심찮게 고물들과 섞여 나왔다. 그 중 출판 연도를 보거나 저자 이름을 보며 책을 골랐다. 그러자니까 소설이나 시, 수필집 같은 문학 작품은 물론 유명 인사들의 저술을 알아야 한다는 것을 깨달았다. 도서관 열람실에서 도서목록을 훑어 봤지만 별 도움이 되지 않았다. 이웃 헌책방들을 보니까 아들이나 젊은 종업원을 통해 인터넷 서점 망에 가입하여 전국적으로 거래를 할 수 있었다. 결국 컴퓨터 작동법을 배우고 한글워드나 마이크로소프트 워드를 배워야 그런 거래를 할 수 있었다. 늦었으나 컴퓨터학원을 다니며 열심히 배웠다. 인터넷 서점을 운영하며 짬짬이 고서나 희귀본을 검색하여 목록을 만들었다. 이제 헌책과 고서의 차이를 알 것 같았다. 헌책이라고 하는 것은 보수동 헌책방에 있는 것처럼 나온 지 얼마 안 되는 책으로서 누가 한 번 보고 난 뒤 버리거나 남에게 준 책을 말했다. 이를테면 학생 교과서 같은 것이나 소설 책 같은 것이었다. 반면에 고서라고 하는 것은 꽤 오래 전에 나온 것으로서 구하기 어려운데다가 내용 자체도 수준이 높은 책을 말했다. 이를테면 박지원 문집처럼 발간 연도가 일백 년 이상 또는 몇십 년 이상 되는 책 같은 것이었다. 이처럼 책에 대한 안목을 넓혀 가는 중에 고서에 대한 관심이 자꾸 커져 갔다.

장문세는 날을 잡아 서울로 갔다. 이번에는 통문관을 방문하여 고서에 관한 이야기를 본격적으로 들어 볼 작정이었다. 이 고서점은 이겸로 선생이 1934년 금문당이라는 헌책방을 사서 금항당으로 바꾸었다가 해방 후 통문관으로 상호를 정한 서점이었다. 인사동에서 터주 대감이 된 이 선생은 고서 발굴과 보급에 앞장서 인사동 어른으로 자리매김했다.

장문세는 인사동에 어린 통문관 어른의 체취와 행적에서 고서에 대한 인식이 새삼 달라졌다. 우선 열하일기를 쓴 박지원 선생을 존경했던 백탑파 관련 책을 사보기로 했다. 백탑파 관련 책을 검색해 봤다. 백탑파의 중심인물이었던 이덕무를 모델로 한 책이 있었다. 이른 바 '책만 보는 바보'(간서치)였다.

보다 깊이 있는 고서 지식을 가지고 고서적상을 해야겠다는 각오를 다지며 부산으로 내려가려고 서울역으로 향했다. 역 청사로 들어가서 막 매표소 앞에 늘어선 줄 뒤에 서는 참이었다. 그때 젊은 여성 하나가 급하게 뛰어왔다. 무슨 다급한 일이 있어서 시간에 대려고 서두르는 것 같았다. 그의 뒤로 접근하는 것을 본 장문세는 한 사람이라도 앞서서 빨리 표를 살 수 있도록 자리를 양보했다.

"이쪽으로 서시오."

그가 몸을 비켜서며 앞자리를 가리켰다. 그러자 여성은 엉겁결에 고개를 끄덕 숙이며 앞에 섰다. 그 순간 그는 어디선가 본 것 같은 생각이 들었다. 그와 동시에 여성이 고맙다며 인사를 했다. 미소를 띤 얼굴에서 기시감의 원인을 알아냈다. 바로 신촌에서의 일이 떠올랐다.

"아! 송……."

이름이 바로 기억나지 않아 주춤하자 그녀는 화답하듯 희미한 기억의 윤곽을 분명하게 해주었다.

"어머! 선생님. 송영란이에요."

"그렇지. 송영란 씨, 어쩐 일로 바삐 가요?"

"네. 아버지가 몸이 불편하셔서 입원했다는 소식을 듣고 집으로 급히 가는 길이에요."

뜻하지 않게 만난 두 사람은 케이티엑스 경부선 열차에 좌석을 나란히 잡고 앉아 오랜만에 회포를 풀었다. 아버지 안부로 얘기를 시작하여 아버지의 직장이 청주고인쇄박물관이며, 부관장으로 일하는데 뇌출혈로 쓰러져서 급히 수술을 받아야 한다는 것이었다. 장문세는 시골 장 사업을 그만두고 아버지의 헌책방을 물려받아 고서 장사를 하게 되었다는 사실을 알려주었다. 송영란은 그녀대로 컴퓨터 그래픽을 제대로 배워 1급 기사 자격증을 딴 후 광고회사에서 일하는 중이라고 했다. 두 사람은 그동안 소식이 궁금했는데 안정된 직업을 가져 서로 잘됐다고 추켜세웠다.

송영란은 장문세의 고서점에 관심을 가지면서 아버지가 근무하는 박물관은 '직지'라는 고서의 발간을 기리는 곳이라고 밝혔다. 고서라는 말에 호기심을 가진 그는 직지에 대해 이것저것 물어보고 한번 고인쇄박물관을 방문했으면 좋겠다고 말했다. 그녀는 그의 박물관 방문을 주선해 주기로 하고 적절한 때 연락할 것을 약속했다.

4

박서치는 중국 청화대학 국제유학생으로서 학위과정이 아닌 일반 연수과 정으로 역사계에 입학했다. 처음에 중국 문학계에 지망하려다 역사계로 바 꾸었다. 동북공정이 논란의 씨로 등장하고 있던 때여서 역사에 관심을 갖 게 되었다. 중국 고문서에 대한 지식을 쌓아서 한국 고문서 연구에 활용할 생각이었으나 두 나라의 역사적인 배경 또한 중요하다고 판단한 결과였다. 인문학원(대학) 역사계 본과가 아니고 연수과정이었으므로 강의를 듣기에 힘 들지 않았다.

강의실에서 발해사에 관한 얘기가 나오자 박서치는 긴장했다. 교수는 예 의 동북공정을 끄집어냈다.

동북공정은 동북변강역사여현상계열연구공정(東北邊疆歷史與現狀系列研究工 程)의 약자로서 2002년부터 중국이 추진한 동북쪽 변경 지역의 역사와 현 상에 관한 연구 과제였다. 바로 중원중심 역사로 옛 조선의 역사를 왜곡 개 편하려는 연구였다. 즉 고조선, 고구려, 발해 등은 고대 중국의 동북지방에 속한 지방정권으로서 엄연히 중국의 역사에 속하는 것으로 규정하고 있는 것이다.

박서치는 불만을 가지지 않을 수 없었다. 해서 질문을 던졌다.

"교수님 이른 바 동북공정은 중원중심 역사관에 입각한 역사해석을 시도 하는 것으로 알고 있는데 어떻게 생각하십니까?"

"아니요. 동북공정은 어디까지나 중국 역사의 진면목을 찾자는 것일 뿐 이요. 그런데 한국이나 조선에서 트집을 잡는 거요."

"그건 트집이 아니라 중국의 일방적 중화주의 역사관을 바로잡으려는 것입니다."

그러자 여기저기서 웅성거림이 들려왔다. 중국 학생들이 자국의 정략적 태도에 동조하여 보인 반응이었다. 박서치는 입을 다물지 않을 수 없었다. 강의가 끝난 후 외톨이가 된 기분으로 호수가로 갔다. 벤치에 앉아 중국 현지에서 접하는 동북공정의 실상을 되씹어보고 씁쓰레한 기분이었다.

중국은 최고의 학술기관인 사회과학원과 지린성, 랴오닝성, 헤이룽장성 등 동북삼성의 성위원회가 연합하여 2006년까지 동북공정을 추진 중에 있었다. 왜냐하면 전략 지역인 동북 지역, 특히 고구려, 발해 등 한반도와 관련된 역사를 중국의 역사로 기정사실화하여 한반도가 통일되었을 때 일어날 영토분쟁의 가능성에 대비하려는 목적 때문이었다. 한국에서는 이에 대응하여 아직 어떤 움직임을 보이지 않고 있었다.

박서치는 앞으로 이 문제가 한국과 중국 간에 큰 쟁점이 될 날이 올 것을 내다보며 우울해졌다. 그때 누군가가 다가왔다.

"동무, 내레 평양에서 왔수다."

자기소개를 하며 옆에 앉은 사나이는 30대 초반으로 보였다. 평양이라는 말을 듣고 순간 움찔했다. 그러나 잠시 뒤 같은 유학생끼리 얘기를 나눠 보는 것이 문제가 있겠는가 싶었다. 미소를 띠며 화답했다.

"아, 반갑습니다. 난 청주에서 왔어요."

"청주 말입네까? 기러믄 충청도……."

"맞아요. 충청북도 수도지요."

통성명을 해보니 그는 강명호로서 평양 4·15문학창작단 소속이었다. 역시 그와 같은 인문학원 중국어언문학계에 유학 온 학생이었다. 두 사람은 중국 생활 얘기 끝에 한국과 조선을 보는 중국인들의 비뚤어진 시각을 두고 흥분하기 시작했다. 역사 강좌에서 보고들은 바가 있는 박서치가 먼저 동북공정 얘기를 끄집어냈다.

"강 선생, 지금 중국에선 우리 역사를 어떻게 왜곡하려는지 아시오?"

"아, 기거이 동북공정 말입네까?"

"그래요. 사실 이 나라에 와서 역사 공부를 하고 있지만 얼토당토 하지 않은 소리를 들으니 먹은 게 소화가 안 돼요."

"기러문요. 내레 중국 문학 공부를 하고 있지만 역사 니얘기는 한심합네다."

"자료에 보니까 고구려나 발해를 중국의 지방 정도로 폄하해서 아예 조선 얘기는 꺼내지 못하도록 하려고 해요. 참, 기가 막혀서."

"참, 발해는 고구려 영토였는데 기따위 소리 무시하기요."

북한은 발해를 아예 고구려 영토로 규정하고 있었다.

"그런데도 중국 측은 유적지 안내판에 무엇이라고 해놓은 줄 알아요? 상경유지박물관 진열실이나 용두산 정효공주 무덤에는 '발해가 당에 예속된 지방민족 정권'이라는 요지의 글이 있다고 해요. 이런 뻔뻔한 일이 어디 있겠어요."

두 사람은 서쪽으로 요동과 동쪽으로 러시아 연해주에 이르는 방대한 발해영토를 두고 중국이 지방정권이라고 주장하는데서 동북공정의 실상을 실감했다. 강명호는 분노를 표정에 담고 단호하게 말했다.

"과거 소련이 붕괴되면서 15개 공화국으로 분리 독립한 것처럼 중국도 티베트와 신장위구르를 비롯 조선족 등이 분리 독립을 주장할 것을 두려워해서리 기런 짓을 하고 있잖간."

"맞아요. 한중 수교 후 한국 관광객이 동북아 지역으로 몰려들자 중국 정부는 조선족으로 하여금 말조심 하도록 당부했다는 말을 들었어요. 한민족 끼리 민족의식에서 고토 찾기 얘기가 나올까봐 경계한 것 같았어요."

사실 한중 수교 후 한국 관광객들이 60년 동안이나 분단으로 막혀 있던 북한을 압록강이나 두만강 변에서라도 보려고 단동이나 도문에 가면 가이드인 조선족들이 주의를 주곤 했다는 소문이 파다했다. 같은 동포라고 조선족을 믿고 따라나섰던 관광객들은 도문 다리에 접근조차 하지 못하도록 하는 것을 보고 기가 막혔다. 사진이라도 찍을까 해서 입구로 가면 접근 금지라며 말렸다. 의아해서 물어보면 '나중에 입장이 곤란해진다.'고 하더라는 것이다. 결국 중국 공안이 그들에게 말이나 행동에 제약을 가한다는 얘기였다. 강명호는 이런 얘기도 알려주었다.

"우리 역사학자들이 연해주 발해유적을 돌아 볼 때 러시아 학자가 한 말이 귀에 거슬렸지 않았습네까. 마우제(러시아 별칭)도 문화교류는 좋지만 연해주를 빼앗을 생각은 하지 말라고 미리 못을 박았다지요."

중국이나 러시아가 발해유적을 내세워 영토 분쟁이 일어나지 않을까, 신경과민 상태인 것이 드러나는 대목이었다. 박서치는 벌레 씹은 기분으로 강명호와 헤어지면서 그에게 다짐했다.

"앞으로 남북교류가 제대로 되면 강 선생과 함께 우리의 고토를 중국 측이 확실하게 인정할 수 있도록 힘을 모읍시다."

장문세는 활동 범위를 전국으로 넓혀 대도시 주변을 피하고 중소도시 주변의 시골장터를 찾아다녔다. 전라남북도를 거쳐 충청도로 가던 도중 청주가 고향이라던 송영란이 생각났다. 청주 장날에 가면 혹시 그녀를 만나볼 수 있을지 몰랐다. 지난번 고인쇄박물관에서 직지라는 고서를 기념하는 일을 한다고 했는데 그 고서에 대한 이야기도 들어 볼 겸 청주에 갔다. 우선 고인쇄박물관으로 찾아갔다. 송영란의 아버지가 퇴원해서 다시 근무를 하는지, 궁금하기도 했고, 무엇보다 송영란의 소식을 들을 수 있을 것이라는 기대를 가지고 갔다. 부관장실로 갔더니 여직원이 부관장은 아직 병원에 입원중이며 그동안 회복이 잘 되고 있다고 알려주었다. 그는 좀 쑥스러운 기분이 들었지만 속셈을 털어 놓았다.

"혹시 송영란 씨 소식은 못 들었어요?"

"송영란 선배는 어떻게 아세요?"

"아, 네. 박물관에 한번 오라고 해서……."

"오늘이 토요일이라 부관장님 병문안하러 내려 와 있어요."

"그럼 잘됐네요. 연락이 될까요?"

그녀는 그 자리에서 바로 휴대폰으로 전화했다. 선배라더니 휴대폰으로 서로 연락하는 사이인 것 같았다. 통화가 되자 송영란과 연결시켜 주었다.

"아, 영란 씨. 나 장문세요. 그래요 그럼 기다리고 있을게요."

길도 잘 모를 테니 박물관에서 기다리면 곧 가겠다고 했다.

"고마워요. 영란 씨와 잘 아는 사이인 모양이지요."

"네, 저의 고등학교 선배에요. 기다리실 동안 차 한 잔 하세요."

차 한 잔 하며 여직원과 박물관 관련 얘기를 나누고 있는데 송영란이 뛰다시피 바쁘게 들어왔다.

"어머, 장 선생님. 오셨다고 뛰어 왔어요."

"오랜만이요. 뛰어오다니 거리가 얼만데……."

둘은 반가움을 스킨십으로 전달하려고 서로 손을 꽉 움켜쥐고 흔들었다. 손바닥을 통해 짜릿한 전류가 흘렀다. 그대로 부관장실 문을 나섰다. 온 김에 박물관을 관람한 후 점심을 먹으러 가기로 했다. 송영란의 안내로 박물관 내부를 둘러보던 장문세는 전시된 고서들을 찬찬히 훑어 봤다. 전부 한자로 되어 있어서 무슨 내용인지는 모르나 상당히 값진 책인 것은 틀림없으리라 짐작했다. 그런데 이런 책들을 옛날에는 어떻게 인쇄를 했을까, 의문이 생겼다. 활판 인쇄를 했을지 모르나 그보다 먼저 활자가 있어야 인쇄가 가능했을 텐데 활자는 어떻게 만들었을까? 머릿속에 의문부호가 커다랗게 자리 잡는 순간에 송영란이 그 부호를 지워주려는 듯 손짓을 했다.

"이쪽으로 와 보세요. 여기 활자 만드는 과정이 있어요."

그는 얼른 그쪽으로 가서 그녀가 가리키는 방향으로 시선을 던졌다. 그녀는 자신이 나서서 해설사처럼 설명하기 시작했다. 먼저 양초를 글자로 빚고 모래에 찍어 본을 만들고 양초를 들어낸 후 쇳물을 부어 활자를 만드는 것이라고 설명해주었다. 사실 이 과정에서 양초의 질이라든가, 모래의 토질, 주물기술 등 세심한 부문이 있지만 대강의 흐름을 알려주는 것만으로도 그는 활자의 탄생과 인쇄공정을 이해할 수 있었다. 한국에도 이런 데가 있다는 것이 반가웠다. 어쩐지 기대감에 젖는 기분이었다. 그녀에게 고맙다고 말하려는데 손님 대접하느라 먼저 말문을 열었다.

"여기까지 오셨는데 맛있는 식당으로 모실게요."

"난 아무데나 좋아요. 영란 씨와 함께라면 된장찌개도 맛있어요."

식당에서 송영란의 아버지 병세가 어떤지 물었다. 지난번 뇌출혈이라고 해서 걱정되었다. 그녀는 아버지가 건강한 편이어서 다행히 회복이 잘 되고 있다고 알려주었다. 장서쾌는 걱정스런 마음을 놓은 후 고인쇄박물관에 대한 질문을 했다. 청주에 온 김에 도대체 직지가 어떤 것이며 청주와 어떤 관계가 있는지 확실하게 알고 싶었다. 식사 후 커피숍에 들러 직지 얘기를 나누었다.

"직지가 어떤 연유로 발간됐나요?"

"고려 말 공민왕 때 왜구의 노략질로 백성들이 어려움을 겪고 있었어요. 그때 황해도 성불사 주지인 백운선사가 불경에다가 자신의 초록을 덧붙인 불조직지심체요절이라는 불경관련 책을 써서 백성들에게 읽힘으로써 불안한 민심을 달래고자 했대요. 하지만 그가 연로하여 입적하자 그의 제자인 석찬과 달잠, 묘덕이라는 보살이 나서 1377년에 흥덕사에서 금속활자로 직지를 발간하게 되었어요."

"그 흥덕사가 청주에 있어요?"

"네. 왜구의 침략으로 불타고 없어졌는데 운천강 변 택지지구 조성 때 절터를 발견하게 됐다고 해요. 그래서 그 자리에 지금 흥덕사가 서게 되었어요. 박물관 오른쪽으로 가면 절을 볼 수 있어요."

"아, 그래요. 나중에 한번 가 봐야겠네. 직지를 발간할 때 얼마나 인쇄했는지 알아요?"

"당시 기술과 재정상의 문제로 많이 발간하지 못하고 50부에서 1백 부 정도 발간했다는 사실이 전해져 올 뿐 확실한 발간 부수는 알 수 없어요. 그런데 그마저도 직지를 백성들에게 알려주지도 못한 채 유실되고 말았다고 해요. 참 안타까운 일이죠."

"그러면 직지가 하나도 없나요?"

"왜구의 침략으로 흥덕사가 불타게 되어 소실되었을 것으로 추정할 뿐 직지의 행방을 알 수 없었다고 해요. 다만 직지 하권 한 권만 한말 한양 주재 플랑시 프랑스 공사가 매입하여 귀국할 때 프랑스로 가지고 갔어요. 그 후 모교인 동양어학교에 기증했다가 골동품 수집가인 앙리 베베르를 거쳐 파리국립도서관에 기증해 지금까지 보존되어 있어요."

"아, 그렇군요. 그렇게 중요한 문서가 외국에 있으니 참 안타깝네요."

그는 처음 듣는 얘기라 어리둥절하면서도 어딘지 잘못된 것 같았다.

장서쾌와 박서치의 만남

1

박서치는 청화대학으로 유학 와서 6개월이 된 때 우연하게 중국 여학생과 만날 기회가 있었다. 역사 계 친구도 생기고 낯선 기분이 가실 무렵 박서치는 이따금 교내 호수 벤치에 앉아 북경생활을 돌이켜보는 여유가 생겼다. 6개월 후에 다시 청주생활로 돌아가기 전에 대학생활은 물론 북경생활을 충실히 해보고 싶었다. 그러자면 시민생활과 밀접한 관계를 가져야만 될 것이었다. 주말에 시내로 나가서 시민들과 접촉할 기회를 많이 가져야지, 하고 나름대로 구상을 해보던 중이었다. 주변에 인기척이 나는 것 같아 옆으로 고개를 돌리는 순간 환한 미소가 눈에 들어왔다. 무척 여성다운 인상이었다. 박서치도 자연스럽게 미소를 띠지 않을 수 없었다.

"뚜에이부치, 니하오마."(미안해요. 안녕하세요.)

박서치는 그녀를 마주보며 인사를 받았다.

"니하오, 선머 야오 너?"(네, 무슨 일에요?)

그녀는 급하게 친구에게 전해 줄 것이 있어서 도서관에 갔다 올 동안 보따리를 좀 봐 줄 수 없겠느냐며 부탁했다. 모처럼 호수를 바라보며 쉬던 중이라 괜찮다며 다녀오라고 했다. 얼마 후 돌아온 그녀는 고맙다며 다시 인사를 하고 자기 소개를 했다. 신문방송학원 2학년인 후미링이라고 했다. 그러면서 박서치에게 무슨 계에 다니느냐고 물었다. 그는 인문학원 역사 계에 다니는 유학생이라고 알려주었다.

"어머, 유학생이세요. 그럼 러본 아니면 한꾸어에서 오셨나요?"

"워 스 한꾸어런."(한국인인데요.)

그녀는 박서치가 한국인이라는 것을 알고 무척 살갑게 대했다.

"혹시 시내에 갈 데가 있으세요? 어디 가려면 안내해 드릴게요."

"네, 감사해요. 안내해 주면 기꺼이 받겠습니다. 대신 보상은 톡톡히 할게요. 허허허."

"보상은 뭘요. 그냥 커피나 한 잔 사 주세요. 호호호."

"베이징에 있는 동안 주말 시간을 최대한 활용해서 시민들과 많은 접촉을 해보고 싶어요. 길잡이가 돼 주면 감사하겠습니다."

"그러세요. 베이징을 제대로 알려면 발품을 많이 파는 것이 상책이지요."

사실 어디를 가든지 외국에 나가게 되면 부지런히 다니고, 거리에서 시민들을 많이 만나는 것이 여행의 기본이었다. 겉만 훑는 관광하고는 다른 차원의 얘기였다. 그 나라 그곳의 속살을 들여다 볼 수 있는 비결이었다. 해서 먼저 후통이라고 하는 골목길을 돌아보기로 했다. 후미링의 이야기로는 1945년 당시만 해도 4천여 개의 후통이 있었는데 도시 환경 정비라는 명목으로 철거하기 시작하여 이제는 고작 1천 4백 개 정도 밖에 남지 않았다며 아쉬워했다. 그녀는 이 후통은 원나라 때부터 북경에 생겨나기 시작했기 때문에 몽골어로 우물을 뜻하는 '후똥(忽洞)'에서 유래했다고도 하고, 한족이 북방 소수민족을 멸시하여 부르는 '후런(胡人)'에서 유래했다는 말이 있다고 알려주었다. 그러면서 후통이 대표적인 지역인 스차하이 지역으로 안내했다. 천안문 북쪽 북해공원의 북문 맞은 편 호수가 스차하이였다. 1백20 위안을 주고 삼륜자전거를 타고 후통 유람을 하는 것이 보통이지만 후미링이 안내하여 직접 답사 길에 나섰다. 이 지역 동쪽은 상업, 서쪽은 고관들 거주, 남쪽은 기생들의 환락, 북쪽은 서민 거주 지역으로 특색이 있었다. 특히 서쪽 지역에는 경치가 좋은 탓에 왕족이나 현대 중국 탄생의 산파역인 손문의 부인 송경령, 노신과 함께 현대 문학의 선구자인 곽말약 등 유명 인사의 고가가 있었다.

박서치는 자기 바람대로 발품을 팔고 다니는 바람에 후미링이 안내역을 하는데 피로를 느끼는 때가 자주 있었다. 그래서 그는 자기도 모르게 안쓰러운 마음에서 어깨를 주물러주거나 다리를 마사지 하는 등 스킨십을 통한 피로회복은 물론 은연중 정이 통하는 것을 느꼈다. 그러는 동안 서로 이물이 없는 사이가 되고 후미링은 그녀대로 그와의 만남을 데이트로 받아들이게 되었다. 그는 그녀의 장래에 대해 궁금한 것을 물었다.

"후미링 양은 신문, 방송 중 어느 매체를 선택할 거요?"

"으음. 양쪽 다 좋아요. 굳이 하나를 선택할 필요가 있나요?"

"직장생활을 하려면 신문이나 방송 중 하나를 골라야 하지요."

"꼭 그렇다면 신문이 좋아요."

"여성들은 신문보다 방송 쪽을 선호하는 것 같던데……."

"저는 이미지 중심인 전파매체보다 논리중심인 인쇄매체를 더 선호해요."

"여느 여성과는 취향이 다르구만요."

"네. 방송은 시청각을 사용하는 영상매체이기 때문에 감정에 호소하는 면이 강한 반면 신문은 시각에 호소하는 활자매체이기 때문에 이성에 호소하는 면이 강해요. 그런 점이 지성에 걸 맞는다고 생각해요."

보기보다는 당찬 아가씨라는 것을 알 수 있었다. 겉보기에 부드럽고 여성적인 매력을 풍기지만 속으로는 이지적인 면이 그녀의 지성을 뒷받침하는 것 같았다. 그는 은근히 그녀가 자기 스타일이라고 느꼈다. 박서치로 불리는 그로서는 활자매체와 때려야 뗄 수 없는 관계인데 그녀 또한 활자매체 취향이니 '관시'를 중시하는 중국에서 둘의 관계가 좋아질 수밖에 없었다.

다음부터는 화제가 주로 문학 쪽으로 흘러갔다. 1770년대에 연암 박지원 선생이 청나라 황제의 칠순 잔치에 가는 사신의 수행원으로 열하에 갔다가 와서 쓴 '열하일기' 얘기에 후미링은 깊은 호기심을 나타냈다. 그 책에서 북경 유리창거리에 책을 파는 서적상이 많았다는 사실을 알고 둘은 유리창을 찾아보기로 했다.

천안문 광장에서 치엔먼다찌에 방향으로 남서쪽 남신화가로 가니 고색이 짙은 건물들이 늘어 선 거리가 나왔다. 이 거리 양쪽이 옛날 유리창(琉璃廠)이었다. 노점들을 둘러보는데 허름한 좌판에 헌책들을 늘어놓은 것이 보였다. 좌판 뒤쪽으로 2, 3단 되는 책꽂이를 세워놓고 책들을 진열해 놓았다. 박서치는 후미링의 팔을 잡으며 그쪽으로 갔다. 그는 거기서 3백 년 전 유리창의 모습이 떠오르는 것을 보았다. 옛 북경 내성의 정문인 정양문(正陽門)에서 서남쪽으로 2킬로미터쯤 걸어가면 있던 유리창 거리가 여기인 것 같았다.

"여기가 바로 청나라 때 우리 문사들이 많이 찾았던 유리창이지."

"근데 유리창이란 명칭은 어떻게 붙여진 거예요?"

그녀의 물음에 박서치는 중국에 오기 전 읽어본 박지원 등의 책에 소개된 내용을 풀어놓기 시작했다.

"아, 그건 원나라 때 이 지역에 유리기와를 굽던 황실 가마를 설치해서 유리창이라고 했다던데."

당시 유리창 일대는 서점, 찻집, 약국, 포목점, 은전포, 문방구점과 비단, 그림, 종이, 인삼, 장난감 가게 등 수많은 상점들이 늘어서 사람들이 북적거렸다. 중간에 들어선 술집에서는 소흥춘(紹興春), 죽엽청(竹葉靑) 같은 향긋한 술을 팔았고, 길거리에는 각종 곡예가 펼쳐지는 등 흥을 돋우었다. 특히 서점들은 조선 문사들의 발길을 끌어당겼다.

"유리기와를 구웠는데 책방은 언제부터 있었을까요?"

"청나라 때에 와서 가마는 없어지고 그 대신 서점이 들어서기 시작했었어. 헌데 18세기 후반 '사고전서' 편찬 작업을 장기간 진행하면서 전국 각지에서 엄청난 양의 고서들이 몰려들면서 유리창 서점가가 유명해졌지."

"그때 서점들은 어땠을까요?"

"유리창의 서점들은 화려한 단청에 2층 난간이 설치되었고, 어떤 서점은 온통 황금으로 덧칠해서 누런빛이 찬란했었다나……."

"그렇게 화려한 외모에 내부는 어땠을까요?"

박서치는 기억을 더듬으며 유리창 서점의 모습을 재현하듯 그녀에게 설명해주었다. 서점 네 벽에 선반을 설치하여, 층층마다 책을 질서정연하게 배열하여 쌓아두었는데 책 내용을 표시한 꼭지가 달린 표갑이 수만 권이나 되었다고 한다. 또 문 앞에는 큰 탁자 위에 책 목록인 책갑을 두고 책을 사려는 사람이 책을 찾아보기 쉽도록 했다.

조선의 연행사들은 정조의 어명에 따라 이런 서점에서 수많은 책을 국내로 사들였다. 그들은 또 개인적으로 보고 싶은 책은 빌려 보기도 했으며, 희귀본과 조선에 없는 책 목록은 베껴 오기도 했다. 청조에서 금했던 많은 서적들도 유리창 서점을 통해 조선으로 유입되었다. 책 거간꾼 역할을 도맡은 서반(序班)도 이 지점에서 빛을 발한다.

장문세는 오늘도 바쁜 하루를 보내고 보수동으로 돌아왔다.

일제강점기 고관의 집사로 일한 친일 인사의 유물을 정리하러 갔다가 희귀본을 몇 권 건졌다. 하도 오래 된 일이라 설마 하고 갔었는데 대물을 건진 것이다. 이날은 운이 따라 준 날이라고 할 수 있었다. 아침에 서점에 나와 막 문을 열고 진열장을 둘러보고 있는데 전화가 왔다. 때 이른 전화라서 누군가 하고 전화를 받았다. 착 가라앉은 음성에 천천히 말하는 태도가 그렇게 급한 일이 아닌 것 같았다. 혹시 관심 있는 헌책을 찾는 손님인 줄 알았다.

"손님, 뭘 찾으십니까?"

"뭘 찾는 기 아이고 헌책이 좀 있어서 팔라꼬 그랍니더."

"헌책이요? 뭐 어떤 기 있습니까?"

"모리겠심더. 한번 와서 보이소. 고물하고 섞여 있어서 뭣이 뭣인지 통 모리겠네요."

현장에 가봐야 할 것 같았다. 고물하고 섞여 있다면 제법 오래 된 책일 가능성이 있었다. 이런 때는 직접 가서 헌책을 확인해 봐야 했다. 위치를 물어 초량동 고관으로 달려갔다. 빌딩 사이에 아직 허물지 않은 옛 적산가옥 한 채가 눈길을 끌었다. 첫 인상에 기대해 볼만하다는 느낌이 왔다. 적산가옥이라면 해방 후 귀국하는 일본인으로부터 물려받은 것인데 그 집 주인이 직접 물려받은 것이라면 꽤 오래된 책이 있지 않을까, 기대했다. 헌데 가까이 다가가니 60대 중반쯤 되어 보이는 남자가 문 앞에 서성기리고 있었다. 그는 장문세를 보고 알은 체를 했다.

"문창서점에서 옵니까?"

문 앞에까지 나온 것이 고마워서 얼른 고개를 숙였다. 그는 뜻밖에 대문 자물쇠를 열고 안내를 했다. 현관으로 들어서며 잠긴 문을 열어준 이유를 알았다. 현관에서 이어진 마루에는 부옇게 먼지가 앉아 있었다. 그동안 사람이 살지 않았던 모양이었다. 그는 먼지투성이인 집을 안내를 하며 미안했던지 집의 내력을 알려주었다.

아버지가 일제 강점기 부산 경찰 간부 집에서 집사 노릇을 했는데 해방 후 적산가옥을 물려받아 생활했다. 그곳에서 자란 그는 아버지가 친일파로 지탄 받게 되자 창피하게 생각했다. 그래서 성인이 된 후 부모를 떠나 생활했으며, 부모가 돌아가시자 그 집을 사용하지 않고 두어 폐가가 되었다는 것이다. 그런데 최근 구청으로부터 도시계획상 집을 허물게 되었다는 통보를 받고 유물을 정리 중이었는데 헌책이 있어서 연락했다고 밝혔다. 그중에는 어머니가 즐겨 읽던 책들이 섞여 있을 것이라고 했다. 그러면서 자기는 책을 잘 모르니까 골라 가지 말고 모두 넘기겠다고 했다. 일단 헌책을 보고 난 후 값을 정하기로 하고 지하로 내려갔다. 책 등 고물은 모두 지하에 둔 것 같았다.

얼마나 오랫동안 문을 열지 않았던지 계단에도 쥐똥이 수북하게 쌓여 있었다. 한 발짝씩 내디딜 때마다 쥐똥이 발에 밟혀 신경이 곤두섰고, 풀썩 풀썩 일어나는 먼지로 목이 막히고 코가 메케해졌다. 지하실 바닥에는 종이 상자가 여럿 포개져 있었다. 장갑을 준비하지 못한 것을 후회했다. 맨손으로 먼지를 틀어내며 상자를 열어젖혔다. 위에 있는 것은 습기로 변색이 되어 있었다. 그러나 속에 있는 것은 비교적 깨끗했다. 상자를 몇 개 열어 본 결과는 기대 이상이었다. 부산 지역 독립운동가들의 동태는 물론 교육계, 문화계 등 지식인들의 동태 보고서, 서울 총독부 경무국에 보낸 요시찰인의 명단 등 중요 기록물이 있었다. 고서로는 일제강점기에 출간된 각종 문학작품의 초판본이 눈에 띄었다. 아마 경찰 간부의 부인이 문학취향을 가지고 있었던 것 같았다. 장문세는 상자 세 개를 합쳐 30만 원을 치르고 1톤 트럭을 불러 서점으로 갔다.

서점 안쪽에서 헌책들을 하나하나 정리하여 분류해 보았다. '건설기의 조선문학'을 비롯하여 '백민, 문학 재건특집', '신판 조선역사'(최남선 찬), '소련기행'(이태준) 등 1946년도 판이 있었다. 특히 건설기의 '조선문학'은 제1회 조선문학자대회 회의록으로서 조선문학가동맹이 발행한, 자료 가치가 있는 책이었다. 그 후 시기에 나온 책으로는 박인환의 '박인환 시선선집'이 나왔다. 이 책은 1955년 10월에 서점에 보낼 예정으로 출간이 끝났으나 마지막 순간에 화재로 소실되고 말았다. 그런데 어떻게 이 시집이 여기에 있었을까, 의문이 생겼다. 인터넷에서 검색한 결과 출판사에서 저자인 박인환에게 몇 부를 보낸 것이 있었다고 했다. 그 중 하나가 보수동 헌책방을 통해 입수되었을 것으로 짐작했다. '세월이 가면'이라는 노래로 잘 알려진 시인의 첫 시집이자 유고집으로서 상당한 가치를 지니는 것이었다. 아마도 이런 책들은 책을 팔려던 사람의 어머니가 읽었던 것 같았다.

이 무렵에 나온 정비석의 '자유부인'도 고물 책 속에서 섞여 나와 장서쾌는 환성을 질렀다. '자유부인'은 1954년 1월 1일부터 8월 6일까지 2백15회에 걸쳐 서울신문에 연재되었던 소설인데 이 작품 때문에 신문 부수가 급증함과 동시에 대학교수 부인의 춤바람을 둘러싸고 논란이 일었다. 당시 사회 분위기로서는 선뜻 용납하기가 어려웠으나 자유지향 층에서는 여인의 자유를 찬성하는 등 찬반논쟁이 시중을 뜨겁게 달구기도 했다. 이 여세를 몰아 한형모가 1956년에 '자유부인'의 영화를 제작한 이후 1957년 김화랑, 1969년 강대진, 1981년 박호태에 이어 1986년 박호태의 '자유부인 2', 1990년 박재호의 '1990 자유부인' 등이 잇달아 선을 보일 만큼 한국 영화계에 선풍을 일으켰다.

장문세는 그날 이후 초판본에 대해 특히 관심을 갖기 시작했다. 박인환의 초판본을 문창서점에 내놓고 있던 중 전화로 찾는 사람이 있어서 넘겨주려고 가격을 검토했다. 서울의 고서점들에 문의한 결과 일정한 값이 없어 찾는 사람에 따라 가격이 달라질 수 있다고 했다. 말하자면 부르는 값이 곧 가격이 된다는 뜻이었다. 그래서 앞으로는 헌책 중에도 초판본이나 특별한 사연이 있는 책을 수집하는데 관심을 쏟기로 했다.

박서치는 후미링의 손을 잡고 거닐며 그때 이야기들을 풀어나갔다. 이전의 유리창모습은 없었지만 옛날 백탑파 인사들이 먼 길을 와서 청나라 문사들과 교유한 곳이라서 감회가 새로웠다. 특히 청조 문사들의 살롱 역할을 한 서점은 조청 문인 지식인들의 중요한 만남의 장으로 거듭난다. 우리 학자들이 자주 간 단골 서점은 서문 가까이 있던 '오류서점'이었다.

"18세기 중엽, 그러니까 지금부터 2백30여 년 전인 1770년대 전후해서 조선 인사들이 여기 유리창에 와서 청나라 문사들과 만나 필담으로 얘기를 주고받으며 교유를 했어요."

"그때는 비행기나 기차가 없었을 텐데 그 먼 곳에서 이곳까지 왔을까요?"

"당시는 말이 유일한 교통수단이었던 때라 몇 달씩 걸렸겠지. 그때 유리창 거리는 5리까지 뻗쳐 25만 개나 되는 칸이 있었다던데. 별의 별 가게가 다 있어서 사람들이 무척 많이 다녔던가 봐."

"그랬군요. 우리는 여기 살아도 옛날 일은 잘 몰라서 그냥 다녔는데……."

"아까 말했던 박지원 선생이 열하까지 다녀와서 열하일기를 썼는데 새로운 문물을 소개해 상당히 인기를 끌었다고 해요."

둘이서 옛날로 돌아 간 듯 회상에 잠겨 걷다 보니 벌써 해가 기울고 있었다. 후미링은 시장기가 돈다며 잘 아는 오리식당으로 가자고 했다. 전취덕 식당이라는 식당인데 북경의 대표적 오리식당이었다. 워낙 인기가 있는 식당이라 벌써부터 손님들이 붐비고 있었다. 그녀가 여종업원에게 알은 체를 하자 가운데를 벗어나 창가 자리로 안내했다. 오리고기와 곁들일 고량주를 주문했다. 아직 해지기 전이라 천천히 고량주를 마셔가며 정담을 나누었다.

북경 골목을 누비고 다니는 바람에 피로해서 후미링과의 만남을 며칠 미루었다. 다음 주말에 다시 만나기로 하고 강의를 들은 후 피로하여 호수로 왔다. 벤치에 편안하게 앉아 지난 주말에 후미링과 후통 풍경을 돌아보던 때를 생각하며 미소를 띠었다. 자기도 모르게 그녀의 손을 잡고 다닌 것이 믿기지 않았다. 옛날 유리창 시절로 돌아간 분위기에서 자연스런 스킨십을 하게 된 것이 흐뭇했다. 정답던 그녀의 태도에 은근히 우정을 넘어 연정을 느꼈다. 다음에는 좀 더 남녀로서 '관시'에 관심을 가지고 그녀를 상대할 작정이었다. 호수에 미풍이 스치자 잔잔히 일렁이는 물결에 그녀의 미소 띤 얼굴이 함께 춤추는 것 같았다. 평화로운 휴식에 젖을 무렵 뜻밖에 그녀의 목소리가 귓전을 파고들었다.

"현수 씨!"

정겨운 부름에 고개를 돌리는데 그녀의 손길이 어깨에 닿았다. 동시에 그의 손이 그녀의 손을 잡았다. 그는 힐끗 그녀를 쳐다본 후 손을 잡아끌었다.

"여기 앉아 좀 쉬어요."

그는 둘이서 후통을 누비고 다닌 기억을 더듬으며 그녀의 안내를 고마워했다. 그러자 그녀는 수줍은 듯 살짝 떨리며 벌어지는 입술에 두 손을 대고 중얼거렸다.

"뭘요. 호호호……."

둘이서 한가하게 정담을 나누다가 어느 듯 손을 맞잡고 정감을 교환했다.

박서치는 귀국하기 열흘 전에 후미링과의 마지막 데이트를 했다. 나이 차이는 있지만 이국의 유학생으로서 서로 소통이 잘 된 나머지 우정을 넘은 관시를 확인한 터였다. 그래서 그녀에게 꼭 물어보고 싶었던 문제를 끄집어내려고 했다. 역사과 강좌에서 중국 교수들이 하던 이야기에 언중유골 같은 대목이 있었다. 이른 바 동북공정과 관련된 내용이었다. 그들이 중원중심주의로 추진하는 음모적 정책에 대해 불만이 많았지만 강의실에서 대놓고 이의를 제기할 용기가 나지 않았다. 그래서 늘 소화불량처럼 속앓이를 해왔다. 후미링을 만나면서 중국인인 그녀에게 동북공정에 대한 소감을 물어보고 싶었다. 박서치는 그녀와 마지막 만남에서 고대하던 순간을 갖기로 했다. 자신들이 보다 친밀한 개인관계를 유지하려면 양국관계에 대한 이해가 중요하리라고 여겼다.

박서치가 동북공정 얘기를 끄집어냈다. 얘기가 동북공정으로 흘러가자 둘 사이에는 긴장감이 도는 듯 했다.

"요즘 한국에서는 중국 정부가 추진하는 동복공정 때문에 중국에 대한 인식이 나빠졌어요. 중국 정부가 과민한 것이 아닌지, 모르겠어요."

"동북공정이 무엇인데 그러나요?"

"옛날 우리 선조들이 동북아 지역 일대에 고구려와 그 후속국인 발해를 세웠는데 중국 정부에서는 지금 그 나라들이 중국의 지방정부였다고 주장하고 있어. 말하자면 우리 역사를 왜곡하고 있는 것이지."

"왜 우리나라가 남의 나라 역사를 왜곡하려 할까요?"

"그건 중원중심주의 역사관 때문이라고 봐요."

"그렇다고 요즘 같은 세상에 터무니없이 그럴 수 있을까요?"

"그러게 말이요. 아마 중국내 소수민족의 독립 주장이 나오지 않을까 우려하는 것 같아요."

"현대는 다양성이 존중되는 시대인데 굳이 소수민족을 한 나라 테두리 안에 가두어 둘 필요가 있을지 모르겠네요."

후미링의 재치 있는 응답에 박서치의 태도가 누그러졌다.

2

　장문세는 일본 고서점 답사를 갔다 온 뒤 눈이 확 뜨이는 것을 느꼈다. 인쇄 출판이 한국보다 앞선 것은 들어서 알고 있었지만 그렇게 큰 차이가 나는 것은 몰랐다. 동경 간다 고서점가라든지 교토, 오사카 등지 고서점가를 둘러보고는 고서상도 제대로 해야지 하는 마음을 갖게 되었다.

　동경에서 유명한 고서점가는 간다 지역 진보초(神保町)에 자리 잡고 있었다. 1936년에 이상이 하숙집에 머물렀다는 이 고서점가에는 길게 늘어선 고서점이 1백60개나 되며, 소장 도서가 무려 1천만 부나 된다는 얘기도 있었다. 고서점에는 1774년에 네덜란드 해부학 책을 번역하여 출간한 '해체신서'처럼 오래된 책들이 빽빽이 진열되어 있었고 도서관처럼 잘 분류돼 있었다. 책값도 매우 비쌌다. 몇 만 엔은 보통이고 복사본도 꽤 비쌌다. 일행 중 원로 한분이 간다 고서점에서 김옥균 같은 구한말 인사와 관련된 중요한 문서를 구입한 사례를 이야기해 주었다.

　"김옥균과 인척관계인 작가 김팔봉 선생이 동경 유학시절에 이곳 고서점에 들렀다가 김옥균의 유배생활 중 일경의 호송서류를 입수했다고 해요. 그 후에 김옥균 관련 글을 썼던 일본 작가가 그 사실을 알고 1962년 김팔봉 선생의 자택을 방문, 호송서류의 복사를 간곡하게 요청해서 복사해준 적이 있다는 얘기를 들었지요."

　장문세는 김옥균의 망명생활을 기록한 이런 희귀 자료를 고서점에서 입수할 수 있었다는 사실에 새삼 놀라움을 금치 못했다.

　다음 코스로 오사카 고서점가를 둘러보았다. 16만 명의 교민이 사는 오

장서쾌와 박서치의 만남 / 71

사카, JR오사카 환상선과 긴테츠(近鐵)의 츠루하시(鶴橋)역과 모모타니(桃谷)
역 중간 지점에 위치한 이쿠노(生野)구 모모타니(桃谷) 4정목(丁目)의 미유키통
(御幸通) 상점가를 중심으로 한인들이 코리아타운을 형성하여 살고 있었다.
이곳은 1923년에 제주-오사카 직항로가 개설되자 제주와 부산 경남 지역
출신들이 지연과 혈연을 찾아 많이 몰려들었다. 당시 한인 거주인 이카이노
지구는 1943년에 히가시나리구에서 분리되어 신설된 이쿠노(生野)구에 소속
됨으로써 이카이노라는 명칭이 사라지게 되었다. 1970년경부터 이쿠노 지역
에서 한인들이 소규모의 문화적 행사를 해 오다가 1983년부터는 일본사회
의 민족차별에 문화적으로 대응하자는 취지에서 다양한 프로그램을 가지
고 한민족문화축제를 열기 시작했다고 한다. 그러나 재정적인 어려움 때문
에 2002년 제20회를 마지막으로 축제가 끝나고 말았다.

그런데 재일교포 2세가 운영하는 고서점이 있었다. 곽씨가 운영하는 히노
데서방(日之出書房)은 교민서점으로서 고서를 취급하는 것이 관심을 끌었다.

역시 고서점은 그냥 헌책방과는 달랐다. 헌책방은 교과서나 참고서 또는
교양서, 소설, 수필, 시집 등 현 시점에서 읽은 뒤의 헌책을 거래하는 곳이
지만 고서점은 단순한 헌책이 아니라 수십 년부터 수백 년 된 고서라든지,
아주 오래 된 옛 원작의 필사본이나 희귀본, 고서화 등을 거래하는 곳이었
다. 일본의 고서점들은 전문서를 취급하는 곳이 있는가 하면 고서화만 취
급하는 곳이 있었다. 구조면에서도 단순한 책꽂이에 책을 진열하는 것이 아
니라 고서적의 특성상 관리에 주의를 하는 점이 눈에 뜨였다. 일본 주요 도
시 고서점을 소개한 책(일본 고서점 그라피티-동경편, ……-교토 오사카편, 이케가요 이
사오)에서도 고서점 내부 구조를 상세하게 설명하여 고서점 운영에 도움이

되었다. 그리고 고서점 명부는 물론 색인 분야별 고서점 일람을 소개하고, 특이한 것은 고서목록 발행 점과 고서 즉매회 일람을 곁들인 것이었다. 여기서 고서점에 따라 고서 목록을 발행할 뿐만 아니라 고서 거래행사를 통해 고서의 거래를 활성화시키는 사실을 알 수 있었다.

일본 고서점 답사를 마치고 온 장문세는 문창서점을 리모델링하는 한편 서적의 진열을 체계적으로 하여 아무렇게나 책꽂이에 쑤셔 박던 구태를 일신했다. 이웃 가게에서는 '일본 갔다 오더니 사람이 달라졌다'는 말들을 했다. 같은 헌책방이라도 문창서점은 고서점이라서 역시 다르다는 이야기를 듣게 되었다.

박서치는 다시 통문관을 찾았다. 지난번 간서치 이덕무의 청장관(이덕무의 호)문집인 '이목구심서'를 구하러 갔다가 입수하지 못한 후 이조 때 문집이 이따금 얼굴을 내미는 경우가 있다는 말을 듣고 상경한 김에 들른 것이다. 연로한 이겸로 선생은 통문관을 운영해온 지 벌써 70년이 되어 어떤 고서가 어느 시기에 누구를 통해 거래되었는지, 훤히 꿰뚫고 있었다. 해서 이덕무의 문집도 어느 때가 되면 나타날 가능성을 알고 있었다. 박서치는 간 김에 백탑파의 시문집인 '백탑청연집'(백탑 아래 맑은 인연을 맺음)과 홍대용 선생의 '간정동회우록'(유리창거리 간정동에서 만난 청나라 문신들과의 필담 교우록)도 구할 생각이었다. 하지만 세 가지 모두 통문관에는 들어오지 않았다고 했다. 대신 이겸노 선생으로부터 고서를 둘러싼 비화를 들을 수 있었다. 선생은 6·25전쟁 당시 피난을 가는데 아무 것도 눈에 보이지 않고 '조선군서대계(朝鮮群書大系)'만 보이더란다. 그런데 이 책이 한두 권도 아니고 무려 80권, 한 질로 되어 있어서 피난길에 가지고 가기가 난감했다. 며칠을 두고 고민 끝에 가재도구 일체는 버리고 오로지 조선군서대계만 싸들고 피난길에 올랐다. 모르는 사람들은 사람의 생명이 오락가락하는 판에 무슨 책이 그렇게 중요하냐고 비아냥거리도 했지만 선생에게는 그 책이 자신의 생명이나 마찬가지로 애지중지하던 것이었다. 그렇게 해서 무사히 책을 보존할 수 있었는데 하늘이 도와 미군이 1백20만 환에 사주어 환도 후에 재기의 발판이 되었다. 박서치는 애기를 듣고 피난길에 만사 제치고 가져간 책이 어떤 책인지 몹시 궁금했다.

"선생님, 조선군서대계라고 하면 어떤 종류의 책이었습니까?"

"아. 그 책이요? 보통 책이 아니요. 고대에서 조선시대까지 중요한 사료를 모아 놓은 것이지요. 그러니 우리 조선의 역사를 한눈에 꿰뚫어 볼 수 있도록 만든 것이요."

"그러면 방대한 역사책이군요."

"그렇지. 이 책은 조선고서간행회에서 1909년부터 1916년 사이에 편찬하여 간행했지요. 편찬 체계를 모두 정(正), 속(續), 속속(續續), 별집(別集) 등 4기(四期)로 분류하여 137책으로 편찬한 방대한 책이었어요."

이겸노 선생은 이런 방대한 책을 피난 가며 가지고 간 자신이 믿기지 않은 듯 허허 웃음을 흘렸다. 이 자리에서 해박한 고서 지식과 거래비화 등을 들려주던 선생은 박서치라 불리는 그의 이름을 보고 독서 3병 이야기를 해주었다. 즉 명색이 애서가라면 책을 빌려 달라는 것, 빌려 주는 것, 빌린 책을 돌려주는 것이 병이란 것이다. 그래서 모름지기 책이란 발려달라고도, 빌려주기도, 빌린 것을 돌려주기도 하지 말아야 하는 것이라고 일러주었다.

헌데 빌린 책을 돌려주지 말라는 것은 좀 염체 없는 짓인 것 같았다. 그러나 상식적인 잣대로 볼 때 그런 것이지 선생이 말하는 애서가의 경우는 상식과는 다른 경우라는 것을 짐작할 수 있었다.

통문관을 나선 박서치는 기왕 내킨 김에 근처에 있는 호산방에도 들렀다. 박대헌 선생은 그를 정중하게 맞이했다. 사실 그가 누구인지 잘 모르지만 그가 풍기는 분위기로써 면식이 있는 사람처럼 느껴졌다. 그를 보고 일종의 기시감이 든 것이다. 인사를 나누며 그가 박서치라는 것을 알게 되자 대뜸 환호하듯 이름을 불렀다.

"아! 박서치 선생. 어서 오시오."

박서치는 이겸노 선생을 만나고 오는 길이라며 고서에 얽힌 이야기를 듣고 싶어 왔다고 용건을 말했다. 1980년대에 고서점을 시작한 박 선생에게서 최근의 동향을 알 수 있을 것이라고 기대했다. 박 선생은 통상적인 고서계의 동향을 이야기한 후 자신의 근황을 얘기했다. 그의 얘기에 귀를 기울이던 박서치는 고개를 끄덕거리다 말고 한 순간 고개를 가로저었다. 너무나 뜻밖의 사태에 어떻게 받아들여야 할지 난감했다. 박 선생의 얘기 중 애서가로서 듣고 싶지 않은 전후 사정은 이러했다.

그는 1999년 나름의 뜻을 품고 강원도 영월군 서면 광전2리 여천분교에 책박물관을 설치하여 장차 책 마을 조성을 추진하려고 했다. 해서 폐교를 인수하여 책박물관을 세우고 호산방 자체도 이곳으로 이전하게 되었다. 그리고 의욕적인 행사를 열었다. 예컨대 기획전시, 책 축제, 세미나, 음악회, 퍼포먼스 등 행사를 수십 차례 열고 책 박물관의 홍보와 주민참여를 위해 애썼다. 기획전시 내용을 보면 '아름다운 책', '책의 꿈, 종이의 멋', '님의 침

묵과 회동서관─근대 출판의 시작', '책의 바다로 간다─정병규 북 디자인' 등으로서 애서가 개인이 이런 일을 했다는 것은 놀라운 일이 아닐 수 없었다. 특히 매년 5월에 열리는 책 축제는 8회까지 계속했는데 이것은 책마을 운동을 전개하려던 박 선생의 야심찬 계획의 하나였다.

한 애서가의 이러한 노력은 결국 행정당국의 외면이랄까, 일방적 처사라고 할까, 이해할 수 없는 조치로 무산되는 아픔을 겪게 되었다고 한다. 2004년 박물관고을사업 육성 지역으로 선정된 영월군은 2006년 8월 책마을 선포식을 하며 사전 협의가 없었을 뿐만 아니라 책 마을사업이 책 박물관과 무관하다고 선을 긋고 말았다. 박 선생은 2003년 3월에는 1539년에 인쇄된 목판본을 비롯 1749년에 지은 탐라별곡 가사 친필본 등 고서를 도난당하는 아픔을 견디면서 오로지 책 마을을 조성해 보려던 바람을 접게 되었다고 한다. 우리나라 행정당국은 일제의 잔재가 남아 현대적 행정체계가 갖추어진 다음에도 꽤 오랫동안 관료적 근성과 이로 인한 비문화적 사고방식에서 탈피하지 못해 왔다. 그러다 보니 문화적인 요소에 등한시 하는 태도가 문화발전에 지장을 가져왔다고 할 수 있었다. 정신적인 측면을 강조해야 하는 문화보다 유형적인 성과에 매달리는 물질적 사고는 주민과 마찰을 빚는 요인이 되기도 했다. 박대헌 선생의 사례가 그런 것 같았다. 그는 당초 책 마을을 조성하여 책 박물관 일대에 서점을 비롯 공연장, 문화예술인 작업실, 카페 등이 어우러진 문화마을로 발전시킬 계획이었다. 한국 최초의 책 마을이 탄생할 뻔한 순간이었다. 이 책 마을은 문화정책 면에서 고려하지 않으면 안 되는 원대한 사업에 해당된다. 유럽의 책 마을을 보면 이것이 그 나라 국민을 문화국민으로 만드는데 어떻게 기여하는지를 알 수 있다. 그뿐만 아니라 도시에서 도서거래의 저조와 책읽기의 사향 길을 대체하는 수단으로서도 책 마을의 기능이 필요하다는 것을 보여준다. 영국, 프랑스, 독일 같은 나라에서는 인구 몇 백 명밖에 안 되는 조그마한 책 마을에 매월 책시장이 서면 멀리 몇 십 리가 아니라 몇 백 리 밖에서 부부가 자가용을 몰고 책을 사러온다.

박대헌 선생은 이러한 책 마을 문화를 한국에서도 발전시키려다가 좌절하여 책 박물관을 닫고 호산방마저 다시 서울 프레스센터로 옮겼다.

장문세는 일간 신문에서 대구 서씨 가문에 대단한 장서가 있었다는 소식을 접하고 대구로 달려갔다. 서씨 가문의 종친이 살던 집을 찾았으나 서울로 이사 가고 없었다. 이웃에 사는 서씨 집안사람에게 장서 이야기를 했다. 그 사람은 잘 모른다며 80대 노인을 소개해주었다. 노인은 서씨 종가에 대해 소상하게 설명해 주었다. 종가의 할아버지가 독립군 국내 자금책으로서 활동한 분인데 선대에서 한말 대신이어서 놀랄 만큼 많은 서책을 소장하고 있었다. 6·25전쟁 때 일부 소실되기는 해도 그 많은 책이 그대로 있었다. 그러나 자손들이 객지로 나가면서 많은 책을 가지고 가기가 불편해 처분했다. 지금은 서울에 있는 장손이 얼마쯤 소장하고 있을 것이라고 알려주었다.

당시만 해도 이런 류의 소장자가 적지 않았다. 주로 과거 고관대작을 지낸 분이나 시골 부자 들이 많은 책을 소장했으나 그들이 별세한 후 가세가 기울자 후손들이 책을 처분하는 사례가 있었다. 해방 후나 6·25전쟁 후 시기에 이런 일들이 가끔씩 눈에 띄었다. 고서화 경매사회에서 볼 수 있었던 도서 거래였다. 이번 거래는 그런 것과 달리 개인이 직접 거래를 제의하고 나온 경우였다.

　대학 동창회보에 소개되었던 사람이 장손이었다. 장문세는 대구에서 서울로 곧장 올라가서 그를 만났다. 동창회보에 소개된 연락처를 찾아 갔던 것이다. 장손의 얘기로는 20만 권에 달하는 문중의 장서가 대부분 고서였다. 그러나 이런 저런 사정으로 대부분 처분하고 자신이 소장하고 있는 고서는 몇 천 권 정도라고 밝혔다. 몇 천 권이면 적지 않은 숫자일 뿐만 아니라 그 속에 어떤 희귀본이 있을지 모른다는 생각이 퍼뜩 들었다. 장문세는 이런 기회가 드물다는 것을 아는 만큼 그에게 사정을 했다. 값진 고서를 묵혀 두면 먼지만 쌓일 뿐 책을 못 쓰게 만든다고 설득했다. 고서를 살펴보고 필요한 사람에게 넘길 수 있도록 해 달라고 부탁했다. 고서는 하나의 문화재인 만큼 전문가의 연구 등 공공 목적에 부합되게 공유하는 것이 바람직하다는 점을 강조했다. 공직에 있다가 은퇴한 장손은 어려운 결정을 내렸다.

　장문세는 그 집에 일주일 동안 들락거리며 3천 권이 넘는 고서를 일일이 살펴보고 값진 것을 골라냈다. 송강 정철의 필사본을 비롯 이덕무의 간서치전, 유득공의 연대재유록 등 실로 오늘 날에 손에 넣을 수 없는 희귀본을 찾아냈다. 그는 값을 후하게 치른 후 부산으로 가져갔다. 책을 다시 정리하고 목록을 작성한 후 서울의 통문관 등에 보냈다. 며칠 후 통문관에서 연락이 왔다. 그가 보낸 고서 목록 중에 희귀본이 있어서 직접 고서를 봤으면 하는 내용이었다. 장문세는 기대를 갖고 통문관으로 들어섰다. 이 대표 외에 또 한 사람이 있었다. 그는 손님인 것 같았다. 고색창연한 책들을 훑어 보고 있다가 그가 문을 열고 발을 내딛자 힐끗 쳐다보았다. 40대 후반쯤 되어 보였다. 이 대표에게 그가 보자던 책을 내보였다. 책 겉표지 제목 활자 모양과 크기, 종이 질과 색상 등을 살펴보는데 40대 손님이 인사를 하며 나갔다. 이 대표가 주춤 일어서며 인사말을 던졌다.

"박서치 선생, 직지 행사 때 봐요."

장문세는 그의 이름이 서치라고 불린 것을 두고 고개를 갸우뚱하며 어디서 들어본 말인 것 같다고 느꼈다.

그 후 서울 고서상들 사이에 반응은 불문가지였다. 그로부터 골동품 경매에 곁들여 고서 경매가 실시되기에 이른다. 이를 촉발한 장본인인 장문세의 이름은 고서 계에 별처럼 떠오르기 시작했다. 전국에서 고서를 찾는 사람은 일단 그의 손을 거쳐야만 목적을 달성할 수 있었다. 그는 또 그를 찾는 사람은 지위고하, 도시 산골을 막론하고 달려갔다. 동에 번쩍 서에 번쩍하는 그를 보고 고서 상들은 마치 이조시대 서쾌로 이름을 날린 조생과 같다고 하여 장서쾌로 불렀다. 이른 바 조선시대에 책 거간꾼을 일컬었던 책쾌에서 비롯하여 전설적인 인물 조생을 두고 애칭으로서 서쾌라고 불렀던 것이다.

조선시대 빨간 수염 책장수로 알려진 조생은 짚신 한 켤레를 옆구리에 매달고 소매 속에 100권의 책을 담고서 팔도강산을 누비며 대감이며 아이들이며 책을 찾는 사람 누구에게나 달려가는 책쾌로 불렸다. 해서 그를 서쾌라고 부르는 사람도 있었다.

조서쾌는 그의 별명답게 어린 아이들까지도 붉은 수염이 떴다 하면 품속에서 불쑥불쑥 깨내 주던 책을 기다렸다. 청계천 따라 늘어선 온갖 전들을 스쳐서 광교며 광통교를 지나 경복궁으로 이어지는 육조거리로 내달리는 그의 모습은 그 시대 한성의 풍물을 나타내는 명물이 되었다. 조생은 특히 연암 박지원을 비롯 홍대용 등 조선시대 대표적 선비 백탑파 인사들과 정약용, 양헌수 등과도 교분이 두터웠다. 백육십 살이 되도록 살았다는 전설적인 책 장수 조생의 활략으로 도처에 있는 서생들이 박지원의 연암일기를 연면히 읽을 수 있도록 했다. 당시 그 책이 사회풍습과 양반문화를 비판한다는 명 분으로 금서로 되었을 때 조생은 몰래 베낀 필사본을 배포하고 다녔다.

이뿐만 아니라 영조에 의해 분서사건이 터졌을 때 서사(서점)를 폐쇄하고 책장수들을 잡아들였다. 이런 와중에도 조생은 붉은 수염을 휘날리며 책을 찾는 사람들에게 달려감으로써 서쾌라는 애칭을 영구히 간직할 수 있었다 고 한다.

청주고인쇄박물관 박서치 학예관은 아침부터 분노로 치를 떨고 있었다. '어쩌면 그럴 수 있는가', 되새김질하면 할수록 피가 거꾸로 치솟는 울화에 몸 둘 바를 몰랐다. 뽕잎 차를 달여 잔에 부어놓고 열 받기 시작한 감정을 다스리느라 한동안 안간힘을 쓰는 바람에 차가 다 식었다. 그는 그런 줄도 모르고 찻잔을 들었다 놓았다, 입술을 찻잔에 갖다 댔다가 말았다가 하고 있었다. 멋모르는 사람이 보았더라면 혼자서 생 쇼를 하는 줄 착각할만한 지경이었다. 그도 그럴 것이 세계 인쇄역사를 뒤집을만한 자료인 직지 하권 을 두고 프랑스 측이 내세운 문화쇄국주의를 도저히 용납할 수 없었던 것 이다.

2012년부터 네 차례 직지의 대여를 프랑스 국립도서관에 요청했으나 도 서관측은 직지가 양국 간의 문제를 드러내게 될 것이며 훼손될 위험이 있 다는 구실로 거절해 왔다. 직지 하권은 프랑스 국립도서관 동양문헌 실에

도서번호 109, 기증번호 9832가 찍힌 채 소장되어 햇빛을 보지 못하고 있는 것이다. 이 도서관 서사였던 박병선 박사에 의해 발견되어 1972년 세계 도서의 해를 맞아 직지 하권을 전시회에 출품하면서 세상에 알려졌을 뿐 막상 조국인 한국에는 얼굴조차 내밀지 못하고 있는 것이다.

국내에서는 청주시 당국이 1985년 운천지구택지개발사업을 진행하는 과정에서 '서원부 흥덕사(書原府 興惠寺)'라는 글귀가 새겨진 청동 쇠북 등을 발견하면서 고인쇄문화의 본거지인 흥덕사 자리를 확인하게 되고 사찰을 복원한 후 고인쇄박물관을 건립하여 직지 관련 행사를 해오고 있었다.

그리고 1998년 박 박사에게 명예시민증과 은관문화훈장을 수여한데 이어 직지 세계화 사업을 추진해 2001년 직지를 유네스코 세계기록유산에 등재시키기도 했다.

아마도 이런 폐쇄적 태도는 유럽중심주의 역사관에서 비롯되었을 것이다. 박서치는 곰곰이 생각한 끝에 유럽중심주의 역사관을 뒤집을 만한 착상에 이르게 되었다. 사실 구텐베르크의 인쇄술을 세계 최초로 내세우고 있기는 해도 어쩌면 직지의 금속활자 인쇄술을 배워간 것인지도 모를 일이었다. 1377년(직지 인쇄)과 1455년(성서 인쇄) 사이에 존재하는 78년이라는 시간적 공간에 고려와 당나라와 독일이라는 물리적 공간에서 금속활자 인쇄와 관련하여 어떤 일이 벌어졌는지 추적해 볼 수 있다면 고려의 인쇄술이 독일로 전파된 경로를 밝힐 수 있을 것이 아닌가.

관련 자료를 찾아 본 결과 이러한 심증을 더욱 굳히게 되었다.

2006년 5월 19일 서울디지털포럼 2005에서 엘 고어 전 미국 부통령이 의미 있는 얘기를 했다. 그는 구텐베르크의 인쇄술이 교황사절단이 조선에서 얻어 간 것이라고 밝혔다. 그러면서 그 근거로서 스위스 박물관에서 들은 내용을 들었다. 즉 조선을 방문했던 교황사절단 중에 구텐베르크의 친구가 있었는데 그가 인쇄술과 관련된 여러 기록을 가져가서 구텐베르크에게 전했다는 것이다.

박서치는 그때부터 금속활자 인쇄술의 서양 전래 경로를 캐보려고 했다. 그러나 과로로 건강을 해치는 바람에 한동안 병원 신세를 져야 했다. 그는 입원 중 소일거리삼아 직지 관련 서적을 구해 읽었다. 그 중 눈길을 끈 작품이 있었다. 작가 오세영이 쓴 '구텐베르크의 조선'(2008)이었다. 3부작으로 된 방대한 이 작품은 바로 고어 전 부통령의 연설에서 모티브를 얻어 쓴 것이었다. 세종시대 한글 창제에 반대하던 세력 때문에 장영실이 세종의 밀명을 띠고 명나라에 숨어서 한글 활자를 주조하며 개발하고 있었다. 이때 그의 일을 돕던 야금장 석주원이 사마르칸트를 거쳐 독일로 감으로써 구텐베르크와 인연을 맺게 되고, 조선의 인쇄술을 전해 42행 성서를 인쇄하게 된 이야기였다. 당시 성서와 면죄부 인쇄를 둘러싸고 벌어졌던 음모와 배신과 설욕이 점철되는 과정은 또 다른 흥밋거리였다.

3

인사동 고서거리의 터줏대감이자 고서의 아버지라고 일컬었던 이겸노 선생의 장례식에는 많은 사회문화계 인사들이 참여해 망자의 명복을 빌었다. 선생은 2006년 10월 15일 향년 97세로 타계하여 고서계에 큰 별을 잃은 슬픔이 인사동 일대에 퍼졌다. 70여 년 동안 인사동 고서거리를 지키면서 월인석보, 월인천강지곡, 독립신문 등을 발굴하고, 청구영언, 두시언해, 월인천강지곡의 영인본과 한국미술문화사논총(고유섭)도 출간하여 고서계의 살아 있는 전설로 추앙을 받은 분이었다. 사회장으로 할 법 한데 가족장으로 조촐한 분위기였다. 문화계의 공로자에 대한 정부의 관심이 소홀한 것 같아 문상객들의 마음이 언짢았다. 젊은 연구자로 선생을 알게 되어 그로부터 귀한 자료를 우선적으로 공급받아왔던 문준상 교수는 고인과의 인연을 다음과 같이 회고했다.

'통문관에는 적서승금(積書勝金)이라는 편액이 걸려 있었습니다. 책을 쌓아두는 것이 금보다 낫다는 뜻이지요. 그만큼 책을 사랑했던 선생은 단순한 고서적상이 아니라 문화계의 훌륭한 선각자이셨습니다.'

이 말을 듣고 있던 박서치는 선생으로부터 고서 거래의 비화를 듣던 때가 엊그제 같은데 벌써 가시다니…… 목이 메어 말을 할 수가 없었다. 고서계의 어른을 잃었으니 언제 누구에게서 고서계의 이야기를 들을 수 있을지, 앞이 캄캄했다. 이때 장례식장 한쪽 구석에 있던 장서쾌는 오늘 장례식장 말단의 자리를 차지한 시간이 자신에게 더 없이 중요한 기회가 되리라는 것을 모른 채 고인의 명복을 빌고 있었다. 그는 눈을 감고 통문관을 찾았을 때를 회상하는 가운데 이런 걸출한 분이 계셨기에 그나마 전후 황폐한 세태에서 귀한 문화재를 보존할 수 있었다는 것을 새삼 느꼈다.

장례식을 마친 후 발인하기 전에 잠시 휴식 시간이 있었다. 문상객들을 위한 다과가 장례식장 옆에 준비되어 있었다. 장서쾌는 아는 사람이 별로 없어 엉거주춤 서서 찻잔을 들고 있었다. 다른 사람들은 삼삼오오 모여 서서 고인을 기리는 얘기에 열중했다. 홀로 서서 차를 마시다가 문득 맞은편에 어디서 본 듯한 얼굴을 보았다. 어디서 봤는가, 머리를 굴리다가 통문관에서 본 기억이 났다. 통문관으로 막 들어가는데 그가 나오려 하자 이겸노 선생이 그에게 인사말을 하는 것을 들었던 적이 있었다. 그때 박 누구라고 부르는 것을 들었는데 이름을 기억할 수 없었다. 박서치는 영구차가 떠나는 것을 본 후 오송역으로 가기 위해 서울역으로 향했다. 같은 시간에 장서쾌는 부산으로 가기 위해 서울역으로 가서 매표창구에 섰다. 그가 표를 사고 플랫 홈으로 향할 무렵 박서치도 표를 샀다. 그 시간에 출발하는 케이티엑스 열차는 부산행이었다. 장서쾌는 부산행 열차 다차 12번 창 측에 앉았다. 얼마 있다가 옆에 누군가 앉는 것을 보았다. 그때 장서쾌는 속으로 아! 하고 외쳤다. 이겸로선생 장례식장에서 본 박 누구였다. 먼저 알은 체를 했다.

"이겸노 선생 장례식장에서 본 분이군요, 반갑습니다."

그러자 박 선생도 알은 체를 했다.

"아, 그래요. 아까 본 기억이 납니다. 어디 가십니까?"

"부산 갑니다. 박 선생은 어디……?"

"네. 청주 갑니다."

"그러시군요. 청주라면 고인쇄박물관이 있잖습니까?"

"그렇습니다. 저가 거기 직원입니다. 잘 아십니까?"

"거기 아는 아가씨가 있어요. 송영란이라고……. 저어, 직함이 뭐라든가? 아, 부관장이 아버지라던데요."

"그러시군요. 미스 송을 아시군요. 한번 놀러 오세요."

그들은 미스 송을 매개로 이런 저런 얘기를 나누던 끝에 화제가 직지 얘

84

기에 미쳤다. 박서치는 그에게 직지 관련 사정을 소상하게 알려주었다.

프랑스 도서관 측에서는 직지 하권이 있는 줄 몰랐다가 그곳 사서인 박병선 선생이 그 책을 발견하고 세상에 알려지게 되었다고 한다. 그러나 박 선생이 그렇게도 깊은 관심을 가졌던 직지 하권은 박 선생의 별세 후 빛을 보지 못한 채 지하 동양 문서고에 소장되어 있다고 했다. 직지는 금속 활자본으로서 1445년에 발간된 구텐베르크의 성경보다 68년이나 앞선 것이다. 하지만 이 세계 최초의 금속 활자본을 아직 세계사에 올리지 못하고 있는 형편이라는 말을 듣고 고개를 갸우뚱하지 않을 수 없었다. 특히 유럽에서는 여전히 구텐베르크의 성경을 세계 최초의 금속활자본으로 알고 있다는 것이 아닌가.

장서쾌는 공부를 제대로 하지 않아서 무식한 것은 스스로도 인정하고 있지만 명색이 서쾌라고 불릴 정도로 고서 거래에 둘째 가라면 서러워할 자신이 그런 중요한 금속 활자본인 직지의 존재 자체를 모르고 있었던 것이 부끄러웠다. 무식한 만큼 알려는 노력을 더 많이 해야 한다는 것을 깨닫는 순간이었다. 그는 앞으로 단순한 돈벌이로서 고서를 상품으로만 취급할 것이 아니라 하나의 문화재로서도 취급해야 할 것이라고 스스로 다짐했다. 그러자면 고인쇄박물관의 교육 프로그램뿐만 아니라 통문관에서 실시하고 있는 고서강좌에도 참여해 직지와 관련한 체계적인 지식을 갖춰보고 싶었다.

"박 선생 얘기를 들으니 앞으로 문화재로서 고서에 대한 공부를 좀 해야겠어요."

"고서 하면 희귀본이 중심인데 먼저 희귀본의 진짜 여부를 가리는 것이 중요하다고들 하데요. '뒤마클럽'이라는 작품에 보면 희귀본의 진위를 판별

하는 전문가 얘기가 나와요."

"아, 그래요. 어떻게 가린답니까?"

"자세한 얘기는 나중에 하고 오늘은 기본적인 것만 알려드리지요. 진본을 식별하는 데는 표지, 제본, 지질, 텍스트, 삽화 등을 확인하며, 위작인지를 식별하는 데는 전체를 위조한 것인가, 부분적으로 위조한 것인가, 인쇄 시기를 위조한 것인가를 확인해야 한다는군요."

"진본과 위작, 두 가지로 나누어 확인한다는 것이 흥미롭네요."

"그래요. 특히 위작을 가려내기 위해 어떤 한 부분에 이상이 있는지 살펴보고, 이상이 있다면 그것이 다른 책에 있는 것을 뽑아내서 그 자리에 채워 넣은 것인지, 아예 그 부분을 위조해서 넣은 것인지, 확인해야 한다는 것이지요."

"그렇군요. 고서를 살 때 그렇게까지 세심하게 확인하지 않았는데 희귀본을 살 때 조심해야 되겠네요."

"그럼요. 예사로운 고서와 달리 희귀본은 문화적 값어치가 큰 만큼 항상 위작 가능성이 있어요. 희귀본을 식별하는 데 참고할만한 얘기가 있어요. '피플 오브 더 북'이라는 작품을 보면 해나 히스라는 서적보존 전문가 여성이 '하가다'란 스페인 중세 필사본의 보존에 전문적으로 파고드는 이야기를 지적이고도 흥미롭게 전개하고 있어요. 해나는 아주 세밀한 부분까지 검토하며 중세 스페인에서 '하가다'의 탄생부터 세르비아로 흘러들어오기까지 행적을 추적해요. 그런데 장 선생이 눈여겨 볼만한 대목이 있어서 알려드리는 거요."

"그 여성 전문가가 무엇을 어떻게 했는데요?"

"'하가다'라고 하는 것은 유대인 가정에서 6월절 저녁 식사 예식에서 쓰던 필사본인데 히브리어로 이야기하다는 말에서 연유한 것이라고 해요. 아랍계에서 이야기꾼을 '하카와티'라고 일컫는 것도 같은 어원에서 나왔다고 볼 수 있지요. 그런데 이 필사본 책에 유대인이 금지했던 화려한 채식이 삽입되어 있어서 특히 해나의 눈길을 끌었고, 어떻게 해서 채식이 들어가게 되었는지, 그림에 나온 흑인 여성의 정체는 무엇인지 연유를 캐고 들어가게 되지요. 물론 그 과정에서 필사본에서 나온 나비의 날개라든지, 하얀 털, 소금물, 와인 자국, 혈흔, 사라진 쇠의 행적을 쫓는 것도 흥미로워요."

"아하. 희귀본을 둘러싼 역사와 일화를 그렇게 자세하게 파고들어 가는군요. 참 놀라울 따름인데요."

"책도 그냥 물질이 아니라 사람처럼 역사를 만들어가는 실체라고 할 수 있어요."

장서쾌는 고서 취급이 예사로운 것이 아니라는 사실을 새삼 깨달았다. 나아가 박서치의 다음 얘기가 그의 탐서 본능을 자극했다. 박 선생은 청주시가 1990년대부터 전국의 사찰과 도서관 등에서 직지 찾기 운동을 벌여왔지만 결국 직지를 찾지 못하고 말았다며 크게 아쉬워했다. 박서치는 지금 국내에 있는 것이라야 목판본이라고 알려주었다. 이 목판본은 주자본을 대본으로 해서 복각한 것인데 그 대본은 어디로 갔는지 행방이 묘연하다는 것이다. 위창(葦滄) 오세창 선생의 위창문고에 소장하고 있던 목판본 직지는 국립도서관에 인계되었다고 한다.

장서쾌는 또 이 자리에서 뜻밖의 탐서 일화를 들었다. 박서치가 전혀 들어 본 적이 없는 금속활자본 얘기를 하기 시작한 것이다.

"장 선생 얘기를 들으니 상정예문(詳定禮文) 일화가 생각나네요. 고려 고종 때 문신 이규보가 엮은 문집인 '동국이상국집'에 1234년에서 1241년 사이에 금속활자로 '상정예문' 28부를 찍어 관청에 배포했다는 기록이 남아 있어서 직지보다 앞선 금속활자본이 있었다는 것을 알 수 있었지요. 문집 내용 중 '신인상정예문발미(新印詳定禮文跋尾)' 부분에 금속활자의 사용에 관한 내용을 기록해 놓아서 그런 사실을 알게 되었어요. 하지만 그런 사실만 전해졌지 막상 고서 자체는 자취가 없어져 버렸어요."

"아 그런 책이 있었군요. 그럼 참 값진 것인데……."

"이 상정예문이 어디에 꼭꼭 숨어 있었던지 뜻밖에 모습을 드러내려 했다가 사라진 일화가 있지요. 통문관 비화에 보면 이겸노 선생이 1971년 전후에 젊은이가 제시한 고서목록에서 상정예문 2를 발견했다고 해요."

"네, 그럼 그 귀한 책을 바로 샀으면 되는데…… 어떻게 되었어요?"

"참 안타깝게도 그 책을 사지 못하고 말았데요."

"아니, 어쩌다가 사지 못했을까요?"

"이 선생 눈에 띄었으니 가만 둘 리가 없지요. 당장 사자고 해서 흥정을 했는데 자그마치 쌀 50가마를 달라고 했데요. 당시 가마당 8천 원씩 해서 40만 원이라는 거금이었지만 이겸노 선생은 이 책을 놓칠세라 달라는 대로 주기로 하고 며칠 후에 만나 고서가 있는 곳으로 함께 가기로 약속했는데 웬일인지 소식이 없었다고 해요."

"그놈이 사기꾼이었나?"

어처구니없이 듣고 있던 장서쾌는 고서 거래에서 가끔 사기사건이 일어나는 것을 염두에 둔 듯 고개를 절레절레 흔들었다. 통문관 비화에서는 그 뒤에도 고서 거간꾼이 같은 목록을 제시해 솔깃했다가 역시 소식이 없었다고 기록해 놓고 있었다. 그런데 눈길을 끄는 대목이 있었다.

"어느 날 고서와 골동품을 취급하는 장모라는 사람이 동료들과 함께 상정예문 등 고서 목록을 보고 책을 사기 위해 안동으로 갔다고 했어요. 헌데 소개꾼이 그곳에서 동북쪽으로 30리쯤 되는 마을로 책 주인을 만나러 갔다가 와서는 바로 어제 책을 몽땅 가지고 서울로 갔다는 말을 들었다고 했데요."

그 후에도 대구 장서가 손에 들어갔다는 얘기가 돌았지만 실체는 끝내 드러내지 않았다. 직지보다 더 일찍 금속활자본이 나왔다는 역사적 기록을 세울 뻔한 일이 햇빛을 보지 못한 안타까운 일화였다.

이 대목에서 장서쾌는 '안동에서 동북쪽 30리가 어디일까?', 그 마을 이름이 무척 궁금했다.

그동안 직지 원본을 찾지 못하게 되자 개인 차원에서 직지를 찾아 나선 예도 있었다. 장덕형 씨는 직지탐험대를 조직, 2006년부터 세 차례에 걸쳐 중국에서 직지 찾기 운동을 벌인 일이 있었다. 직지문화연구소 소장인 정선생은 일찍이 1998년에 연구소를 설립하여 직지관련 활동을 해오다가 백운화상이 원나라에 다녀 온 사실을 알고 그의 연고지에 직지가 있을 것으로 추정하여 탐험대를 이끌고 가게 되었다. 그는 2007년 2차로 백운화상의 발자취가 어린 곳, 즉 절강성 호주 시 하무 산 일대, 많은 고려 불승이 드나들었던 하남성 낙양 등지를 답사했다. 그러나 노력만큼 성과를 거두지 못하고 말았다.

장서쾌는 이 얘기를 듣고 그동안 고서를 찾아다니던 경험을 되살려 자신이 직접 직지 찾기에 나서보고 싶은 의욕을 갖게 되었다. 그렇게 중요한 고서를 정부 차원에서 직지 찾기 운동을 벌이지 않고 일개 시당국에만 맡겨 둔 것이라든지, 뜻 있는 개인이 나섰다가 성과를 거두지 못하고 말았다든지, 이런 말을 들을 때 그는 속으로 분노마저 느끼지 않을 수 없었다. 해서 자신 같은 고서 사냥꾼이 나서야 될 일이라고 판단했다. 뜻이 있어야 길이 있다고, 관심이 없는 사람들 보고 왜 가만히 있느냐고 다그쳐 봐야 소귀에 경 읽기가 될 것이 뻔했다. 직지에 관심이 많은 박서치 선생과 협력하면 앞으로 해볼 만한 일이 될 듯 했다.

　박서치는 직지 하권의 운명을 매우 서글프게 생각하면서, 동시에 직지 상권의 행방을 찾아야겠다는 강한 희망을 안고 살아왔다. 언젠가 기회가 닿으면 직지 하권의 반환을 위한 운동을 전개하면서 상권 찾기 운동도 함께 전개해 볼 생각이었다.
　"장 선생. 직지 하권의 반환도 중요하지만 앞으로 직지 상권 찾기 운동을 벌여나가야 할 것으로 생각해요."
　"그래야지요. 그렇게 귀중한 우리 문화재를 찾지 않고 이때까지 뭐 했는지 모르겠네요."
　"정권이 몇 차례 바뀌었지만 어느 누구도 세계사에 남을 문화유산에는 관심을 갖지 않았던 탓이지요. 그 바람에 세계 인쇄사에서 중요한 한 페이지를 아직 우리가 차지하지 못하고 있어요. 선대의 문화유산을 지킬 줄 아는 민족이라야 제정신을 가진 민족이라고 할 수 있지 않겠어요."

"맞아요. 그동안 고서 수집 경험을 살려 직지 찾기 운동에 동참하고 싶습니다. 기회가 있으면 알려 주십시오. 언제든지 달려가겠습니다."

청주로 돌아온 며칠 후 박서치는 직지 하권의 행방에 관한 대책을 작성했다. 서두에 그동안 해온 직지 하권의 대여 노력을 개관한 후 본론에서는 직지 하권 자체의 소유권문제를 비롯 대여문제와 매입문제를 분석했다. 먼저 대여문제에서 프랑스 국립도서관 측의 대여기피 태도와 관련한 문제, 한국 측의 대여 요구와 관련한 문제, 이들 문제와 관련한 양국 관계의 문제 등을 살펴보고 대여 가능성을 제시했다. 즉 원만한 양국 관계를 바탕으로 하여 직지 하권의 대여 방안을 추진하면 대여에 걸림돌이 제거될 수 있을 것이란 전망이었다. 다음으로 직지 하권의 매입문제는 문제의 서책이 조선 소유였던 만큼 연고권을 내세워 매입할 수 있을 것이라고 전망했다. 매입 가격만 잘 조정되면 굳이 프랑스 측에서 직지 하권의 소유를 고집할 필요가 없을 것이라고 덧붙였다. 요약컨대 직지 하권의 대여나 매입문제는 한국 측의 외교 노력에 달려 있다는 결론이었다.

박서치는 시간을 두고 이 초안을 다듬어 새로이 들어서는 정부에 건의하기로 했다.

부산으로 돌아온 장서쾌는 나름대로 직지 하권의 운명뿐만 아니라 상권의 행방을 놓고 시간 나는 대로 곰곰이 머리를 짰다. 그는 고서 수집 경험을 바탕으로 직지 상권이나 하권 할 것 없이 직접 국내에서 찾아 볼 생각이었다. 고서 경매시장이나 고서점 망을 통하는 것보다 개인적으로 고물상을 비롯하여 아파트단지의 가내 물품 정리장, 시골 장터 노점상, 고물 장수를 찾아 나서볼 셈이었다.

장날을 위주로 하여 전국을 누비고 다니면 무슨 결과가 있을 것이라는 기
대를 갖고 직지 찾기에 나섰다.

직지 찾는 네 갈래 길

1

장서쾌는 틈만 나면 시골장이나 중소도시 아파트단지를 돌며 어떤 고서가 있을까, 눈에 불을 켜듯 살피고 다녔다. 특히 그중에서도 그가 겨누고 다닌 것은 직지였다. 그의 생각으로는 상권이고 하권이고 가릴 것 없었다. 직지만 눈앞에 나타나기를 고대하며 전국을 누비기 수년째, 심신이 탈진하기 마련이지만 그의 고집은 꺾일 줄 몰랐다.

그날도 아침에 일어나자마자 어디로 갈까, 행선지를 검토하던 중이었다. 발길 닿는 대로 가는 것이 그의 버릇이었지만 수년 동안 전국을 누비다 보니까 이제 아무데나 가기는 마땅치 않았다. 시골장터는 대부분 이미 그의 발길이 닿은 곳들이었기 때문이었다. 그래서 지도를 꺼내놓고 빠트린 지역을 찾아내거나 신문 잡지나 방송에서 고서와 관련된 얘기가 언급된 곳을 골라 가는 등 선별적으로 가게 되었다.

이번에는 미처 생각지 않은 강원도 휴전선 부근 지역으로 가볼 생각이었다. 워낙 오지가 많아서 잘 알려지지 않은 시골장터가 있을 법 했다. 고성과

양구 쪽으로 가려고 지도를 내려다보고 있다가 서쪽 편에 금화가 있는 것을 보고 옛날 철의 삼각지대로 알려진 곳으로 가기로 했다. 이른 바 철원과 평강 및 금화를 일컫는 지역이었다. 그때 텔레비전에서 독립지사 이상룡 선생에 관한 특집을 방영하고 있었다. 행선지를 결정한 김에 잠시 휴식을 취하며 방영되는 프로그램을 보았다. 1911년 1월 6일 이상룡 선생 일가 등 50여 가구가 남부여대하여 집단 망명한 이야기가 나오고 있었다. 그렇게 엄청난 인원이 집단 망명했다는 이야기는 처음 듣는 일이라 관심 깊게 시청했다. 이상룡 선생은 경북 안동군 법흥리 출신으로 상해임시정부 초대 국무령을 지낸 독립지사였다. 선생이 만주에서 독립운동을 하던 중 1932년 작고한 후 유언대로 바로 고향 안동으로 모시지 않고 만주에 임시로 묘를 써서 모시게 되었으나 결국 고향으로 이장하려고 나섰다. 그 과정에서 빈집에 묵게 되었는데 다음날 나오면서 중요한 문서 두 상자를 깜박 잊고 그 집에 두고 나왔다는 얘기를 손부 허은 여사가 했다고 소개했다. 그러면서 그때 가지고 나온 것이 나중에 고려대학에서 영인본으로 발간한 석주 유고집이었다고 밝혔다. 장서쾌는 이 대목을 유심히 들었다. 유고집을 가지고 나온 것을 볼 때 두고 온 상자에 귀중한 문서가 들어 있을 가능성이 컸다. 이 외에 그의 귀를 자극한 대목이 또 있었다. 이상룡 선생이 탄생하신 임청각이 엄청난 한옥이었는데 일본 식민당국에 강제 징발되었다가 해방된 후에도 정부에서 사용해 많이 훼손되었다는 내용이었다. 그동안 철도국 기사들의 숙소로 쓰였다가 허은 여사 가족이 나중에야 되찾아 살게 되었다고 했다. 그렇다면 그집 창고나 어디 손길이 안 닿는 데에 혹시 고문서가 있을지 모른다. 일단 안동부터 먼저 갔다가 철원으로 가보기로 했다.

안동이라면 지난번 박서치 선생으로부터 상정예문이라는, 직지보다 앞선 금속활자본을 찾으러 그곳으로 갔다는 얘기를 들은 바가 있어서 더욱 관심을 끌었다. 어쩌면 그 마을이 이상룡 선생의 생가인 임청각이 있는 마을일지도 모른다는 생각이 머리를 스쳤다. 그렇다면 꼭 가 봐야 할 곳이었다.

안동시 법흥리를 찾아 가는 길은 어렵지 않았다. 마을에 들어서면서 보니 언덕바지에 한옥 군이 위풍당당하게 늘어 서 있었다. 물어보지 않아도 한눈에 임청각인 줄 알았다. 저곳에서 상해임정의 국무령이 나왔고, 그의 손부는 구한말 의병장이었던 왕산 허위의 재종손인 허은이었으며, 그녀의 남편 이병화는 만주공산청년동맹 총서기가 되었던 야릇한 역사가 깃들인 곳이었다. 그 한옥을 바라보는 장서쾌의 심경은 한민족의 순탄치 않은 과거의 축소판을 보는 것 같아 착잡했다. 그러나 그가 할 일이 따로 있었다. 순간적인 감상에서 벗어나서 직지의 흔적을 찾는 것이 먼저였다.

대문으로 들어서는 그를 유심히 보는 사람은 없었다. 어쩌면 을씨년스런 분위기였다. 만주 망명생활의 산 증인인 허은 여사가 간지도 오래라 인기척이 없었다. 일부러 헛기침을 몇 번 하며 안마당으로 들어섰다. 그제야 방문을 열고 노인이 나왔다. 이상룡 선생의 직계 후손은 없고 먼 친척이 집을 지키고 있었다. 노인에게 용건을 말하고 협조를 요청했다. 노인의 말로는 고서나 고문서 같은 것이 있을만한 곳이 없다고 했다. 만약 그런 것이 있었다면 허 여사가 살아 있을 동안 정리했을 것이라고 일러주었다. 아쉽지만 어쩔 수 없었다. 어쩌면 너무 늦게 온 것인지도 몰랐다. 임청각을 뒤로 하고 법흥리를 물러났다.

철원으로 가는 동안 수년의 직지 추적이 허사가 될 것 같던 예감을 지울 수 없었다. 조만간 박서치와 만나 다른 방도를 찾아야 할 것이다. 일단 철의 삼각지대를 마지막으로 둘러 본 후 박 선생에게 연락해 볼 셈이었다. 고속 버스 좌석에 기대 눈을 감았다. 피로가 한꺼번에 몰려오는 기분에 젖어들었다. 축 쳐진 듯 등받이에 몸을 기대고 있던 장문세는 불현듯 화가 나면서 솟구치는 의욕에 의식이 또렷해졌다.

'고인쇄박물관까지 만들어 놓고도 정부는 정상회담이나 남북교류에만 신경을 썼지 직지 같은 민족 자긍심을 북돋울 수 있는 민족적 문화재 발굴에 남북이 공조하자는 말은 아예 꺼내기조차 하지 않았지. 도대체 이런 사람들이 무슨 우리 민족끼리니 어쩌구 하면서 생색이나 내려고 하지 않았던가.'

곰곰 생각해 볼수록 화가 났다. 자신 같은 하찮은 고서 장사꾼이 나설 일이 아니었다. 일개 장사꾼이 무엇을 어떻게 하겠다는 것인지 자신이 생각해 봐도 한심한 것 같았다. 지금 당장 직지를 찾아 전국을 돌아다녀 봐도 별무 성과인 것이 그것을 말해주었다. 부화가 나서 몸을 벌떡 일으켰다. 그때 버스가 급브레이크를 밟았다. 사거리에서 꺾어 오던 군용 트럭과 마주칠 뻔 했다. 그 바람에 속에서 불끈 솟아오르던 화가 사그라지고 새로운 생각이 머리를 차지했다.

'정부는 정부고 고서 장사를 전문으로 하는 나 같은 사람이라도 나서야 하지 않을까? 정략에 매몰된 정치가들을 바라보고 있을 것이 아니지. 이제는 민주시대에 걸맞게 장사꾼이라도 나서는 것이 옳은 일이 아닐까?'

생각이 여기에 미치자 장문세는 앞으로 장서쾌로서 민족자긍심 선양에 이바지하는 것이 고서 장사꾼의 보람이 되리라 스스로 자임하게 되었다.

며칠 후 박서치와 장서쾌는 청주고인쇄박물관을 나와 예술문화회관 쪽으로 산책에 나섰다. 장서쾌가 그를 만나러 사무실로 들어가자 박서치는 그렇잖아도 할 얘기 있다면서 산책을 하자고 제의했다. 장서쾌도 이야기를 하러 왔던 만큼 산책을 원하는 바였다. 두 사람은 박물관에서 오른쪽으로 돌아 육교로 가면서 마치 오랜만에 만난 친구처럼 정답게 환담을 주고받고 있었다.

　"장 선생. 여기까지 오셨는데 청주 막걸리나 한잔 하며 얘기를 합시다."

　"아, 네. 막걸리는 있다가 하지요. 그보다 엊그제 안동 갔다 온 얘기를 하겠어요."

　"안동 가서 성과가 좀 있었습니까?"

　"성과가 있어야 하는데 별무 성과였어요. 독립지사 이상룡 선생의 고택인 임청각에 무엇이 있을 것 같아 갔는데 너무 늦은 것 같았어요."

　"그러게 말예요. 고서를 소장한 분들이 자꾸 저승으로 가버리는데 그동안 정부에서 너무 무관심 했던 같아 안타까워요."

　"지금은 직지가 어디 숨어 있다 해도 좀처럼 나타나지 않을 것 같아요. 그것이 무엇인지 몰라서 그냥 두었던 사람은 이미 폐기처분해 버렸는지도 모르고, 그것이 귀중한 것인 줄 아는 사람은 더욱 꽁꽁 숨겨 놓겠지요."

　"그래서 앞으로 직지도 찾을 수 있는 길이 영영 없을까 두려워져요."

　"아니에요. 고서 장사꾼인 난 찾을 수 있는 길이 있다고 봐요."

　"그럴까요. 길이 있다면 어떤 길이 있을까요?"

　"지금까지 국내에서는 찾을 수 없었으니 국내는 제외 하더라도 네 가지 길이 있다고 봐요."

"네 가지 길요?"

두 사람이 직지를 찾는 길로 말머리를 돌릴 무렵 예술의 전당으로 건너가는 육교에 다다랐다. 육교 바로 옆에는 조그마한 사무실이 있었다. 얼핏 보기에는 사무실 같이 보이지 않았다. 무슨 부속 건물처럼 시선을 끌지 못했다. 그러나 알고 보면 그 사무실은 고인쇄박물관으로서는 꽤 중요한 사무실이었다. 직지코리아TF팀의 실무부서가 거기 있었다. 그 부서에서는 국제 페스티벌 준비로 한창 바쁘게 돌아가고 있었다. 그러나 두 사람이 지금 관심을 집중하고 있는 부분은 바로 고인쇄박물관의 행사 중심체인 직지 찾기였다. 사실 직지 그 자체가 없이 아무리 그럴듯한 행사를 한다고 할지라도 팥 없는 팥빵처럼 보일 것이 아닌지 모를 일이었다. 그 사무실 옆을 지나며 장서쾌는 진짜 중요한 일을 해나갈 궁리를 하고 있었다.

"지금까지 경과로 봐서 국내에서 찾는 일은 포기해야 할 것 같아요. 대신 밖으로 눈을 돌려 봅시다. 우선 생각할 수 있는 길은 미국입니다. 6·25전쟁 때 많은 미군이 와서 한반도 전장을 누비고 다녔지요. 그 과정에서 전리품이라는 것이 생기기지 않을 수 없었어요. 그 중에 눈에 띄는 것이 조선인민군군사우편물이지요. 미군은 전쟁 중에 평양중앙우체국 등에서 인민군의 우편물을 노획하여 매릴랜드주 칼리지파크 국립문서보관소에 보관해 둔 것이 뒤늦게 밝혀졌거든요. 편지 엽서 등 1천68통이 비밀해제로 공개된 것입니다. 왜 이런 얘기를 하느냐 하면 이 우편물의 예처럼 각종 서책들도 미군에 의해 미국으로 건너갔으리라는 가능성을 말하기 위해서입니다. 그때 직지 상하권 모두, 아니면 그중 어느 하나라도 포함되어 갔을 수 있다고 보자는 겁니다."

"그렇군요. 인민군 군사우편물이 미국으로 건너가듯 말이군요."

박서치는 뜻밖에 장서쾌의 실제 사례를 든 미국 유출 가능성 얘기에 수긍하지 않을 수 없었다. 그는 이에 덧붙여 한마디 했다.

"구한말에 플랑시 프랑스 공사처럼 미국 외교관이나 선교사들이 우리 문화재를 반출해 간 사례도 있었으니 미국 쪽도 고려 대상이 되겠군요."

장서쾌는 고개를 끄덕인 후 다음 유출 가능성을 설명하기 시작했다.

"둘째로 유출 가능 지역은 일본입니다. 잘 아시다시피 직지가 인쇄될 무렵 왜구가 침략해 와서 절을 불태웠는데 이때 직지를 노획했을 가능성이 있지 않겠어요. 그런데 가까운 일본은 제쳐두고 직지 하권이 발견되었다고 해서 프랑스 쪽에만 신경을 써 왔지요. 그것도 발견 초기에 매입 교섭을 했더라면 매입에 유리했을 건데 기회를 놓친 거지요."

그러고 보니 직지가 세상에 모습을 드러냈을 때 왜구가 침략했던 사실을 예사로 흘러 넘겼던 것이다. 그리고 또 일제강점기도 있지 않은가.

"구한말부터 일제 식민지 시대에 우리 문화재를 일본으로 많이 가져간 것도 고려해 봐야겠군요."

이어 장서쾌는 고삐가 풀리기 시작한 듯 세 번째 유출 가능성을 짚고 있었다.

"셋째로 유출 가능 지역은 중국 동북 지역입니다. 이 지역에는 장춘이나 심양, 연길 등 역사적으로 고려 이후 관계가 매우 깊었던 곳들이 있어요. 원, 명, 청나라 등과 고려와 조선의 교류관계를 보면 어느 시기엔가 직지가 그쪽으로 흘러들어 갔을 가능성을 생각해 볼 수 있지 않겠어요. 물론 절강성 호주시 하무산 주변 지역에도 흘러 들어갔을 가능성이 전혀 없지 않습니다. 왜냐하면 직지 원고를 작성한 백운화상이 이곳 선운사에서 스승인 석옥 청공선사와 만나 선의 깨달음, 즉 무심에 관해 심오한 얘기를 나눈 곳이었기 때문이지요." 말하자면 백운의 발자취가 어린 곳이어서 직지가 발간된 후 여기도 전해졌을 것으로 추측할 수 있다는 것이었다. 그러나 백운화상의 입적 후 실제로 누가 직지를 전했을지는 의문이었다.

장서쾌는 그보다 또 하나 동북 지역의 가능성을 조선의 망명객들에 의한 유출에서 찾을 수 있을 것으로 기대하고 있었다. 그는 자신의 경험을 통해 이런 가능성에 착안한 것 같았다.

"지난번 이상룡 선생의 생가인 임청각을 방문하고 돌아올 때 이런 가능성을 생각해 봤지요. 이상룡 선생이나 이회영 선생 같은 분은 일가 권솔 수십 명을 대동하고 집단 망명길에 올랐는데 그분들 중에 직지의 중요성을 알고 휴대품에 포함하여 가져갔을 가능성은 아무도 생각하지 못했을 겁니다. 이상룡 선생의 유고집을 가져올 때 문서 상자 두 개를 빈집에 두고 왔다는 얘기에 퍼뜩 머리를 스치는 것이 있었지요."

"아하! 그래서 아이디어가 번쩍 했던 모양이군요. 그것 참 기발한 생각입니다."

그 말을 들은 장서쾌는 약간 우쭐한 기분을 느끼며 마지막 유출 가능성을 짚었다.

"마지막으로 어쩌면 가능성이 가장 높은 지역이 있습니다. 다름 아닌 북한입니다. 그토록 찾아왔던 직지 상하권이 어디 있는지도 모르게 꽁꽁 숨어 버린 것은 바로 금단의 땅이 되어 버린 북한에 있기 때문이 아니겠느냐, 이 말입니다. 그렇지 않고서 직지가 어떻게 그렇게 모습을 드러내지 않았을까요?"

그의 말을 듣던 박서치는 걸음을 멈춘 채 손뼉을 쳤다. 그리고 외쳤다.

"맞아요, 맞아. 바로 북한에 숨은 거네요."

육교 위에서 난데없이 소리를 지르자 육교 아래 인도를 걷던 시민들이 힐끔힐끔 위를 쳐다봤다. 장서쾌는 북한 유출설을 못 박듯 한마디 덧붙였다.

"직지가 틀림없이 북한에 있으리라는 심증을 강하게 갖게 하는 요인이 있어요. 바로 백운화상초록직지불심요체의 주인공인 백운선사가 황해도 성불사에 주지로 있었지요. 거기다가 해주 신광사에도 주지로 있었던 적이 있어요. 그렇기 때문에 흥덕사에서 두 절 모두, 아니면 그 중 한 절에 직지 몇 부를 보냈을 것이란 말입니다. 비록 백운선사는 입적한 뒤라지만 그분의 연고로 봐서 으레 직지를 보냈다고 봐야지요. 그럼 그게 어디 있겠어요. 북한에 있지."

"그게 그렇다면 북한에 갈 수 있어야 하는데……."

"그러니까 남북통일은 아니더라도 남북 당국자 간에 문화협정 같은 것을 맺어서 문화재 발굴에 서로 협조하는 관계를 갖도록 해야 되겠지요. 그렇게 되면 직지는 물론 직지보다 먼저 인쇄되었다는 상정예문 같은 것도 함께 찾아 볼 수 있는 길이 있을 텐데……. 기록으로만 1234년 무렵에 주자 활자로 간행했다고 되어 있지 실제 책은 없는 상태거든요."

"그런데 지금 북핵문제로 그런 데까지 신경 쓸 여유가 없을 것 같아요. 당장은 북한으로 들어 갈 수 없으니 기다리는 수밖에 없지 않겠어요. 옛날 얘기지만 1973년과 1976년에 남북조절위원회를 통해 고고학과 만족역사의 공동연구 등을 제의했으나 북측이 거부해 빛을 보지 못한 적이 있었지요.

또 1980년 11월에 북한 역사학자인 박시형이 일본에서 마이니치신문과 회견에서 남북 간 학자교류를 제의한 적이 있었어요. 하지만 말로만 그치고 말았지요."

두 사람이 북한에 직지가 숨어 있을 가능성을 두고 남북교류 문제를 얘기할 즈음 대형 직지 조형물 앞에 이르렀다. 예술의 전당 주차장 옆에는 직지를 반쯤 펼쳐 지상을 보고 세워놓은 형국으로 만들어 놓은 직지 조형물을 설치해 두었다. 왜 하필 주차장 옆에 직지 모형을 설치했는지 의아했지만 얘기의 대상물이 나타나서 우선 반가웠다. 정면에서 보는 직지 모형은 마치 비행장의 격납고처럼 보였다. 박서치는 격납고 같은 모형 안쪽 벽을 만지며 "직지 실물은 없고 이 모형만이 덩그렇게 서 있는 모습이 참 안쓰럽다."고 소감을 실토했다. 그러자 장서쾌는 두 팔을 활짝 펴고 넓은 공간을 빙그르르 돌며 단호하게 말했다.

"내가 바로 이 모형의 실물을 여기 갖다 놓겠소."

2

박서치는 남북대화 무드에 때맞춰 실시한 고인쇄박물관의 조직편제 개편에 따라 남북교류 사업 팀장으로 전보되었다. 지난 4월 27일 판문점 정상회담에 이어 5월 27일 두 번째 정상회담이 이루어지자 박물관 측은 발 빠르게 움직였다. 그동안 직지코리아 팀에서 남북교류 사업을 담당하였으나 이렇다 할 활동을 못한 채 소관 업무만 그대로 남아 있었다. 1차 남북정상회담 이후 직지와 관련한 남북교류 문제가 논의된 적이 없었으며, 2차 정상회담 때는 남북교류사업안을 북측에 제안, 원칙적인 동의를 얻었으나 추진은 하지 못하고 말았다. 그 제안마저 직지와 관련된 것이 아닐 뿐만 아니라 시기마저 적합하지 못했던 것이다. 대통령 임기를 불과 5개월 남겨두고 서둘러 마련한 정상회담이어서 당시의 남북합의 사항을 구체화할 시간적 여유가 없었다.

이번에는 임기 2년차여서 그런 문제는 없을 것이다. 하지만 앞으로 미북관계가 어떻게 전개되느냐에 따라 남북관계도 영향을 받을 것인 만큼 시간을 두고 봐야 할 형편이다. 그러나 박서치는 그런 정치적 역학관계에 구애되지 말고 순수한 한민족 문화 복원 차원에서 직지 찾기 방안을 마련하자는 기본 입장을 정했다. 2000년 6·15정상회담 때 진작 직지 찾기 운동을 남북공동으로 벌였다면 직지 상하권을 다 찾을 수 있었을지도 모른다. 그런데 처음 정상회담에 들뜬 나머지 '우리의 소원은 통일……' 노래에 취해 이런 기본적인 문제는 소홀했던 것이다. 이미 직지 하권이 프랑스국립도서관에 있다는 사실이 알려진 지 30년 가까이 된 시점이라 잘 몰라서 그랬다는 변명도 통할 수 없는 형편이었다. 그 여파로 2차 남북정상회담에서도 직지 직 자도 나오지 않고 말았을 것으로 짐작할 수 있었다. 이때는 벌써 직지 하권의 소재가 널리 알려진 상태였으나 그냥 넘어 가버린 것을 보면 정권 담당자들이 문화 복원에 얼마나 무관심했는지 알 수 있는 일이었다.

박서치는 남북교류사업을 맡고부터 지난 일을 검토해보고 이런 분석이 가능하다는 것을 알았을 때 실망감은 이루 말할 수 없었다. 해서 정부의 남북교류 추진계획을 기다릴 필요 없이 독자적으로 직지 찾기 운동 방안을 마련하여 북측에 제의하도록 정부에 건의할 생각이었다. 그는 꼬박 사흘 동안 머리를 짠 끝에 직지 하권의 대여 노력이 결실을 보지 못하게 된 경과와 원인, 프랑스 측에 대한 대여 요청보다 북한 측에 대한 직지 찾기 공동노력 제의의 실천 가능성, 황해도 성불사 중심 직지 행방 추적 방안 등을 포함한 '직지 찾기 남북공동추진방안'을 상부에 제출했다. 그러나 남정성 기획실장이 적극 반대하고 나섰다. 시청에서 잔뼈가 굵은 실장은 관료 근성이 몸에 베여 위에 눈치 보기를 정상 업무 보기보다 잘했다. 남북교류사업계획이 나오지 않았는데 김칫국부터 마시느냐며 아예 관장에게 보고조차 하기를 거부했다. 이에 박서치는 일전불사 심정으로 정면 돌파를 시도했다.

"남 실장 보세요. 어떻게 일을 그렇게 처리합니까?"

"무슨 말을 그렇게 해요. 정부와 보조를 맞추어야 되니까 기다려 보자는데 독불장군처럼 굴지 마시오."

"우리 박물관 차원에서 독자적인 방안을 마련한 것인데 관장님께 보고도 하지 않고 뭐 하는 짓입니까?"

"뭐하기는! 내가 기획실장으로서 판단하여 보류한 것이오."

"기획실장이면 답니까? 정 그렇다면 관장님께 직보할 거요."

"뭣이! 야 너 언제부터 막가파가 됐어? 건방지게."

이렇게 하여 두 사람의 자존심 싸움은 끝내 파국으로 몰고 갔다. 말이 통하지 않는데 발끈한 박서치는 직보고 뭐고 다 집어치운 채 사표를 내고 말았다. 뒤늦게 사태를 알게 된 관장은 박서치의 사표를 보류한 채 검토할 시간을 달라고 했다. 박서치는 이러다가는 이번 기회에도 직지 찾기가 틀리겠다 싶었다. 그날로부터 출근을 거부한 채 앞으로의 거취를 고민하기 시작했다. 낮이면 무심천변을 거닐며 직지의 운명이 참 기구하다고 느꼈다. 기구한 직지를 찾아내서 세상에 떳떳이 내놓고 싶은데 뜻대로 되지 않아 서글펐다. 무심히 흐르는 냇물은 유구한데 인간 세사는 왜 그렇게 변화무쌍한지……. 합리적으로 일을 추진하려면 도와주지는 못할망정 방해는 말아야 될 것 아닌가. 불현듯 장서쾌를 만나보고 싶었다.

　박서치는 장서쾌의 손을 맞잡은 채 해운대 해변을 거닐었다. 그가 장서쾌에게 최근 박물관에서 일어났던 일을 얘기하며 만나고 싶다고 하자 바로 부산으로 와서 함께 의논을 하자고 해서 달려왔었다. 널리 알려진 해운대시장 장어구이 집에서 점심 식사를 한 후 코앞이나 마찬가지인 해변으로 나왔다. 오랜만에 툭 트인 바다로 나와 보는 박서치는 울적했던 기분이 한결 나아지는 느낌이었다. 날씨도 청명해 저 멀리 대마도가 보일 것 같았으며, 파도도 이따금 모래밭을 어루만지듯 스치고, 때 이른 해변에는 연인들이 미풍에 머리카락을 날리며 속삭이고 있었다. 박서치는 청주 내륙지방에만 있다가 여기 푸른 물결이 출렁이는 바다의 경관에 취해 자기도 모르게 장서쾌의 손을 잡고 백년지기가 되어가고 있었다.
　"장형, 나는 당분간 머리를 식히며 진로를 고민해야 될 것 같아."
　자기보다 두 살 연상인 박서치가 자신을 장형이라고 부르자 전에 없이 친근감을 갖게 된 장 서쾌는 화답을 했다.
　"박 선생, 전화로 대충 얘기를 들었지만 부산에 온 김에 나와 같이 고민해 봅시다."
　한동안 박서치의 거취를 둘러싸고 이야기를 나누던 그들은 결국 화제를 직지 찾기에로 돌렸다. 장서쾌가 먼저 자신의 복안을 털어 놓았다.

"박 선생, 나는 독자적으로 직지를 찾으려고 해요. 지난번 얘기했듯 네 갈래 길 중에 우선 중국으로 가서 동북지방을 훑어볼 작정이지요."

"개인적으로 직지 찾기에 나서는 것이 여러 가지 어려움이 많을 것 아니오."

"그야 물론 어려움이 많지요. 하지만 20년 동안 고서 장사를 하며 고서 수집을 해온 경험을 바탕으로 한번 부딪쳐 보는 거지요."

그러자 묵묵히 듣고만 있던 박서치는 생각난 듯 책 사냥꾼 얘기를 들려주었다.

"장형이 고서 장수라니까 책 사냥꾼 얘기가 생각나네요."

"네? 책 사냥꾼이라고요? 처음 듣는 말인데요."

"지난번 차 중에서 얘기했던 '뒤마클럽'이라는 작품에 보면 책 사냥꾼 루카스 코르소가 애서가이자 서적상인 바로 보르하의 요청으로 '어둠의 왕국으로 가는 아홉 개의 문'이라는 책의 진본을 찾아 끈질기게 모험을 감행하는, 책 사냥꾼의 집념을 엿볼 수 있는 얘기지요."

"아하, 책 사냥꾼에 관한 작품이니 재미있겠는데요."

"그럼요. 재미있어요. 그 작품은 '나인스 게이트'라는 영화로도 상연되었는데 책 사냥꾼은 누구나 한 번 꼭 볼만해요."

"얘기가 어떻게 전개된 겁니까?"

장서쾌는 책 사냥꾼의 얘기에 호기심이 생겼다. 박서치는 우선 작품의 앞부분에서 소개한 책 사냥꾼의 특징을 설명해 주기 시작했다.

"문학평론가인 보리스 발칸이라는 인사는 책 사냥꾼은 초판본 고서를 보면 자기 어머니를 팔아서라도 끝끝내 구입하고 마는 철면피들이라고 규정했어요. 그러고서는 '구텐베르크의 자칼'이라느니, '고서적 판매장의 해적'이라느니, '경매장의 거머리'라고 신랄한 평을 곁들이는 것을 서슴지 않았어요. 말하자면 책 사냥꾼의 비인간적인 모습을 강조한 것이라고 볼 수 있지요."

"그런 부정적인 얘기를 들으니 고서 거래를 하는 것이 쑥스러워요. 허허."

"그 사람은 유달리 별난 점을 꼬집었다고 봐야지요. 책 사냥꾼 코르소 얘기로 들어가서 보면 흥미진진한 얘기가 전개돼요. 그는 스페인 고도 톨레도에 있는 유명한 서적상 바로 보르하의 요청으로 그가 내 준 '아홉 개의 문'을 가지고 나머지 두 권을 찾아 나섰지요. 헌데 그 책 외에 또 하나, 문제의 책인 육필본 '앙주의 포도주'를 입수하여 함께 진위를 가리려는 여정을 떠나 정체불명의 사나이가 뒤를 쫓는 가운데 생명의 위협을 느끼게 되지요. 여기에 책을 노린 섹시한 여인의 육탄 공세를 받으며 우여곡절을 겪게 되고, 그 여인과 한 패인 정체불명의 사나이에게 공격을 당하지만 순간적 기지로 역습하여 책을 도로 찾는 등 험난한 고비를 넘기기도 해요."

"듣고 보니 책 사냥꾼의 모험이 예사롭지 않군요."

"알고 보면 알렉산더 듀마의 동호인 모임인 듀마클럽을 이끄는 보리스 발칸이 '앙주의 포도주'를 뺏으려 했다든지, 진본 찾기를 의뢰했던 바로 보르하가 '아홉 개의 문'에 심취한 나머지 그 책 소장자 두 명을 살해한 것으로 드러나 책 사냥꾼이 결과적으로 그들에게 농락당한 꼴이 됨으로써 실소를 금치 못하게도 하지요."

"'앙주의 포도주'라는 책은 무슨 책인데요?"

"아. 그 책은 유명한 삼총사의 한 부분을 쓴 육필 원고라 희귀본이라 할 수 있는 거지요."

"그런 원고가 있었다니 참 대단한데요."

"희귀본 얘기는 유럽에서 흔히 접할 수 있는 대목이지요. 예컨대 19세기 말 오스트리아 소설가 아르투어 슈니츨러가 쓴 '빈에서의 어린 시절' 수택본 (작가가 기증인에게 쓴 문구가 있는 책)을 잘츠부르크 교외 헌책시장에서 발견했다는 유명한 일화가 있어요. 이 책은 반유대주의가 일어나던 무렵 빈에서 유대문제를 다룬 것이어서 값어치가 있는 것이었지요."

"그런 희귀본이 시골 시장에서 발견되다니…… 직지도 그렇게 찾을 있었다면 좋았을 것을……."

장서쾌는 한 순간 아쉬움에 젖어 말을 잇지 못하고 있었다.

박서치는 잇달아 고서 거래 마당인 유럽의 책 마을을 소개하며 장서쾌의 직지 찾기 의욕을 부추겼다.

"장 선생의 고서 장사 얘기를 들으니 유럽 책 마을이 생각 나군요. 전에 프랑스에 간 김에 유럽 책 마을을 돌아볼 기회가 있었지요. 우선 세느 강변에 셰익스피어 앤드 컴퍼니라는 고서점이 유명하다고 해서 들렀지요. 실비아 비치라는 여인이 1919년에 개업한 그 서점은 나치 장교와의 악연으로 문을 닫은 후 미국인 조지 휘트먼이 다시 창업하여 휴머니즘과 자유가 숨 쉬는 공간으로 만들었다고 해요."

"파리 어디에 그런 데가 있나요?"

"정확한 주소는 부셰리가 37번지인데 세느 강 좌안 노트르담사원 맞은편 공원과 광장 부근에 있지요. 도심지이지만 비교적 한적한 분위기를 자아내는 서점에 제임스 조이스를 비롯 에즈라 파운드, 엘리엇, 헤밍웨이, 스콧

피체랄드, 앙드레 지드, 폴 발레리 등 세계적 문호들이 드나들던 유서 깊은 곳에서 고서를 찾는다는 것이 색다른 경험이라고들 하더군요. 이른 바 '시간이 멈춰선 고서점'이라는 이곳에는 무려 50만 달러를 호가하는 율리시스 초판본은 물론 북회귀선 초판본 등 희귀 서적을 소장하고 있다고 해요."

"파리다운 정서랄까, 문화를 느낄 수 있는 곳 같아요. 우리나라에도 유서 깊은 고서점이 없지 않았지만 거의 사라져버렸더군요."

"세느 강변에는 3킬로미터 거리에 셰익스피어 앤드 컴퍼니를 비롯하여 1백여 개 고서점들이 파리 시민의 사랑으로 자리를 지키고 있다고 해요. 이 지역에는 노벨문학상 수상자인 아나톨 프랑스의 이름을 딴 거리가 있는데 그는 이곳 고서점의 아들로 기자와 소설가가 되었다는군요. 파리뿐만 아니라 각 지방에도 주말이면 책 마을을 찾는 사람들로 고서 거래가 활발하다고 들었어요. 우리나라에도 이런 책 마을이 전국에 있으면 값진 고서가 사장되는 일을 막을 수 있을 텐데……."

"그래요. 청계천 고서점들이 그나마 명맥을 유지했는데 2003년부터 시작된 청계천 복원 공사로 헐리고 말았으니 고서 장사꾼으로서 참 안타깝네요."

"유럽에는 나라마다 책 마을이 있어서 주말이면 애서가들이 찾아와서 활기를 띠는데 여기서 희귀본을 살 수도 있어요. 스위스 쥬네브의 벼룩시장이라든가, 레만호수 주변의 고서점에서는 프랑스어 판 북한 서적들이 눈에 띈다고 해요. 또 프랑스 책 마을에서는 프랑스 소설가가 쓴 명성황후 일대기인 '운현궁'을 살 수도 있었다는 것을 보면 희귀본을 찾는데 도움이 될 것 같아요."

"책 마을 얘기를 듣고 보니 시골 책 마을의 기능이 예사롭지 않은 것 같네요."

"오스트레일리아의 책 사냥꾼인 존 백스터가 스위스 코티지에서 열린 벼룩시장에서 그래이엄 그린의 '아바나의 사나이' 초판본과 '인물을 찾아: 두 권의 아프리카 일지' 재판본을 산 경험은 장 선생에게도 귀감이 될 거요. 미국에서는 소설가이자 역시 책 사냥꾼인 래리 맥머트리가 워싱턴 조지타운에서 손수 서점을 운영하다가 나중에 텍사스 주 아처 시에 최초의 책 마을을 만들었다는 얘기를 어느 책에서 읽었어요.'

"헌데 우리는 그런 책 마을이 없으니 직지를 찾으려면 중국 동북 지역으로 갈 수밖에 없겠다는 생각이 들어요."

박서치는 무엇인가 골똘히 생각하는 모습이었다. 옆에서 따르던 장서쾌는 문득 발걸음을 멈추었다. 그는 대마도가 있는 남쪽 방향으로 시선을 돌려 저 멀리 수평선을 응시했다. 한참 그러고 있던 장서쾌는 심호흡을 크게 한 뒤 박 서치의 손을 굳게 잡았다. 이윽고 결심한 바를 밝히듯 무겁게 입을 열었다.

"박 선생 우리는 어차피 같은 배를 타야 할 운명인 것 같아요. 이렇게 대자연의 품속에서 같은 시공간을 함께 한다는 것이 우리 둘을 묶어주는 자연의 섭리라 생각해요."

박서치는 마치 기다렸다는 듯 미소를 띠며 그의 말을 받았다.

"장형 고마워요. 그렇잖아도 장형의 동북아 원정길에 동참하는 문제를 생각하던 중이었어요. 만사 제쳐두고 나도 동북지방에 같이 가겠어요. 어차피 박물관은 사표를 냈으니 진짜 해야 할 일을 해보고 싶어요."

장서쾌는 그를 덥석 끌어안고 외쳤다.

"박 선생 감사합니다. 우리는 이제부터 한 배를 탄 동집니다 동지요……."

박서치는 해운대를 거닐며 장서쾌로부터 직지 찾기 결심을 듣고 청주로
올라 온 후 그와 동행하기로 마음을 굳힐 무렵 한 신문에서 눈길을 끄는
기사를 봤다. 뜻밖에 직지와 관련한 영화가 상연된다는 뉴스였다. 보도된
기사는 이랬다.

직지코드, Dancing with Jikji, 2017
다큐멘터리 한국 102분 2017.06.28 개봉
감독 우광훈, 데이빗 레드먼
출연 이빗 레드먼(본인), 명사랑 아녜스(본인), 김민웅(본인)

'직지코드'라는 영화는 2005년 서울디지털포럼에서 엘 고어 전 미국 부통
령이 한 연설에서 모티브를 얻어 직지의 금속활자 인쇄술이 독일로 전해졌
을 가능성을 두고 그 경로를 추적하는 다큐멘터리였다. 줄거리는 주인공 데
이빗과 제작진이 금속활자를 둘러싸고 동양과 서양 사이의 숨겨진 관계를
밝혀내려고 프랑스 국립도서관을 비롯 이탈리아 교황청 문서고, 스위스 박
물관, 독일 마인츠 구텐베르크박물관에 이르기까지 끈질긴 추적을 통해 금
속활자 기술 유럽 전파의 진실을 밝히려는 역사 뒤집기 활동이었다.

유럽의 금속활자 발명은 고려 금속활자 기술의 영향을 직간접적으로 받
았을 것이라는 가설을 입증하기 위해 제작진은 구텐베르크가 금속활자를

발명한 1455년 이전의 유럽과 고려의 문화 교류의 흔적을 찾기 시작한다. 그리고 마침내 로마 바티칸 수장고에서 놀라운 사실을 발견한다. 1333년 교황 요한 22세가 고려왕에게 보낸 것으로 추정되는 편지를 찾아낸 것이다. '고려왕이 우리가 보낸 그리스도인들을 환대해줘서 기쁘다'는 내용의 이 편지는, 한국에 온 최초의 유럽인을 1594년 세스페데스 신부로 기록하고 있는 천주교 역사를 뒤집는 놀라운 발견이자, 고려와 유럽 금속활자 역사 사이의 비밀을 풀어줄 연결고리로 뜨거운 주목을 받고 있었다. 영화는 이 편지를 근거로 고려의 금속활자 기술이 독일로 유출되는 경로를 밝히기 위해 다각도로 추적하는 과정을 그린 것이었다.

언젠가 유럽중심주의에 경도되어 잘못 기록된 금속활자 발명의 역사를 바로잡아야겠다고 생각했던 박서치는 이 영화를 보고난 뒤 장서쾌의 직지 추적에 소극적인 동행이 아니라 주체적인 추적자로 나서기로 했다. 직지 상하권 원본을 찾는다면 유럽중심주의를 깨트리고 한국이 당당히 금속활자의 발명국으로서 역사에 기록될 것이었다. 그런데 어떻게 소극적으로 나선단 말인가? 역사적 사명감 같은 것이 가슴 저 밑바닥으로부터 끓어오르는 소리가 들리는 것 같았다.

더군다나 1993년 현재로 밝혀진 해외유출 문화재가 15개국 5만4천6백55건이라는 사실을 볼 때 직지 찾기 활동이 얼마나 중요한 역사적 과업이 될지 짐작할 수 있었다. 실제로 프랑스 국립도서관에 중국 돈황 석굴에서 발견된 신라 고승 혜초(慧超)의 인도여행기 왕오천축국전(往五天竺國傳) 원본과 일본의 덴리대학에 조선시대의 화가 안견이 그린 산수화 몽유도원도 등 국보급 유물들이 외국에서 잠자고 있지 않은가.

북한 탐색루트 모색

1

직접 직지 찾기에 나선 장서쾌와 박서치는 심양공항에 내린 후 통화로 향했다. 옛날 독립지사들의 망명 행로를 따라 독립운동기지가 있던 유하현 삼원포로 가기 위해서였다. 장서쾌가 삼원포를 행선지로 잡은 것은 이회영 선생을 비롯 이상룡 선생과 선생의 사돈인 성산 허겸 선생(며느리 허은의 재종할아버지), 일송 김동삼 선생의 망명지가 거기였기 때문이었다. 박서치에게 길 안내를 하며 통화를 거쳐 북으로 내달렸다. 통화에서 삼원포로 가는 길은 독립지사들이 남부여대 하여 지났던 회한의 길이었다. 이회영 선생 6형제의 가족 40명은 1910년 12월 서울을 출발하여 압록강을 썰매로 건너 안동(현 단동)으로 간 후 봉천성 회인현 황도촌(현 길림성 집안시 화전진 횡로촌)을 거쳐 삼원포 부근 추가가에 자리를 잡았다. 같은 무렵 김동삼 선생 일가는 안동에서 출발하여 압록강을 건너 삼원포 부근 이도구에 자리를 잡았다. 이상룡 선생 일가 50명은 이듬해 인 1911년 1월 경북 안동을 출발하여 압록강을 건넌 후 역시 회인현 황도촌을 거쳐 삼원포로 갔다. 이상룡 선생의 사돈인 성산 허겸(일명 허로) 선생(의병장 왕산 허위의 형)일가 등 70명은 1915년 3월 구미 림은에서 출발하여 신의주에 도착한 후 배로 압록강을 거슬러 올라가서 통화를 거쳐 삼원포에 도착했으나 한 곳에 자리를 잡지 못해 추가가 등지로 옮겨 다녔다. 이른 바 서간도 독립운동의 기지가 이렇게 해서 삼원포에 자리 잡게 되었던 것이다. 이때 삼원포는 독립운동가의 이상향이었다. 독립지사들은 사재를 털어서 경학사, 부민단, 신흥무관학교, 서로군정서, 대한통의부 등 단체들을 통해 보다 체계적인 독립운동을 야심차게 도모해나갔다.

장서쾌는 기왕 여기까지 온 김에 직지의 행방 추적과 함께 독립운동 기지의 현장을 둘러보고 싶었다.

"박 선생 옛날 신흥무관학교 자리 등 가까운 유적지를 한번 둘러보고 직지의 행방을 알아봅시다."

"좋아요. 그러다가 직지 행방도 알 수 있을지 모르지요."

두 사람은 특히 신흥무관학교가 자리 잡았던 합니하 강변 언덕에 서서 광화 지역을 내려다 봤다. 영하 30도를 오르내리는 강추위 속에서 강냉이, 수수밥을 먹고 훈련에 여념이 없던 훈련생들의 함성이 귀에 들려오고 있었다. 3·1독립선언 이후에는 훈련생들이 몰려와서 고산자 부근 대두자로 옮겨 보다 요새다운 면모를 갖추게 되었다. 이 무관학교에는 남만삼천이라 불리는 인물, 즉 신팔균(동천), 김광서(경천), 지석규(이청천) 등이 교관으로서 명성을 날렸다.

다시 삼원포로 나와서 옛 선열들의 발자취를 더듬으며 직지의 행방을 찾기로 했다. 중앙통이라고 할 수 있는 마을 가운데 길은 제법 널찍했으며, 사람들의 왕래가 눈에 띄었다. 인구 2만 명 정도에 조선족이 4, 5천 명이니 옛 독립운동기지의 흔적이 남아 있는 셈이었다. 시내를 돌아보다가 박서치가 놀란 듯 갑자기 장서쾌의 팔을 잡고 한 곳을 가리켰다.

"저거 보시오. 이름도 서울이네요."

그가 가리키는 곳에는 한글로 '서울술집'이라고 쓴 간판이 주점 건물에 걸려 있었다. 이곳에도 서울 바람이 불어 온 모양이었다. 신기한 듯 주점 쪽을 바라보며 지나친 뒤 몇 분 걷다가 눈에 띄는 간판을 또 하나 발견했다. '삼원포 조선진 문화중심'이었다. 입구에 걸린 간판을 지나 안으로 들어가 봤다. 도서관이 있으면 직지 관련 흔적이라도 찾을 수 있을까 했으나 도서관은 없었다. 문화센터라고 해도 문화관련 시설이 있는 것이 아니고 마을회관 같은 곳이었다. 아쉬움을 달래며 다시 거리로 나왔다. 마침 가는 날이 장날이었다. 길 가는 조선족에게 물어봤더니 수요일이 장날이라고 했다. 장날이라면 장서쾌와 떼려야 뗄 수 없는 관계니 끈끈한 줄로 잡아당기는 것 같았다. 작심하고 좌판을 훑어 나갔다. 사소한 생활용품들만 늘어놓고 있었다. 한국의 시골장터와 흡사했지만 헌책 같은 것은 보이지 않았다.

두 사람은 삼원포를 떠나 길림시로 향했다. 1920년에 일어났던 경신참변 후 일본군이 미처 날뛰자 서간도에서는 삼원포 독립운동기지를 포기하고 독립지사들이 뿔뿔이 흩어져 갔다. 이 해는 연해주에서도 일본군이 들이닥쳐 신한촌을 습격하는 가운데 연해주 독립운동의 대부였던 최재형 선생 등이 살해되는 4월 참변을 겪게 되었다. 잇달아 1921년에는 북간도에서 일본군에 쫓겨 소련으로 넘어갔던 독립군이 자유시 참변을 겪는 등 독립운동 진영에 어두운 그림자가 드리웠다.

이회영 선생 형제는 상해로 가고 나머지 독립지사들이 하얼빈 지역을 중심으로 한 북쪽 지방으로 터전을 옮겨 가게 되었다. 이상룡 선생은 유하현을 떠나 매화구와 반석을 거쳐 길림으로 갔으나 흑룡강성으로 넘어가지 않고 서란현에 머물게 되었다. 가까운 친척들은 하얼빈으로 갔다. 선생은 서란현 소고전자에서 아들을 데리고 농사를 지어 살았는데 동지들이 가까운 오상현에서 군벌에 총살되었다는 잘못된 소식을 들은 후 시름시름 앓게 되었다. 결국 그 길로 1932년 5월 12일 운명했다. 해방되기 전에는 고국에 묻지 말라는 유언에 따라 집 근처 산에 가매장했다. 그러나 가족들은 18일 고국으로 가야 한다며 유해를 안치한 관을 마차에 싣고 귀국길에 올랐다. 얼마 못 가서 일본군에 쫓기는 중국 퇴병들에게 돈을 다 뺏겨 소고전자로 돌아 왔다. 선생의 유해는 장례를 치르고 가매장했던 곳에 분묘를 만들었다. 그리고 빈집에 들어가서 문서 상자 두 개를 선반에 얹어 놓았다가 보름 후 다시 귀국하려 나섰을 때 그냥 두고 나왔다. 이상룡 선생의 유해는 귀국하지 않고 있던 당숙이 하얼빈에서 가까운 취원창으로 옮기게 되었다.

장서쾌는 이상룡 선생 일족이 귀국하려고 집에 두고 떠났던 상자 생각이 나서 서란현 소고전자로 갔다. 그들이 살던 집을 찾았으나 빈집은 헐리고 없었다. 허망한 기분에 빠지기는커녕 독립지사의 발자취 앞에서 경건한 마음에 사로잡혔다. 조국의 해방을 보지 못하고 이곳에서 작고한 선생의 넋이 소고전자 들판에 떠도는 것 같아 한동안 발걸음을 떼지 못하고 들녘을 굽어보고 있었다. 다시 두 사람은 취원창으로 가기 위해 하얼빈으로 향했다. 서란 현에서 하얼빈까지는 철로가 북쪽으로 바로 연결돼 있어서 별 문제가 없었다. 도중에 지나온 오상 현에도 조선족 마을이 있어서 옛 독립운동가들의 흔적이 있었다. 이곳은 특히 벼농사가 잘 되어 중국 내에서 알아주는 오상미가 유명하다고 한다.

장서쾌는 하얼빈역에 내려서 취원창으로 가는 버스 편을 알아봤다. 하얼빈에서 35킬로미터 떨어진 곳이라 한숨 돌리는 사이 취원창에 도착했다. 취원창은 김동삼 선생 후손과 이상룡 선생 친인척 등이 모여 들어 북만주 독립운동근거지가 되었던 곳이었다. 이곳에 대한 이야기는 김동삼 선생의 며느리인 이해동 여사와 손자인 김중생 씨의 저서에 잘 소개되어 있었다. 송화 강과 비토 강 사이 토질이 비옥해서 수전농사가 잘 되었다. 당연히 망명객 가족이나 친인척이 모여들어 2백 가구가 되었다. 그러나 팔로군이 북만주에 진주한 후 북만주민주연맹이 1946년에 동포들을 다른 곳으로 이주시켜 조선족마을이 조성된 후 23년 만에 한족 마을이 되어 버렸다. 지명도 거원진(巨源鎮)이라고 바꾸었는데 발음상 취원창이라고 불렀다. 마지막 기대를 걸고 왔던 이곳마저 한족이 차지하고 있어서 어디 가서 직지에 대해 물어 볼 곳도 없었다. 장서쾌는 이곳까지 먼 길을 참고 따라와 준 박서치에게 고맙기는 하지만 미안한 마음을 금할 수 없었다. 아무 소득도 없이 빈손으로 돌아서야 하는 신세가 따분했다. 통화에서 출발한 서간도와 북만주 직지 찾기 행로를 마감하는 마당에 박서치에게 한마디 하지 않으면 안 되었다. 단순히 미안하다고만 할 수 없었다. 하찮은 일처럼 미안하다고만 할 입장이 아니었다.

"박형, 내가 너무 서둔 것 같소. 시간을 내서 그동안의 행적을 차분히 검토해 보기로 해요."

장서쾌와 박서치는 일단 취원창에서 물러나기로 하고 하얼빈 역으로 향했다. 국경 도시인 단동이나 도문으로 가서 다음 계획을 구상하는 것이 순서일 것이다. 너무 서둔 것 같은 느낌을 지울 수 없었던 장서쾌는 묵묵히 역사로 걸어 들어갔다. 길림까지 가는 동안 둘이서 의논해 보고 최종 행선지를 결정할 작정이었다. 길림 행 표를 살 생각으로 매표소로 향하다가 문득 그 자리에 섰다. 누군가 맞은편에서 그들에게로 다가오고 있었다. 두 사람은 한 여인이 알은 체를 하는 것 같아 엉거주춤하고 있었다. 그 사이 가까이 다가선 여인은 박서치에게 미소를 보내며 고개를 살짝 숙였다. 박서치는 엉겁결에 답례를 하는 듯 하다가는 의아한 눈길을 보냈다. 그러자 여인이 말문을 열었다.

"혹시 박 선생님 아니세요?"

박서치는 처음부터 자신을 겨냥해 접근해 온 여인의 정체를 알 수 없어 얼른 대답이 나오지 않았다. 여인은 확인하듯 이름을 불렀다.

"어머, 저를 모르시나 봐. 박서치 선생님이 맞잖아요. 저에요, 후미링!"

그제야 박서치는 소스라치듯 화답을 했다.

"아! 후미링, 반가워요."

벌써 40대 연인이 된 후미링을 얼른 알아보기가 어려웠다. 하지만 후미링 쪽에서는 나이가 들었기는 해도 옛날 얼굴이 그대로 있는 박서치를 한눈에 알아보았던 것이다. 뜻밖에 하얼빈 역에서 그녀를 만난 박서치는 잃어버린 연인을 만난 기분에 들떴다.

"후미링을 내가 모를 리가 있나요. 완숙한 숙녀가 되어 나타나니 알 수가 없었지. 헌데 여기는 웬일이요?"

"저 여기 흑룡강성 인민위원회에서 일해요. 선생님은 웬일이세요?"

"아, 깜박했군. 여기 장서쾌 선생이 일행이오. 이 분과 함께 옛날 우리나라 망명객의 행적을 더듬어 보려 왔었어요."

"그러셨군요. 그럼 일은 다 보신 건가요?"

"네, 일정을 마치고 길림으로 가려고 역에 나왔지요."

"전 가목사로 출장 가려고 왔어요."

세 사람은 오랜만에 만난 김에 부근 카페로 가서 회포를 푸느라 시간 가는 줄 몰랐다. 특히 박서치는 낯선 이국땅에서 만난 후미링이 백년지기 같았다. 북경에서 옛 유리창을 찾아다니던 그때가 떠올라 화제가 잇달았다. 즐겁게 이야기를 나누던 그들은 기차 시간 때문에 헤어져야 했다. 연락처 전화번호와 주소를 주고받은 뒤 작별을 고했다.

"중국에 있을 동안 필요한 일이 있으면 언제든지 연락 주세요."

"그래요. 잘 가요. 연락할게요."

2

박서치는 길림으로 가는 차 중에서 후미링과 만났던 그때가 새삼 그리워졌다. 뜻밖에 그녀가 하얼빈 역에 나타나는 바람에 오랜만의 해후에 감회가 남달랐으나 자기 갈 길이 바빠서 가슴 속에 묻혀 있던 옛정을 되살리지 못하고 온 터였다. 청화대에서 서슴없이 우정을 교류했던 그녀가 이제 완숙한 숙녀가 되어 청춘의 풋내는 찾아 볼 수 없었다. 그런 만큼 다음 기회에는 의젓한 사회인으로서 관계를 가질 수 있을 것이었다. 그러나 지금 그녀에 대한 생각에는 대학생으로서 이미지가 그대로 남아 있었다. 백탑 파 인사들의 발자취가 어린 북경 유리창을 거닐며 교류하던 때 그녀의 모습이 정겹게 다가왔다. 이국의 청년을 만났지만 서슴없이 대해주던 태도, 다리가 아플 터인데도 내색하지 않고 며칠을 함께 다니며 북경 시내를 안내하느라 애쓰던 모습, 더군다나 옛 서점가였던 유리창에서 함께 흥미를 가지고 일대를 돌아보며 간서치 이덕무를 비롯 연암 박지원 등 백탑 파 인사들의 발자취와 청나라 인사들과의 교유에 대해 무척 관심을 갖던 일, 방송을 전공하고 싶다던 얘기에 언론매체의 특성을 두고 진지하게 의견을 교환하던 일이 주마간산처럼 머리를 스쳐 지나갔다. 그런데 며칠 시간을 함께 보낸 후 헤어질 무렵 그녀에게 내심 심각하게 말을 건넨 기억이 슬며시 고개를 들었다. '그때 아마 동북공정 얘기를 했었지.'

박서치는 강의실에서 중국 교수로부터 동북공정의 정당화 얘기를 들은 후 북한 유학생 강명호를 우연히 만나 남북 간 공감대를 이루고, 중국 학생인 후미링에게 소감을 물었다. 그때 '중국 측이 남의 나라 역사를 왜곡하려고 하는데 어떻게 생각하느냐'고 하자 그녀는 이런 대답을 했었다.

"현대는 다양성이 존중되는 시대인데 굳이 소수민족을 한 나라 테두리 안에 가두어 둘 필요가 있을지 모르겠네요."

그녀의 재치 있는 응답에 자신도 모르게 고개를 끄덕거리던 때가 바로 엊그제 같이 눈앞에 어른거렸다. 해서 모르는 사이에 고개를 주억거리고 있는데 옆에서 장서쾌의 말이 끼어들었다.

"박 선생, 혼자서 뭘 그렇게 생각해요?"

박서치는 무슨 비밀을 들킨 사람마냥 움찔하면서 대꾸했다.

"아, 네. 하얼빈에서 만났던 그 중국 여인, 후미링 생각을 잠시 했어요."

"청화대학 시절 썸을 타던 여인인 모양이지요."

"아네요. 썸 탄 게 아니라 아주 진지한 얘기를 나눴지요."

"중국 여학생 하고 무슨 그런 진지한 얘기를 했는지 궁금한데요."

"동북공정 얘기였지요. 당시 강의실에서 하도 엉뚱한 얘기를 들었던 터라 기분이 언짢았는데 마침 중국 여학생을 만나 어떻게 생각하는지 물어 봤어요."

"동북공정이 무엇인지 잘 모르는데 어떻게 된 얘기지요?"

"말하자면 얘기가 길어지겠지만 간단히 말해서 중국 측에서 정부와 연구 기관이 나서서 고구려와 발해 역사를 조선의 역사로 보지 않고 자기네 지방 정권의 역사로 조직적으로 왜곡하려는 일종의 음모 같은 작업, 걔네들 말로는 공정을 추진했었어요. 그 바람에 한중 관계가 껄끄럽게 되기도 했었지요."

"그 자식들이 왜 남의 나라 역사를 제 맘대로 자기네 역사로 만들라꼬 그라노."

"그래서 후미링에게 물어 봤더니 참 재치 있게 대답하더란 말입니다."

"뭣이라고 하던가요?"

"다양성 시대에 왜 다른 나라 역사를 한 나라에 가두려고 하는지 모르겠다고 하데요."

박서치는 이렇듯 장서쾌와 동북공정 얘기를 나누다가 보니 문득 강명호의 안부가 궁금했다. 그가 청화대에서 동북공정 얘기를 들은 후 평양으로 돌아가서 어떤 생활을 하고 있는지, 전혀 알 수 없었다. 북한에서는 중국과의 혈맹관계로 동북공정에 대해 이렇다 할 문제를 제기하지 않은 것 같았다. 박서치는 동북지방에서 직지를 찾다가 성과를 거두지 못한 입장에서 동북공정 문제를 되새겨 보노라니 더욱 꺼림칙한 여운에서 벗어나지 못했다. 직지의 흔적을 찾을 수 있을 것으로 기대했지만 여의치 못해 다시 원점부터 시작해야 할 판이었다. 그런데 동북공정의 어두운 그림자마저 드리운 것 같았다. 독립운동의 근거지였던 동북지방이 이제 역사적으로 매듭이 꼬이는 지역처럼 느껴졌다. 해서 박서치는 저절로 한숨을 내쉬었다. 이를 지켜본 장서쾌가 방향을 틀었다.

그는 박서치에게 새로운 제의를 했다. 길림으로 가면 조선족이 많이 있는 만큼 거기서 북한과 거래하는 밀수꾼을 만날 수 있을 것이다. 그렇다면 북한에 직접 들어가지 않고도 밀수꾼을 이용하여 북한 내 거래 선을 통해 직지를 찾기 위한 새로운 루트를 개척할 수 있을 것이라고 판단했다.

"박 선생. 우리 길림에 가면 우선 북한 밀수꾼과 접촉할 수 있는 선을 찾아봅시다."

"네에? 북한 밀수꾼을요?"

"동북아 지역을 살펴본 결과 독립지사들의 행적을 추적하는 것이 쉽지 않다는 것을 확인할 수 있었잖아요. 너무 오래 된 데다가 대부분 시골이어서 도서관 같은 문서 보관 시설이 없어서 직지의 행방을 찾을 없어요. 여기까지 온 김에 북한 내 탐색루트를 개척해보는 것이 좋을 것 같아요."

"그러면 국경 지역에 가까운 데라야 북한 밀수꾼이 있지 않을까요?"

"아. 그렇군요. 이제 생각해보니 단동이나 도문 쪽으로 방향을 잡아야 겠군요."

두 사람은 지도를 펴놓고 국경 지역 도시를 살펴보았다. 단동은 신의주가 가깝기는 해도, 또 그렇기 때문에 너무 노출되어 밀수꾼이 활동할 입지조건이 되지 못했다. 오히려 장백 같은 곳이 나을 것으로 보였다. 실제로 방송에서 보면 탈북자들 상당수가 장백 맞은 편 혜산 출신이었다. 혜산 주변 시골루트를 타고 탈북하는 것으로 짐작했다. 장서쾌는 장백을 행선지로 선택했다.

"일단 장백 쪽으로 갑시다. 거기 가면 조선족이 많아서 어떻게 하든 밀수꾼과 접촉이 가능할 거요."

장백에 도착한 두 사람은 우선 조선족이 운영하는 민박집을 찾았다. 시외버스터미널에 내려서 조선족이 모는 택시를 탔다. 한국말을 할 줄 아는 기사를 골랐기 때문에 의사소통이 잘 되어 좋았다.

"기사 아저씨, 우리는 관광 다니는 사람인데 조선족 여관이나 민박집에 갑시다."

기사는 동족이라 반갑다며 잘 아는 데로 가겠다고 일러주었다. 택시는 장백시장 부근에 와서 옆길로 빠지더니 아담한 2층 건물 앞에 섰다. 조선족 여관이었다. 거스름돈을 받지 않고 가지라고 했더니 기사는 몇 번이고 감사하다며 꾸벅꾸벅 절을 하고 떠났다. 거리 구경도 할 겸 2층 방을 잡았다. 숙박비가 중국 돈으로 2백 위안인데 평일이라 1백50위안에 들었다. 환율을 1대 170으로 보면 2만5천 원을 조금 넘는 싼값이었다. 여관이나 민박집이나 비슷했다. 이 여관은 조선족이 운영하는 만큼 북한 사람도 숙박할 것으로 짐작했다. 접수 직원에게 물었다.

"이 여관에 남조선이나 북조선 사람들이 다 와요?"

"기러믄요. 우린 조선족이라 남북 가리지 않고 받지앵이오."

사투리 발음이 함경도 출신임을 비쳤다. 그래서 서툰 사투리로 한마디 물었다.

"동무는 어디 출신임둥?"

"우리 아바이가 길주 출신임메."

"기럼 풍계리를 잘 알겠슴둥?"

"풍계리 말만 나오먼 아바이는 눈물이 글썽함다."

"왜서?"

"할머니 혼자 두고 서리 가보지 못해 기렇쟁이오."

장서쾌와 여관 직원은 이렇게 일차 말문을 트는 관계를 맺었다. 저녁때가되어 식사하러 나가다가 박동만이라는 그 직원에게 장백시장에서 가볼만한 식당을 가르쳐 달라고 했다. 그는 장백식당이 찾아 가기 쉬우며 음식도 맛이 있다고 일러주었다. 아니라 다를까, 장백시장에 들어서자마자 오른쪽으로 '장백식당'이라는 큰 간판이 보였다. 식당에 들어서기가 무섭게 종업원이쪼르르 달려와서 자리를 안내했다. 그리고 한국말로 메뉴를 소개했다.

"우린 한국에서 관광 왔는데 맛있는 메뉴가 뭐요?"

종업원은 메뉴란 말도 금방 알아듣고 김치찌개를 권했다.

"남조선 사람들은 김치찌개를 잘 찾아서 맛있게 끓여 줍니다요."

"김치찌개보다 장백에서 잘 하는 음식이 없어요?"

"있어요. 단고기 잘 해요. 관광객은 구경 다니느라 피곤하니까 단고기가좋지요."

"아, 그래요. 그럼 단고기탕 2인분 줘요."

종업원은 한국 관광객을 많이 접대한 듯 한국말도 잘 하고 접대도 능수 능란했다. 벌써 한국에 온 기분이었다. 청도 맥주를 시켜 반주로 마시며 피로를 풀었다. 식사 후 시장 내를 둘러보았으나 별 위험은 없어 보였다. 처음에는 초행이라서 움츠러들였지만 다니다 보니 다닐 만 했다. 박서치와 함께 산책을 한 후 여관에 들어갔다. 현관에는 박동만만 앉아 있고 아무도 없었다. 의자에 앉아 그에게 넌지시 밀수 얘기를 끄집어냈다.

"박 동무, 북한에서 물건 팔러 오는 사람들이나 북한으로 물건 팔러 가는 사람들은 어떻게 다녀요?"

"압록강 다리를 건너 혜산으로 왔다 갔다 하지 앵이요."

"기러믄 해관을 통하지 않고 물건 팔러 다니는 사람은 어디로 다녀요?"

"기거이 기리니까네…… 비법도강 말임둥?"

박동만은 얘기가 이상하게 흘러간다 싶은지 말을 더듬거렸다.

"기렇지, 비법도강은 어떻게 해요?"

"동무 비법도강 할 생각임둥?"

"내가 도강하려는 게 아니고 기냥 물어 보는 기요."

"인차 도강하믄 총살하잰코 총살."

"허허 총살이라…… 무서운 소릴 하네."

"위원장 동지가 외국으로 자꾸 나다니다 나니까네 압록강 연변 경비가 무섭게 됐지비."

"기럼 밀수꾼이 도강하기가 어려워졌다는 얘기잖소."

"기렇지요 기렇잰코."

실내로 들어온 장서쾌와 박서치는 떨떠름한 기분에서 벗어나지 못하고 있었다. 아무래도 장백에서 밀수꾼과 접촉하기가 어려울 것 같았다. 차라리 남북 장사꾼들이 많이 거래한다는 연길 쪽으로 가는 것이 나을지 몰랐다. 박서치는 섣불리 운신하는 것이 내키지 않은 모양이었다.

"장 선생 밤새 잘 생각해 보고 행선지를 결정합시다. 남북회담이다 미북회담이다 하는 바람에 김정은이 평양을 자주 비우게 되어 국경 상황이 좋지 않은 모양이오."

평양시 대동구 창동 문예인아파트 3동 705호에서는 위급한 환자가 발생하여 실내가 잔뜩 긴장한 분위기였다. 아침상을 막 물린 후 출근길에 나서던 강명호는 갑작스런 아내의 신음 소리에 놀라 뒤를 돌아보았다. 그때 아내는 가슴을 부여잡은 채 제 자리에서 스르르 무너지듯 주저앉았다. 그가 달려가서 채 붙잡기도 전에 그녀는 그대로 거실 바닥에 들어 누워버렸다. 순식간의 일이라 그는 정신을 차릴 수 없었다. 우선 그녀의 팔을 잡고 흔들며 소리를 질렀다.

"여보 정신 차려! 내 말 들려?"

그녀는 대꾸하기가 힘든 듯 고개만 끄덕거린 후 심장부위를 움켜잡은 채 고통을 호소하기 시작했다. 그가 심장발작이 또 시작됐구나 하고 겁먹은 표정으로 그녀의 가슴 부위를 마사지해 주며 아들을 불렀다.

"경민아, 어서 차 좀 불러와! 엄마가 많이 아픈가 봐."

학교 가려고 방 안에서 가방을 챙기던 경민이 허겁지겁 달려 나왔다.

문화예술인들을 치료하는 병원에 입원한지 일주일이 되었지만 병원 측에선 이렇다 할 치료를 하지 못하고 있었다. 검사 결과 병명은 심근경색증이었으나 손을 쓰지 못하고 있었다. 의료기술 문제로 수술을 못한다는 것이었다. 외국 의료진을 데려오거나 외국으로 나가서 수술을 하면 살릴 수 있다고만 말하고 방치하다시피 했다. 답답해진 강명호는 4·15창작단 작업이 많이 밀렸는데도 일손이 잡히지 않아 일을 제대로 못하고 있었다. 그는 생활총화 시간에 불려나가서 가사 때문에 위대하신 위원장 동지의 명성을 올릴 의무를 게을리 했다고 호된 비판을 당했다. 다음 총화 때까지 밀린 일을 완수하지 않을 때는 반혁명으로 몰아 관리소 보내겠다는 으름장을 함께 받았다.

병원에 들렀다가 집에 온 강명호는 혼자 이부자리를 깔고 누워 끌탕을 앓았다. 자칫 잘못하다가는 아내를 잃을 판인데 엎친 데 덮친 격으로 반혁명으로 몰리게 되다니 이일을 어찌 하나, 시름을 놓을 수 없었다. 이제 50대 초반인 아내를 살려내지 못한다면 어떻게 될 것인가, 생각만 해도 눈앞이 캄캄해졌다. 하나 뿐인 경민이를 대학에 가도록 뒷바라지는 누가 해야 할 것인가, 도무지 갈피를 잡을 수 없었다.

만에 하나 그녀가 불귀의 객이라도 된다면 자신은 또 어떻게 해야 하나. 50대 중반인 나이에 홀아비로 늙을 수는 없고 그렇다고 새 장가를 간다는 것은 아내에게 죄를 짓는 꼴이 될 것 같고……. 지금으로서는 엄두가 나지 않았다.

장백여관에서 연길로 가려고 하던 박서치는 뜻밖에 후미링의 전화를 받았다. 가목사에서 일을 보고 하얼빈으로 오려고 기차역에 나왔다가 시간 여유가 생겨 전화했다고 했다.

"지금 길림에 계신지 궁금해서 전화했어요."

"우리는 지금 장백에 와 있소. 헌데 여기서는 일이 잘 안 될 것 같아 연길로 가려고 해요."

"무슨 일인데 그래요. 제가 도와 드릴 수 있는 일입니까?"

"글쎄 장 선생한테 물어보고 알려 줄게요."

박서치는 잠시 통화를 멈추고 장서쾌한테 후미링이 도와 줄 수 없을까, 물었다. 장서쾌는 후미링이 도와줄 수 있는 일이 있다며 북한과 거래하는 조선족을 물색해 줄 것을 요청하라고 말했다.

"후미링 씨가 도와 줄 수 있는 일이 있어요. 북한과 거래하는 조선족을 소개해 주었으면 해요."

"무슨 일인데 그런 사람이 필요하나요?"

"아 그게 전화로 설명하기가 좀 그런데…… 우리 문화재를 찾는 데 조선족에게 도움을 청하려고 해요."

"그런 일이 있었군요. 단순히 독립지사의 행적을 추적하는 줄만 알았는데……. 조선족이라면 흑룡강성 성청 조선족 담당 부서가 있으니까 그게 물어보면 알 수 있을 거예요. 알아보는 대로 연락드릴게요. 뭐 다른 도움은 필요 없나요?"

"괜찮아요. 우선 그것만 알아주세요."

후미링의 호의에 백만 원군을 얻은 것처럼 마음이 든든해졌다. 장서쾌도 만족스런 표정이었다.

"우리가 후미링 씨를 잘 만난 것 같아요. 참 고마운 여인이라고 해야겠군요."

두 사람은 후미링의 연락을 기다려 본 후 연길로 갈 작정을 하고 여관에서 쉬기로 했다. 흑룡강성 성청 부서가 조선족을 담당하면 아마 여러 가지 정보가 있을 것이다. 다만 국경지대에서 너무 멀리 떨어져 있어서 북한 밀수와 관련해서는 정보가 부족할지 몰랐다. 그런 경우라면 후미링에게 부탁하여 길림성과 요령성 쪽에 연락, 기관끼리 협조를 구하면 조선족 밀수꾼 정보를 확보할 수 있을 것이다. 그래서 그녀에게서 연락이 올 때까지 기다려 봄직했다.

강명호는 4·15창작단에 있다가 급한 연락을 받고 병원으로 달려갔다. 생활총화 날이 다가오자 급하게 밀린 일을 서두르고 있는데 아내가 위독하다고 빨리 오라는 전갈을 받고 달려가는 중이었다. 창작단은 창작단대로, 병원은 병원대로 자신을 꼭 필요로 하니 몸을 두 조각으로 나누어야 할 판이었다. 아내의 병이 심상치 않으니 만사 제쳐두고 아내의 병상 곁에 있어야 한다. 그런데 생활총화라는 것이 발목을 붙잡고 창작실로 이끈다. 이럴 때는 어떻게 해야 한단 말인가. 아내의 건강을 걱정하면서 달려가는 심정은 아무도 모를 것이었다. 먼저 그런 일만 없었더라면 아내의 건강이 이토록 악화되지는 않았을 텐데 그 일이 마음에 걸렸다.

지금부터 3년 전이었다. 장인 이병옥 평양외국어대학 학장은 승승장구 차기 김일성대학 총장설이 공공연하게 나돌던 때였다. 훌륭한 외교 성원들을 배출하여 신생정권인 김정은 정부를 세계에 널리 알리는데 기여한 공로가 인정되어 곧 김대로 조동될 것이라는 소문이 나돌고 있었다. 아내는 물론 친정아버지의 출세길이 열리는 줄 알고 기뻐했다. 밖으로 표현은 안 해도 집에서는 남편인 자신에게 은근히 기대 섞인 말을 건네곤 했다.

"여보, 아버지가 김대로 가면 당신도 그에 상응한 자리로 조동될 거야요."

"뭐 김칫국부터 마신다더니 기런 말 하지 말라요. 장인만 잘 되문 되지 않간."

그러는 강명호가 자신의 거취에 대한 기대가 없었다고 하기에는 어딘지 허세 같은 냄새가 풍겼다. 그래서 어느 날 일부러 아내와 함께 처가로 가서 장인 주변을 맴돈 일도 있었다. 생일도 아닌데 불쑥 찾아 가는 것이 속내가 비치는 것 같아 내심 쑥스럽기는 했다. 하지만 장인이 좋아하는 고급 보드카를 외화상점에서 사들고 갔다. 막상 처가에서는 별다른 말없이 노닥거리다가 돌아왔다.

모두들 으레 그러려니 하고 기대 섞인 나날을 보내고 있던 중 장인 이병옥이 보위부에 끌려갔다는 소식을 듣고 아내는 기절했다. 강명호가 간신히 아내를 간호하여 정신을 차린 후 처가로 달려갔다. 장모는 장모대로 몸져누워 있었다. 그나마 함께 있던 막내처남이 옆에서 지켜서 별 탈은 없었다. 처남 얘기로는 장인의 수제자인 외교관이 갑자기 탈북하여 한국에 망명하는 바람에 보위부가 나서 탈북 외교관과 가까웠던 사람들을 일망타진하고 있다는 것이었다. 장모와 아내는 장인의 소식을 몰라 애면글면 속병을 앓았다. 장인은 아무 것도 모른 처지라서 괜찮거니 했으나 끝내 정치범수용소로 갔다는 소식을 접했다. 아내는 그때 충격을 이겨내지 못하고 3년째 심장병을 앓아왔다. 외동딸인 아내를 그렇게 귀여워 해주시던 아버지의 말로에 아내는 이만저만 상심하지 않았다.

강명호는 아내의 위독 소식에 마음이 급했다. 결국 몸은 하나뿐이라 어디든지 하나로 치우쳐야 한다는 생각에 골몰하다가 병원에 도착했다. 3층 병상으로 헐레벌떡 뛰어 올라갔다. 병실 앞에서 사람들이 수군거리고 있었다. 섬뜩한 기분을 느끼며 병실로 뛰어들었다. 아내 곁에서 간호사가 잔뜩 긴장한 채 간호를 하고 있었다. 인공호흡기를 단 아내는 의식이 흐려져 있었다. 아내의 손을 꼭 잡았던 강명호는 손을 놓고 간호사를 불렀다. 담당의사실을 물은 후 의사의 소견을 물어보려고 갔다. 의사는 굳은 표정으로 선언했다. 하루 빨리 수술하지 않으면 생명 연장을 장담할 수 없다고 했다. 그런데 그 수술비가 엄청났다. 더욱 불길한 소식은 국내 의술로써는 수술이 어려워 외국 의사를 초빙해야 한다고 했다. 그러면 비용이 갑절로 든다는 말에 강명호의 넋이 나가버렸다.

4

후미링의 연락을 받은 박서치는 장서쾌와 신중하게 의논을 하고 있었다. 흑룡강성 성 정부 내 조선족 관계 일을 보는 부서는 소수민족 담당 부서였다. 그러나 북한과 관련하여 조선족 동향에 관한 업무는 길림성 쪽에서 담당하고 있다고 했다. 그래서 길림성청 소수민족 담당 부국장을 소개해 줄 테니 만나보라는 전갈을 받았다.

박서치는 성 정부 기관의 공식 루트를 이용하여 조선족 밀수꾼을 접촉하는 것이 바람직한 지 얼른 판단이 서지 않았다.

"장 선생, 후미링의 말로는 길림성 조선족 담당 간부를 소개해 준다는데 어떻게 하겠소?"

"글쎄, 북한을 상대로 한 조선족 밀수꾼을 만나려면 그 길이 있기는 한 데…… 우리가 하려고 하는 직지와 관련한 탐색은 공식적인 것이 아니라서 공식 기관의 도움을 받기가 좀 그런데요."

"그렇지요. 북한에서 모르게 은밀히 탐색활동을 해야 하므로 역시 비공식적인 루트를 찾는 것이 좋겠어요."

"나도 동감이오. 진짜 은밀한 공작을 하려면 진짜 밀수꾼을 만나야지. 그 럴러면 여기 있지 말고 연길이나 도문으로 갑시다."

두 사람은 다시 행선지를 연길로 정해 동부 지역으로 향했다. 연길에 온 이들은 우선 교회를 찾아 나섰다. 한국 선교사들이 운영하는 교회에서 탈북자들을 도와준다는 기사를 봤다. 교회에 가면 탈북 브로커를 알 수 있을 것이고, 탈북 브로커를 통해 밀수꾼을 접촉할 수 있을 것으로 기대했다. 교회를 찾는 것은 별로 어렵지 않았다. 지나가는 사람 중 조선족으로 보이는 사람에게 교회가 어디 있는지 물었다. 대강 위치를 알아 본 후 그곳으로 가보니 십자가가 건물 위에 있었다. 교회에서 선교사를 찾았다. 낯모르는 사람이 와서 선교사를 찾으니 선뜻 가르쳐주지 않았다. 왜 그러느냐며 의심의 눈초리를 거두지 않고 말을 섞으려 하지 않았다. 무턱대고 사람만 찾는다고 될 일이 아니었다. 그렇다고 무작정 다닐 수도 없었다.

엄두가 나지 않아 두 사람은 터벅터벅 걸어 연길시장 쪽으로 갔다. 여기저기 조선족 가게나 노점이 많았다. 잠시 부산 국제시장에 온 기분이었다. 조선족 식당에 들러 국밥을 사먹었다. 국밥집 주인에게 탈북 브로커를 만날 수 있는지 물었다. 처음 보는 사람이 탈북 운운하니까 긴장하며 경계심을 나타냈다.

"염려 마시라요. 우린 한국에서 온 사람들인데 탈북관계 이야기를 하는 것이 아니라 북한과 장사하려고 해요."

장사라는 말에 주인의 얼굴이 밝아졌다. 장서쾌가 한술 더 떴다.

"북한과 거래를 잘 하면 주인에게도 국물이 돌아갈 거요."

자신에게도 이득이 생기는 이야기가 되자 앞으로 바짝 다가앉았다.

"남조선 선생들 장사 잘 되고 나도 돈이 생기몬 좋지앵이요."

"기럼 기렇지요. 밀수꾼을 잘 아는 탈북 브로커를 소개해 주면 당장에 백 위안 줄 거이오."

"기럼 며칠 있다가 한 번 더 오지비. 기때까지 길 안내 동무를 찾아 놓겠씀메."

"고마워요. 또 봐요."

탈북 브로커를 찾아 소개해 준다는 약속을 듣고 가벼운 걸음으로 나왔다. 온 김에 연길시장을 둘러 봤다. 군데군데 늘어선 노점 할머니들이 한국말을 하는 것을 본 두 사람은 고향 시골 할머니들 같은 정을 느꼈다. 해서 한두 마디 얘기를 나누고 싶었다. 옥수수 삶은 것을 내놓은 할머니에게 물어봤다.

"우리는 한국 관광객입니다. 할머니 고향은 어디세요?"

"회령 앵이오."

"함경북도 회령 말씀이죠. 언제 이쪽으로 오셨나요?"

"할아버지가 계산둔으로 건너 와서 용정에 살았지비. 우리는 아바이가 연길로 와서 여기서 살게 되었쟁이오."

할머니에게서 옥수수 한 봉지를 사들고 가는 그들은 오늘날의 중국 대륙 유랑자로 살아가는 한민족 후손들의 현주소를 확인하고 씁쓸했다. 옛날에는 여기도 우리 땅이었는데 역사의 질곡 속에서 조국을 찾지 못하고 유랑자가 된 신세였다. 중국은 한민족 후손을 조선족이라고 하여 소수민족으로 취급하고 있지만 언제나 통일 한국의 국민으로서 국토 복원을 주장하고 나올지 몰라 신경과민이 된 것 같았다.

사흘이 지난 후 장서쾌와 박서치는 연길시장 국밥집으로 가려고 나섰다.

"박 선생, 오늘은 국밥집 주인이 탈북 브로커를 데려다 놓았겠지. 브로커만 있으면 밀수꾼 구하기는 어렵지 않을 거요."

"밀수꾼은 몰래 국경을 넘나드는 사람들인데 쉽게 나타날까요?"

"암요. 그런 사람들은 돈벌이만 있으면 나타나게 되어 있어요."

"오늘 재수가 좋을라나. 브로커를 만나고 밀수꾼까지 소개 받으면 만사형통인데……."

"그러게 말이요."

은근히 기대를 가지고 국밥집에 들어섰다. 주인이 알아보고 반갑게 손짓을 했다. 40대 초반쯤 되어 보이는 사나이와 함께 앉아 있었다.

"남조선 선생들, 어서 오시라요."

"아, 네. 잘 계셨소."

손을 맞잡고 인사를 나눈 뒤 자리에 앉았다. 주인이 옆의 사나이를 소개했다.

"이 동무레 탈북 안내를 하는 김 선생이오."

김 선생이라고 불린 사나이는 잠깐 고개를 숙인 뒤 이름을 말했다.

"반갑수다레. 내레 김강현입네다."

"반가워요. 우리는 한국에서 사업차 왔는데 북한쪽과 거래할만한 사람이 있으면 소개 좀 해주세요."

"무슨 사업을 하실 겁네까?"

"여러 가지 물품이 있겠지만 고서화 같은 것을 거래하고 싶은데요."

"고거이 아무나 할 수 있는 거이 아닙네다."

"알고 있어요. 전문 식견이 있어야 거래할 수 있는 물건이지요."

"고서화를 전문적으로 취급하는 사람이 있기는 있습네다."

"그거 잘 됐네요. 김 선생이 한 사람 소개해 주면 사례를 두둑이 할게요."

"내레 직접 아는 거이 아니구 밀수꾼을 통해 알아 봐야 합네다."

"그래도 마땅한 사람을 소개해 주면 사례는 할게요."

"알았시오. 며칠 기다려 주시라요."

장서쾌는 고서화 밀수 전문 업자를 통해 평양 쪽에 직지의 유무부터 먼저 알아 볼 작정이었다. 고서화밀수 루트를 안다면 황해도 쪽으로 직지를 수소문해 볼 수도 있을 것을 기대했다. 북한에 직접 들어가지는 못하더라도 밀수루트를 잘만 이용한다면 직지 찾기가 전혀 불가능한 일은 아닐 것이다. 만에 하나의 가능성이라도 보인다면 못해 볼 것이 없지 않은가. 여기까지 온 김에 최후의 수단으로서 시도해 보려고 며칠을 벼르고 있었다. 브로커에게서 소식이 오기를 기다리는 동안 박서치보다 장서쾌가 더 몸이 달았다. 박서치가 브로커의 말이 믿을 만하니 다음 일이나 생각하자고 달랬으나 듣지 않았다. 장서쾌는 하루 이틀 시간이 지나자 국밥집으로 들락거리기 시작했다.

"아직 김강현 선생한테서 소식이 없나요?"

"소식이 오지 아이 했지비. 밀수꾼 만나는 거이 일정한 날짜가 없는 거이니까네 좀 기다려보시기오."

"그래요?"

장서쾌는 시무룩한 채 국밥집을 나왔다. 브로커와 밀수꾼이 만나는 일이 아버지와 아들이 만나는 것처럼 쉽게 되지는 않을 것이다. 하지만 미련을 두고 발길을 돌리기가 어려웠다. 박서치 말대로 여관에 앉아 휴식이나 취했으면 좋을 것이다. 브로커에게서 연락이 오도록 쉬면서 텔레비전이나 보고 누웠으면 편하고 좋으련만 그럴 수 없었다. 박서치까지 데려와서 이 고생을 하는 마당에 어찌 마음이 편할 리가 있을까. 장서쾌는 이번에야 말로 직지 탐색루트를 제대로 한번 뚫어 볼 작정이었다. 터벅터벅 걸어서 여관으로 돌아오는 발걸음이 무거워졌다. 시장 통을 빠져 나오는 길가 곳곳에 '아바이 순대국'이니 '꿩 고기'니 '백두산 산나물'이니 한민족 정서가 묻어나는 낱말들이 많이 눈에 띄었다. 그러나 그 말들은 고국 내에서 서로 살을 부딪치며 생활하는 용어가 아니라 이역만리 타국에서 끈질기게 삶을 이끌어가야 하는 생존의 용어였다. 생활과 생존, 이 말의 차이를 남북을 막론하고 위정자들이 제대로 알고 있을까? 순간 서글픈 우울이 마음을 무겁게 짓눌렀다.

벌써 나흘이 지났는데도 브로커로부터는 아무 소식이 없었다. 이번에는 박서치가 신경을 쓰기 시작했다.

"장 선생, 시간이 너무 오래 걸리는 것 같잖소."

"그러게 말이오. 하루 이틀 기다려 봤는데 벌써 나흘째가 되어도 무소식이니⋯⋯. 함께 국밥집에 가볼까요?"

"그래요. 이러고 앉아 있을 때가 아니지요."

국밥집에 서둘러 들어간 두 사람은 주인의 표정에서 심상찮은 기색을 읽었다. 순간 가슴이 오그라드는 것 같았다. 행여나 무슨 문제가 생겼나⋯⋯ 의아한 시선을 그에게 보내며 물었다.

"김 선생 소식이 있나요?"

"기게⋯⋯ 남조선 선생들 참 안타깝슴다."

"네에? 무슨 문제가⋯⋯"

채 말이 끝나기도 전에 주인은 손을 내저었다.

"김강현 동무가 어젯밤 탈북자들을 안내하고 비법도강하다 국경 연선에서 총에 맞았잖이오."

"총에 맞았어요. 김 선생이⋯⋯?"

두 사람이 동시에 물으며 말을 잇지 못했다. 마치 쇠망치로 입을 난타당한 느낌이었다. 국밥집 주인이 들려준 사건의 전말은 이랬다.

브로커 김강현이 수년째 비법도강을 하며 탈북자들을 안내해 왔다. 도문 일대 뿐만 아니라 두만강 일대에서 탈북 브로커 김강현 하면 모르는 사람이 없었다. 그만큼 그는 탈북계에서 알아주는 인물이었다. 국경 초소장을 돈 봉투로 구워삶아 놓고 그가 밤늦은 시간 경비병들에게 주의를 주는 동안 두더지처럼 기어서 초소 바로 인근에서 도강을 감행하는 수법으로 탈북 안내에 성공을 보장했다. 그날도 밀수꾼이 잘 아는 청진시 당 여맹위원장 가족의 안내를 맡아 도문 부근 농촌을 통해 도강을 시도했다. 예의 초소장이 경비병의 주의를 딴 데로 돌리려고 했으나 청진시 보위부장이 직접 나와서 감시하는 바람에 실패했다. 여맹위원장의 탈북 소식으로 청진시 기관들이 발칵 뒤집혔던 것이다. 그도 그럴 것이 여맹위원장 조영숙 하면 평양에서도 알아주는 여장부였다. 지난 날 김정일 장군이 참석하는 1호 행사에서 여맹 여성들이 극진한 충성심을 보여 조영숙은 친필 감사표창과 함께 장군 님의 성함이 새겨진 스위스 금딱지 시계를 하사 받은 인물이었다. 그런 인물이 혼자도 아니고 아들 딸 세 명을 데리고 동반 탈출을 시도했으니 시 당국자들은 사색이 되었다. 그녀가 뜬금없이 일가족 탈북을 강행하지 않으면 안 된 데에는 시 당 측의 무리가 있었다. 당 서기가 여맹위원장의 콧대를 꺾는답시고 시 보위부 간부에게 그녀를 잡아넣도록 종용했다. 이유인즉 그녀 남편이 장군님을 팔아서 반혁명 노략질을 하는 것을 방조했다는 것이었다. 남편에게 반역죄를 뒤집어 씌워서 정치범수용소로 보내놓고 그녀마저 비사그루빠(반사회주의 행위자)로 몰아 집어넣으려 하자 탈북을 결심했다. 소식을 들은 시 당 서기는 자신들에게 떨어질 책임추궁이 두려워 안전부와 보위부 합동 색출대를 동원하여 두만강 쪽으로 급파했다.

이런 사정을 모르는 김강현은 여맹위원장으로부터 두둑한 사례를 기대하고 안내에 나섰다가 변을 당했던 것이다. 그가 하필이면 조영숙을 맡게 된 것은 사례금 외에도 그녀를 소개한 밀수꾼 때문이었다. 그 밀수꾼이 연길에서 기다리는 남조선 선생들이 찾는 사람이었다. 김강현으로서는 꿩 먹고 알 먹는 거래가 아닐 수 없었다. 그래서 거래에 나섰던 그는 불귀의 객이 되고 말았고, 그에게서 고서화 밀수꾼을 소개 받으려던 장서쾌는 닭 쫓던 개가 되었다.

4·15문학창작단 지도원의 제의

1

후미링은 박서치로부터 며칠 째 소식이 없자 궁금해지기 시작했다. 북한과 거래하는 조선족을 찾았는지, 못 찾았다면 하얼빈에서 도와 줄 방법이 없는지, 물어보려고 전화를 했다.

"여보세요, 박 선생입니까?"

박서치는 반가운 김에 전화에 대고 서둘러 화답을 했다.

"후미링, 나 박서치요. 잘 있었나요?"

"박 선생님이야말로 잘 계셨나요?"

"나야 염려 덕에 잘 있는데, 한 가지 문제가 생겼어요."

"무슨 문제인데요?"

"그게 글쎄 다 된 밥에 코 빠트린다는 한국 속담처럼 되어 가고 있어요."

"그럼 밥을 다 해놓고도 못 먹고 있다는 말씀인가요? 호호……."

"웃을 일이 아니오. 한창 잘 나가다가 앞이 콱 막혀버려 맥이 풀렸어요."

"그러시지 말고 자초지종을 말씀해 주셔야 도와 드릴 일이 있으면 도와 드리지요."

박서치로부터 연길쪽 상황을 전해들은 후미링은 하얼빈에 앉아서 전화로만 이야기해서 될 일이 아니란 것을 깨달았다.

"박 선생님 일이 잘 안 풀리는 것 같은데 제가 그쪽으로 갈게요. 이쪽 상황 봐서 짬을 내는 대로 출발하겠어요."

"아, 그래요. 기다릴게요. 빨리 만났으면 좋겠네."

박서치로서는 그녀의 우아한 모습을 마주보고 얘기를 나누고 싶었다.

장서쾌는 박서치에게서 후미링이 연길로 올 것이란 얘기를 듣고 기다려 보기로 했다. 국경 바로 앞에서 길이 열리는 듯 하다가 닫혀버린 마당에 그녀에게 기대를 걸고 싶은 마음이 없지 않았다. 후미링을 잘 모르기는 하지만 박서치가 중국 유학시절에 만났던 여인으로서 믿을 만 하다고 했으니까 으레 그러리라 여겼다. 성 정부에서 일하는 입장이라서 중국 현지 정세 파악에 도움이 될 것이다. 그녀를 통해서 조선족 브로커를 다시 알아보고 북한 탐색루트를 모색해 볼 작정이었다.

며칠이 지나자 후미링이 전화를 했다. 갑자기 북경 공산당 중앙기률검사위원회에서 기률 검사를 하러 오는 바람에 연길로 갈 수 없다는 전갈이었다. 그녀가 오기만을 기다리던 두 사람은 또 막연한 처지에 놓이게 되었다. 이국땅에서 직지의 행방을 찾으려고 선이 닿는 데면 어디든 끄나풀을 이어보려 했지만 선이 닿을 듯 하다가 말고 해서 아직 끄나풀을 잡지 못하고 있었다. 장서쾌는 일이 잘 풀리지 않은 것을 보고 박서치를 한국으로 돌려보낼 생각을 했다. 자신의 만용 때문에 선량한 한 연구자를 먼 곳으로 데려와 고생시키는 것이 몹시 송구스러웠다. 해서 귀국 의사를 떠봤다.

"박 선생, 후미링 씨까지 운신이 여의치 않으니 북한 탐색루트 모색을 당분간 보류하는 것이 어때요? 고향 부모님도 만나야 하고……."

그러자 박서치는 단호하게 나왔다.

"장 선생, 지금 무슨 소리 하는 거요. 후미링이 오지 않는 것이 아니라 갑작스런 일 때문에 늦추어진다는 거 아니오."

"그 사람은 그 사람대로 할 일이 있는 사람인데 너무 부담감을 주지 맙시다. 솔직히 박 선생은 나 때문에 여기 온 것이나 마찬가진데 청주로 돌아가야지요."

"그런 소리 하지 마시오. 내가 어디 장 선생 따라 다니는 사람이오? 6백여 년이 된 우리 문화재를 찾아야 한다는 나의 사명감이 이리로 오게 했지 장 선생 때문에 온 것이 아니오. 내 문제는 신경 꺼주시오."

머쓱해진 장서쾌는 사과를 하기가 멋쩍어 허허 웃음으로 대신했다.

연길에서 막연하게 소일을 하고 있을 무렵 장서쾌를 찾는 전화가 왔다. 발신자가 뜻밖에 송영란이었다. 떠나올 때 말을 안 하고 와서 연길에 와 있는 줄 모를 것이다. 웬 일로 전화를 했을까, 궁금해 하며 전화를 받았다.

"여보세요. 장서쾝니다."

"어머, 오랜만이에요. 근황이 궁금해서 전화했어요."

"나 지금 중국에 와 있어요. 미처 전화를 못해 미안해요."

"중국 어디세요? 여행 가셨나요?"

"뭐 여행이라면 여행이라고 할 수 있지요."

"대답이 뭐 그래요. 여행이면 여행이지 애매한 뉴앙스는 뭐에요."

"눈치 하나 빠르군. 사실 여행보다 중요한 일로 연길에 와 있어요. 아니 아무 것도 한 것 없이 중요한 일이라고 하긴 좀 그렇지만……."

"어쨌든 말씀으로 봐서 뭔가 잘 돌아가지 않는 모양이군요. 도와드릴 일이 있어요?"

"여기서 해결해야 할 일이니 송영란 씨가 도울 일이 뭐 있겠어요."

"인터넷이 전 세계를 커버하는 걸 모르시지는 않을 텐데요. 여기 서울에 앉아서도 거기 일을 볼 수 있는 세상이에요."

"듣고 보니 그렇기는 하네요. 국내뿐만 아니라 세상 돌아가는 얘기나 들려주소. 중국말을 몰라 벙어리, 귀머거리, 장님이 되었소 하하하."

"그래요. 지금 서울에서는 지방선거 후유증으로 야당, 특히 한국당이 몸살을 된통 앓고 있어요. 정치권의 소란에 덧붙여 사회에서는 강진여고생의 시신이 발견되어 사인을 두고 연일 야단들이에요. 아버지 친구가 아르바이트 시켜 준다고 해서 나간 학생이 그렇게 됐으니 오죽하겠어요. 이른 바 엽기적인 살인사건이 되지 않을까, 날이면 날마다 관심 있게 방송이나 신문을 보고들 해요."

"우리가 떠나온 뒤로 그런 끔찍한 사건이 발생했군. 참 어수선한 세상이야. 남북이나 미북관계는 어떻게 돌아가고 있어요?"

"트럼프 대통령이 회담 전에는 북한에 대해 단번에 비핵화를 요구할 것처럼 해놓고 막상 회담 후에는 비핵화 얘기가 제대로 나오지 않아요. 대신 남북관계는 교류를 본격화하기 위해 고위회담을 계속하고 있어요. 어쨌든 한반도를 둘러싸고 국내외로 출렁거리고 있어요."

"시국 소개가 아주 간결하고 좋아요. 방송사 해설위원 했으면 잘 하겠는데 하하하."

"선생님, 농담도 잘 하시네."

"농담 아냐. 종편방송에 나오는 해설위원이랄까, 논평위원이라는 사람들 있잖소. 이른 바 패널들 말인데 어떤 사람은 미리 자료를 보고 나와서 얘기하는 수준밖에 안 되잖아."

"남의 얘기 그만 하시고 선생님 거기서 하시는 일이 뭐에요?"

"나요? 영란 씨 아버님이 박물관에서 기념사업 하시는 직지를 찾으려고 하는 중이오."

"어머, 직지를요? 아까 우리라고 하는 것 같던데 누구와 함께 찾으려고 하세요?"

"아, 역시 영란 씨는 예민하셔. 다른 사람 아닌 박서치 선생과 나섰지."

"오, 박서치 선생님. 어느새 그분과 그렇게 가까워졌나요?"

"뭐 오다가다 그렇게 됐소."

"저도 연길로 가서 도와 드리고 싶어요."

"아이구, 무슨 말씀. 그래픽 디자인이나 잘 하시지."

"아버지가 좋아하실 건데요."

"그만 두시오. 말만 들어도 감사해요."

"그럼 이따금 그곳 소식이나 전해 주세요. 수고하세요."

그로부터 며칠 지나지 않아 청주에서 박서치를 찾는 전화가 왔다. 그가 사표를 내놓고 수리여부도 결정하지 않았는데 어디론지 가버려 소식이 끊어진 상태였다. 헌데 운영사업과 주무관이 그에게 전화를 했다. 그를 찾는 전화가 중국에서 왔었다며 전화번호를 알려주었다. 누군지 모르는 번호였다. 그 번호로 전화를 했더니 조선족이라며 급한 용무로 찾았다고 했다.

"나를 어떻게 알고 찾았지요?"

"네, 북조선에 있는 동무가 선생을 찾아 연락하라고 부탁해서 전화했시요."

"북한에서 누가 나한테 연락하라고 했나요?"

"아 그 동무가 강명호라고 선생을 안다고 하던데요."

"강명호, 아 그 강명혼가?"

"4·15창작단에 있는 강동무 말입네다."

"그렇군. 강 선생이 뭐라고 했어요?"

"기건 전화로 말할 수 없시오."

그의 요청으로 연길호텔 커피숍에서 만났다. 그가 박서치에게 전해준 이야기는 깜짝 놀랄 일이었다. 그야말로 전화로 함부로 이야기하지 못할 비밀 사항이었다. 일행과 의논해서 연락하겠다고 하고 돌아와서 장서쾌에게 들은 이야기를 전했다.

"박 선생, 그거 정말이요?"

"북한에 있는 강명호라는 사람은 중국 유학 때 만났는데 믿을 만 해요. 허튼 소리를 할 사람이 아니오."

"그렇다면 그 조선족이 연락책이 되겠군요."

"그런 것 같아요. 앞으로 그 사람을 상대로 이야기를 진전시켜나가야 하겠지요."

두 사람이 주고받는 얘기는 직지 하권의 밀거래를 두고 하는 말이었다. 조선족이 느닷없이 박서치에게 전해 준 이야기는 평양의 강명호가 중국 유학 시절 만났던 박서치를 기억해내고 급히 전할 말이 있으니 찾아서 연락하라고 했다는 것이었다. 그래서 자신과 연락이 되었으니 전할 말이 무엇인지 물어보라고 했다. 그랬더니 조선족이 평양에 연락해 본 후 정말 놀랄 소식을 전해주었다. 직지 하권을 밀거래 하고 싶다는 내용이었다. 그 말을 들은 박서치는 장서쾌와 의논한 후 강명호와 직접 확인 전화를 시도했다.

그는 조선족의 휴대폰을 빌려 도문으로 나갔다. 두만강 변을 거닐며 평양쪽과 신호가 잘 잡히는 지점을 골라 전화를 했다. 강명호는 처음에 말없이 휴대폰을 든 채 상대방의 반응을 탐색하고 있었다. 숨소리가 약하게 들렸다. 이윽고 그가 알은 체를 했다.

"강 선생, 나 박서치요. 안녕하셨소."

저편 강명호는 그제야 안심이 되는 듯 입을 열었다.

"아, 박 동무. 오랜만입네다. 반가운 목소릴 듣고서리 말이 잘 나오지 않았시오."

"여기 조선족 얘기 듣고 강 선생에게 확인하려 전화한 거요. 조금 있다 전화 다시 할게요. 중국 공안이 신호를 잡을까 봐 다른 데로 이동해야 해요."

박서치는 강명호와 말문을 튼 뒤 공안의 감청을 우려해 1백 미터 이상 이동했다. 다시 전화를 했다.

"강 선생, 중요한 얘기이니 사실만 확인하고 끊을 게요. 직지 하권을 팔고 싶다고요?"

"네, 남조선 사람에게 팔려고 합네다. 박 선생이 살 사람을 소개시켜 줍소."

"나하고 같이 있는 사람이 직지를 찾고 있어요. 그 사람이 사도록 할 테니 구체적인 것은 조선족 중개인을 통해 연락하세요."

"기렇게 하갔시오. 기카고 선생이 묵는 데는 어디메요?"

"지금 연길에 와 있어요. 연길여관이오."

"알갔시오. 기럼 또……."

강명호는 불안을 느꼈는지 말끝을 채 맺지 않은 채 전화를 끊었다. 박서치도 얼른 그곳을 떴다. 달려가다시피 바쁘게 종종 걸음을 걸으며 뒤를 돌아보는 순간 악! 소리가 나올 뻔 했다. 공안차가 조금 전 그가 통화했던 위치로 질주하고 있었다.

여관에 돌아온 박서치는 강명호와의 통화 내용을 알려주었다. 장서쾌는 믿기지 않은 표정이었다. 북한 탐색루트가 열릴 듯 하다가 닫혀 버린 마당에 중국 여인에게라도 기대볼까 했었다. 그런데 뜻밖에 박서치가 중국 유학 시절 알게 된 평양의 중견 간부가 연락을 해오다니……. 이것이 꿈인지 생시인지 분간을 할 수 없을 만큼 현실성이 떨어지는 일이 눈앞에 닥쳤다. 마치 환상에 빠진 느낌이었다. 4·15창작단의 강명호라는 그 사람이 어떻게 해서 자신들이 오매불망 찾아 나섰던 직지를 손에 넣을 수 있었단 말인가. 믿고 싶어도 믿기 어려운 현실 앞에 어찌 할 바를 몰랐다.

2

강명호는 아내의 혼절에 자신이 저승길로 가는 것처럼 오싹해졌다. 그럴수록 아내를 살려내야겠다는 결심이 굳어졌다. 아내가 의식을 회복할 때까지 가슴을 마사지하다가는 가만히 두드려 보기도 하고, 이내 가슴에 귀를 갖다 대고 심장의 고동 소리를 들어보았다. 혹시나 심장이 멎었는가 싶어 두려움을 느끼며 콧김의 촉감을 느껴보는가 하면 숨소리가 들리는지 가만히 귀를 기울여 보기도 했다. 그는 결국 안타까운 나머지 아내의 몸을 흔들며 소리쳐 불렀다.

"경민 엄마, 경민 엄마. 정신 좀 차려 봐요. 으응."

애타게 불렀지만 의식은 돌아오지 않았다. 눈물을 글썽거린 그는 아내를 뒤로 하고 병원을 뛰쳐나왔다. 그 길로 대동강 변으로 내달렸다. 양각도가 바라보이는 곳으로 와서 멈춰 섰다. 아내 문경옥과 둘이서 거닐던 때 그녀의 손을 가볍게 잡고 노래를 흥얼거리던 모습이 수면 위로 떠올랐다. 그때 노래가 아마 황성 옛터였던가. 고복수와 황금심 부부마냥 둘이서 정겹게 부르던 노래를 흥얼거려 보노라니 눈물이 소리 없이 볼을 타고 내려 눈앞을 가렸다. 한참을 돌부처마냥 꼼짝하지 않고 있던 그는 능라도를 향해 외쳤다.

─경옥아! 사랑해. 내레 당신을 꼭 살려내고야 말갔어!

그날부터 강명호는 4·15창작단 사무실에서 자취를 감추었다. 집에는 물론 병실에서도 그의 모습을 찾아 볼 수 없었다.

박서치와 선이 닿은 밀수꾼 고영동은 크게 한 건 할 생각에 남조선 선생의 직지 구매 의사를 확인하려고 했다.

"박 선생 남조선 선생이 확실하게 직지를 살 생각임둥?"

"아, 그럼요. 우리가 직지 땜에 집을 떠난 지 반년이 됐는데 직지가 있다면 사야지요."

"기럼 남조선 선생과 만나게 해줍소."

"알았어요. 고 선생이 내일 연길여관으로 오시오. 장서쾌 선생에게 얘기해 놓을 테니."

"알았슴메."

다음 날 고영동이 여관에 나타났을 때 장서쾌는 그를 반신반의하고 있었다. 그가 박서치를 찾았다지만 평양에 있는 강명호의 부탁으로 찾은 것이 아닌가. 그렇다면 이 사람의 이력이나 사람됨을 아직 알 수 없는 형편이었다. 여기에 강명호의 직지를 그가 가져 올 것인지, 아니면 평양의 브로커가 가져 올 것인지, 말하자면 중요한 거간꾼 당사자가 누구인지, 알아야 했다.

"반갑습니다. 고 선생이 평양에서 직지를 가지고 오기로 되어 있나요?"

"아닙메. 강 동무가 평양 브로커를 보낼 겁네다."

"그래요. 난 고 선생이 가지고 나오는 줄 알았네."

"평양에서 가지고 나오문 내레 남조선 선생에게 안내하갔시오."

"그럼 그때 만납시다."

장서쾌는 고영동이 가고 난 뒤 하루 빨리 강명호와 연락을 취해야겠다고 생각했다. 직접 평양에 들어가지 못하는 만큼 평양에서 연길까지 오는 과정에 어떤 변수가 생길지 알 수 없었다. 더군다나 친밀한 관계가 아닌 사람들에 의해 귀중한 문화재를 운반하는 데 따르게 될 위험성을 염려하지 않을 수 없었다. 무엇보다 안전문제가 가장 신경이 쓰였다. 그 안전을 담보할 수 있는 방법이 무엇인지 박서치와 의논하는 것이 급선무였다.

"박 선생, 고영동 얘기로는 자기가 직접 평양에 가는 게 아니라는데 평양에 안전대책이 있는지 물어 봐요."

"그게 안전하게 운반되어야지 그렇잖으면 우리가 손쓰기가 어려울 건데."

"박 선생이 강 선생에게 각별히 주의하도록 전해주시오."

"물론이지요. 그런데 한 가지 꺼림칙한 게 평양 브로커가 믿을만한 지 모르겠어요."

"그래요. 앞으로 그 점을 강 선생에게 확인 해보세요."

"그러지요. 우리가 구체적으로 준비해야 할 일이 무엇인지는 차차 의논합시다."

두 사람은 앞으로 직지 상권을 입수하기 위해 강명호와의 연락과 브로커들과의 관계를 잘 검토해 대처할 필요가 있음을 깨달았다. 이번 일은 어디까지나 자유롭게 드나들 수 없는 북한 내 인사와의 거래인만큼 녹녹치 않을 것이라고 짐작했다.

두 사람이 직지 거래를 앞두고 신중하게 대처하려고 하고 있을 즈음 후미링으로부터 연락이 왔다.

"박 선생님, 안녕하세요. 여기 새로운 소식이 있어서 전화했어요."

"후미링 씨, 무슨 좋은 소식이라도 있나요?"

"한국으로 봐서는 좋은 소식 같지 않아요. 북한 김정은 위원장이 시진핑 주석을 만나러 다시 베이징에 왔어요."

"뭐 그럼 세 번째나 중국에 갔단 말이오?"

"네, 그런가 봐요. 그래서 다들 얘기가 무엇인가 수상하다고들 해요."

"뭐요? 김정은이 베이징에 간 것이 수상하다 그 말이오?"

"베이징에서 나도는 얘기로는 명색이 국가를 대표하는 인사가 3개월 사이 같은 나라를 세 번이나 찾아오는 게 말이 되냐고들 해요."

"그럼 말이 안 된다 이 말인가요?"

"그럼요. 정상적으론 이해가 안 되는 일이잖아요."

"그곳에선 어떤 얘기들이 오갑니까?"

"미북 관계에서 나이로 보나 경력으로 보나 노련한 트럼프에게 대적하기 어려우니까 김 위원장이 시진핑을 후견인으로 해서 비핵화전략을 함께 짜는 것 같다고 해요."

"아하, 그렇군요. 어떤 전략을 짜는 것 같다고 추측하고 있나요?"

"아마도 겉으론 비핵화요구에 응하는 체 하면서 기왕 만들어 놓은 핵무기를 숨겨두기로 한 것 아니냐는 얘기들이 많아요."

"그렇다면 트럼프가 전적으로 김 위원장을 신뢰하는 듯 한 발언을 계속하는 것이 이상하잖아요. 트럼프가 북의 위장전략에 속고 있는 것인가?"

"그럴지도 모르죠. 6월 중에 몇 차례나 김정은과 직접 통화할 것이라고 했잖아요. 자신이 전화번호를 그에게 적어주었다는 말도 하면서요. 하지만 두 정상 통화, 말하자면 핫라인은 결국 가동되지 않고 말았어요. 뿐만 아니라 김정은은 전화는커녕 중국으로 달려간 꼴이 되었으니……."

후미링의 얘기를 듣고 있던 박서치는 미북 정상 간에 미묘한 기류가 흐르고 있음을 감지했다. 센토사 회담에서 두 사람의 태도는 북의 비핵화를 둘러싸고 정상적으로 접근하는 국가정상처럼 보였다. 그러나 그 후 20일 사이에 흘러가는 정세로 보아서는 결코 정상적이라고 할 수 없는 기류가 두 정상 사이에 말없이 흐르고 있는 것을 놓칠 수 없었다.

북한사회안전부 평양안전지도원은 강명호의 동태를 감시하도록 파견했던 정탐원으로부터 일차 보고를 받고 있었다.

"지도원 동무, 강 동무레 좀 이상합네다. 보통 때와 다르게 손을 써야 할 것 같습네다."

"머이 어드렇게 이상하단 말이간?"

"기거이 기니까니 요즘에 와서 아내 병실에 통 나타나지 않고 있습네다."

"기럼 4·15문학창작단에 틀어박혀 있간?"

"내레 당연히 기렇게 생각하고 창작단에 갔드랬어요. 긴데 거기도 없었시오."

"머이 어드레?"

"창작단에 물어 봤시오. 강 동무가 병원에도 안 가고 창작단에도 안 보이고 어드렇게 됐냐고요."

"기랬더니……?"

"기랬더니 작가 동무들 하는 말이 어처구니 없었시오. 강 동무가 넋이 나갔는지, 얼이 빠졌는지, 아침에 나와서 책상머리에 멍 하니 앉아 있다가는 슬그머니 나가버린다고 합네다."

"에이, 그 동무 마누라가 없으니까니 남자 노릇 못해 제 정신이 아니야. 고런 얼간이를 감시할 것도 없어. 철수하라우."

그날로 안전부의 강명호 감시조는 철수하고 말았다.

강명호는 안전부에서 자신을 감시하다가 철수하는지도 모르고 있었다. 그는 옥류교와 대동강교를 지나서 멀리 떨어진 양각도 강변으로 나왔다. 거기서 한동안 하늘을 멀거니 바라보기 일쑤였다. 저 멀리 날아가는 기러기를 보고 있는지, 뭉개 뭉개 떠 있는 구름 뒤에 숨어 있는 해를 찾는지, 하늘에 고정한 시선은 움직일 줄 몰랐다. 그러던 그가 지나가는 자동차의 클랙션 소리에 깜짝 놀란 듯 시선을 거두고 천천히 발걸음을 옮겼다. 무엇인가 골똘하게 생각에 잠긴 그는 혼자 고갯짓을 하다가는 다시 머리를 흔들고, 하늘을 쳐다본 후 고개를 숙이고 있다가는 또 고갯짓을 하는 동작을 쉼 없이 반복하고 있었다. 그는 다시 걷다가 능라도호텔이 보이는 곳까지 왔을 때 두 손바닥을 마주치며 단호하면서도 조용히 외쳤다.

'맞아. 바로 기거야.'

3

강명호로부터 조선족 브로커를 통해 다시 연락이 올 때까지 기다리던 장서쾌는 평양이 아닌 서울로부터 연락을 받았다. 송영란이 새로운 소식을 전해 줄 것이 있다면서 전화를 했다.

"장 선생님, 잘 계시지요?"

"어, 영란 씨. 궁금했어요."

"오늘 서울 소식을 전해드리려고 전화했어요."

"그래, 서울에선 요즘 어떻게 돌아가요?"

"지방자치선거를 전후해서 소란스러웠어요. 특히 한 여배우와 도지사 후보 간의 스캔들로 바람 잘 날이 없었어요. 봄부터 불기 시작한 미투운동 때문에 사회가 섹스 스캔들로 혼탁해진 분위기에요."

"충남지사도 스캔들에 휘말려 지사직을 그만 둔 후 재판정에 선다더니 한국 사회가 왜 그렇게 돌아가는지 참 안타까워."

"그러게요. 우리 여성들이 얼굴을 들고 다니기가 민망한 사회가 돼 버린 것 같아요. 그건 그렇고 요즘 트럼프 대통령의 대북 태도를 놓고 말들이 오가고 있어요."

"그 사람이 좀 애매한 것 같더니⋯⋯."

"맞아요. 회담 전에는 그렇게 단호하게 나오더니 회담 후 북측에서는 이렇다 할 조치가 없는데 트럼프는 계속해서 한미군사훈련을 중단한다든지, 한국 측에 훈련비를 내야 한다든지, 막대한 예산이 들어가는 훈련을 왜 하느냐고 한다든지, 이해하기 어려운 발언들을 계속하고 있잖아요."

"그래 서울에서는 뭐라고들 해요?"

"그의 발언에 대한 평가가 대체로 두 가지로 압축되고 있어요. 하나는 무엇인가 이면합의가 있어서 비핵화 과정이 제대로 진행되므로 그런 발언을 한 것이라는 낙관적인 견해, 또 하나는 김정은과 핫라인 통화도 못한 채 북한과 중국의 야합에 밀려 겉돌고 있지 않나 하는 비관적인 견해가 있어요."

"낙관적인 견해와 비관적인 견해라⋯⋯ 그런데도 장본인인 트럼프는 명확한 태도를 보이지 않고 애면 한미군사훈련만 중지한다고⋯⋯."

장서쾌는 고개를 갸우뚱거리며 머리를 굴렸다. 떡 줄 김정은은 생각지도 않은데 트럼프 혼자 생색내고 있는 걸까? 아무래도 이 대목에서 수상쩍은 냄새가 풍기는 것 같았다. 이면 합의설의 근원도 여기에 있는 모양이지만 70년 동안 대남적화전략과 동시에 핵개발전략을 닦아온 북한 측으로서는 쉽게 이면합의에 응할 공산이 크지 않을 것이다. 김정은이 그렇게 호락호락할 위인이 아니란 말이다. 그래서 수상한 그림자는 여전히 미북 회담 언저리에 드리워져 있는 것이 아닌가. 이런 추론에 이른 그는 장차 미북관계의 추세에 따라 직지 거래에 어떤 영향을 미치게 될지 우려하지 않을 수 없었다. 비록 개인적인 거래일지라도 국경을 넘나드는 일이니 국제적 역동관계에 따라 성패가 좌우될 공산이 큰 것이다. 이때까지 후미링의 중국 소식이나 송영란의 한국 소식을 단순히 주변국의 돌아가는 정황 파악을 위해서 받아들였으나 앞으로는 예의 주시할 필요가 있었다.

박서치는 강명호에게서 어떤 연락이 올까, 기다리고 있었으나 소식을 듣지 못하자 궁금증에서 불안감으로 바뀌려는 감정의 변화 문턱으로 다가가고 있는 중이었다. 브로커만 믿고 장서쾌에게 거래를 하도록 할 수는 없었다. 마음 같아서는 당장 평양으로 달려가고 싶었다. 이럴 때일수록 면대면 대화가 얼마나 중요한가를 느꼈다. 당사자끼리 얼굴을 맞대고 얘기를 나누는 것이 면대면 대화일진대 그 과정에 누가 끼어든다면 두 사람 관계에 방해요소가 개입할 가능성이 커질 수밖에 없었다. 하물며 북한 내 인사와의 관계에서는 그런 변수가 더 많으리라는 것을 알 수 있었다. 그 바람에 박서치는 장서쾌와 강명호의 거래에 자기가 끼어들어 그런 부정적 요소들을 제거하거나 미연에 방지하지 않으면 안 되겠다고 새삼 다짐했다. 가능하면 장서쾌와 강명호 사이에 직접 거래를 틀 수 있도록 했으면 좋으련만 그것이 불가능한 형편이었다. 그래서 자꾸 고영동을 부추겨서 강명호와 교신을 하도록 해야 할 필요가 있었다. 고영동을 통해서나마 될수록 오해와 착오를 줄이는 노력을 자신이 감당해야 했다.

박서치는 고영동에게 연락하여 대주호텔 커피숍에서 만나기로 했다. 연길

역 앞에 있는 이 호텔은 조선족은 물론 한국 관광객들이 많이 이용하여 약속 장소로 편리했다. 연길여관에서 광명가로 나와 남쪽으로 직진해 간 후 오른쪽으로 연변일보 건물을 지나쳐 얼마 가지 않아서 연길대교를 건넜다. 이 대교는 연길 시내를 관통하는 부르통하강을 가로질러 하남가로 연결되고, 연남시장까지 직진하여 철길이 보이는데서 오른쪽으로 돌았다. 그리고 연길역 앞 광장에 도착하니 오른쪽으로 대주호텔이 있었다. 박서치는 잰걸음으로 호텔 현관으로 들어선 후 커피숍이 앞에 있는 것을 발견했다. 호텔 로비 옆에 커피숍이 접해 있었다. 지난번 연길 여관에서 만났던 고영동이 손을 들어 알은 체를 했다.

"고 선생, 일찍 오셨네요."

"모처럼 박 선생과 만나는데 시간을 지켜야 않갔습네까."

차를 주문한 후 박서치는 바로 본론으로 들어갔다.

"지난번 고 선생을 만난 후 생각해 보니까 고 선생이 직접 물건을 가지고 나오는 것이 아니라 평양서 다른 사람이 가지고 오는 만큼 안전에 신경을 써야 할 거요."

"길티요. 강 동무가 알아서 할 겝네다."

"평양서 물건을 가지고 올 사람은 압니까?"

"상기 모릅네다. 날짜가 잡히문 알게 될 겝네다."

"그럼 날짜가 잡히기 전에 고 선생이 강 선생에게 어떤 사람을 보낼지 물어봐 주세요."

"기래요. 기거야 어렵지 않지요. 고서화 전문 밀수꾼이 올 거이니까니 내레 기쪽 동무들에게 끄나풀을 놓아 보겠습네다."

"아, 그거 잘 됐네요. 고서화 전문 밀수꾼이면 알만한 사람들이겠지요?"

"기럼요. 길티만 그 동무들 보위원이나 국경 군관들과 끄나풀이 엮여 있어서리 믿지 못할 동무도 섞여 있지 않간. 기거이 좀 문제 아닙메."

"고 선생이 잘 아는 사람 중에 추천할만한 사람이 없나요?"

"내레 밀수를 오래 해서리 고서화 밀수꾼을 잘 알지비. 기런데 얼마 전에 비법 도강하다 총살당했습둥."

"어쩌다가 그렇게 됐어요? 쯧쯧."

"그 동무가 믿었던 보위원이 비싼 그림을 가로채려고 배신했단 말입네다. 눈감아 주는 체 해놓고는 국경 초소장에게 반혁명분자가 비법 도강한다고 고자질했지 앵이오."

"그러면 브로커가 배신하는 경우는 없나요?"

"브로커도 사람을 잘못 만나면 배신하는 수가 있디요."

"브로커 문제는 고 선생에게 맡기면 그런 일이 없겠지요?"

"기럼요. 길티만 사람 속을 어캐 다 압네까."

"이쪽은 고 선생이 알아서 하세요. 다만 평양 쪽이 문젠데 그 쪽도 고 선생이 신경 써주세요. 보상은 충분하게 해 드릴 테니."

"강 동무가 어캐 생각할지 모르지만 내레 할 수 있을 만큼 협조하갔시오."

"감사해요. 평양에서 나올 때 어떤 끄나풀이 달리면 안 되는데 그게 문제요."

"기니까 전문 밀수꾼이라야 기런 문제에 대비를 잘 하지비."

"오늘 이야기를 강 선생에게 잘 전달해서 준비에 차질이 없도록 해 주세요. 부탁합니다."

박서치는 일단 고영동에게 사전 준비에 필요한 대목을 알려준 만큼 평양 소식을 기다려 보기로 하고 호텔을 나왔다.

성불사의 두 그림자

1

6월이 막 지나갈 무렵인 하순 끝날 장마전선이 북상하던 때, 사위는 첩첩 산중이라 숲으로 빛을 가려서 자연스런 어둠이 장막을 치고 있었다. 거기다가 밤중이어서 산새들마저 보금자리로 돌아가고 생물의 숨소리마저 끊긴 듯 했다. 무겁게 신경을 짓누르는 어둠과 고요 때문에 기분 나쁠 만큼 적막한 시간, 칠흑 같은 밤을 뚫고 검은 그림자 둘이 황해도 해주 인근 벽성군 안국사 경내로 스며들었다. 그림자 하나는 보통 키에 체격도 고만한 정도였고, 다른 하나는 키가 큰 편에 체격이 다부진 몸매였다. 뒷산 언덕 숲이 우거진 곳에서 모습을 나타낸 그들은 돌담을 사뿐히 넘어 사찰 뒤뜰로 들어섰다. 보통 키의 그림자는 부근 지형을 잘 아는 것처럼 앞장서서 걸으며 키 큰 그림자를 안내하듯 손으로 앞길을 가리키며 걸었다. 그들은 미리 목표를 정해 놓은 것처럼 서슴없이 대웅전 쪽으로 방향을 털었다. 이윽고 보통 키가 대웅전 문에 귀를 대고 잠시 실내 동정을 살피다가 문짝을 살며시 밀쳤다. 그가 문을 밀치는데 힘이 들어 보이자 큰 키가 함께 문을 밀어제친 후 불상 앞으로 다가섰다. 그리고는 품에 숨겼던 손전등을 꺼내 비추며 조그만 손가방에 든 몇 가지 도구들을 바닥에 늘어놓았다. 등산용 칼과 끌, 망치, 긴 쇠꼬챙이 등이었다. 큰 키가 도구들을 하나씩 챙기며 불상 밑을 파헤치기 시작했다. 옆에 있던 보통 키는 이따금 무엇인가 조언을 하며 거들어 주었다. 이윽고 불상 밑에 구멍이 뚫리자 보통 키가 쇠꼬챙이를 구멍 밑으로 밀어 넣고 꼬챙이에 걸리는 것이 있는지 살금살금 움직이며 온 신경을 손끝에 모으고 있었다. 한동안 같은 동작을 반복하던 그는 혀를 쯧쯧 차며 고개를 저었다. 큰 키가 불만인 듯 퉁명스런 소리를 했다. '기거이 없시오?' 몇 십 분이 지나지 않아 그들은 불상 밑을 대강 추스른 후 자리를 떴다.

그로부터 사흘 후 안국사로부터 멀지 않은 곳에 있는 신광사 경내에 검은 그림자 둘이 스며들었다. 보통 키와 큰 키의 그림자가 대웅전으로 살금살금 접근하는 모습이 전날 안국사 경내로 스며들던 두 그림자와 흡사했다. 이들도 역시 같은 행각을 벌이려고 왔는지 대웅전 문을 밀고 들어 간 후 한동안 나오지 않았다. 안국사에서보다 시간이 오래 걸린 후 두 그림자가 밖으로 나왔다. 둘은 잠시 서서 두리번거리다가 잰걸음으로 뒷담 쪽으로 향했다. 담을 넘은 후 그림자 둘은 약속이나 한 듯 큼직한 수건으로 얼굴에 흘러내리는 땀을 닦았다. 그리고는 잽싸게 숲속으로 파고들었다.

다음 날 아침 대웅전 청소를 위해 들어갔던 사미승이 부리나케 뛰어나와 주지 스님을 찾았다. 아침 일찍부터 일어난 소란에 경내에 머물고 있던 보살들까지 일어나서 대웅전으로 몰려들었다. 사미승이 겁먹은 표정으로 불상 밑을 가리키며 소리를 질렀다.

"여길 보십시오. 누군가가 칼로 도려내고 쇠꼬챙이로 후벼 판 흔적이 있어요."

모두들 그가 가리킨 방향으로 시선을 모았다. 아니나 다를까 불상 밑을 파헤쳐 무엇인가를 찾으려 한 흔적이 뚜렷했다. 참으로 해괴한 일이었다. 절이 생기고서 처음 있는 일이라 모두 어안이 벙벙한 채 말이 없었다. 이런 해괴한 일이 벌어지자 인근 절은 물론 지역 주민들에게도 소문이 퍼져나갔다. 며칠 전에 있었던 안국사 대웅전의 사건과 똑 같이 불상 밑을 파헤친 것이었다. 아마도 불상 밑의 복장품을 훔치려고 시도했던 것 같았다. 두 절에서 의문의 불상 밑 훼손사건을 보고 괴상한 소문이 해주까지 퍼졌다. 부처님 사리 수집광이 절마다 돌아다니며 사리를 수집해서 팔려고 한다는 얘기며, 사상 처음 북미 정상회담이 열린 틈을 타서 반동분자가 민심을 혼란시키려 했다는 얘기 등이 근거도 없이 황해도 일대에 나돌았다. 사람들은 민심이 흉흉하니까 별일이 다 있다며 수군거렸다. 그러나 김정은 위원장이 트럼프 미국 대통령을 싱가포르 센토사 섬에서 만나고 온 후 시진핑을 또 만나서 미국에 고개 숙이지 않고 핵보유국 지위를 고수할 것을 약속했다는 소문에 묻혀 불상 훼손사건은 잠잠해졌다.

안국사와 신광사를 야밤에 다녀간 두 그림자는 해주 시내 한 여관에서 며칠 묵으며 벽성군 쪽 동정을 살폈다. 당초 이들 절로 올 때는 나름대로 절의 사정에 밝은 것을 믿고 온 터였다. 이곳 아니면 저곳 하는 식으로 적어도 두 곳 중 한 곳에서는 찾는 물건을 입수할 수 있을 것이라고 확신했다. 그런데 두 군데 다 허탕을 쳤다. '어디서 잘못 된 것일까?'

두 사람 중 보통 키의 사나이는 절 사정에 밝은 인물이라서 키 큰 사나이를 안내 삼아 동행해 와서 자신 있게 부처님의 동상에서 부장품을 도굴하려고 했다. 도구 몇 개를 가지고 약간의 수고만 하면 목적을 달성할 수 있으리라던 기대는 처음부터 어긋났다. 해서 두 번째로 신광사로 갔으나 이 또한 실패하고 말았다. 다음 순서로 제3 방안을 고민해보지 않을 수 없었다. 그러나 그의 마음속에는 이미 이럴 때에 대비하여 재3의 장소를 예비해 두고 있었다. 그만큼 그는 주도면밀하게 계획을 검토 수정 보완하며 치밀하게 준비했다. 그에게는 한 사람의 생명이 달린 일이었기 때문이었다. 그것도 사랑하는 아내의 목숨이 경각에 달려 있는 위기에 놓여 있었다. 그는 지금 달리 어떻게 손을 써볼 수 없는 형편에 몰려 막다른 골목에서 짜낸 궁여지책에 매달리고 있는 것이었다. 아내를 생각하면 하늘이 무너지는 것 같은 착각이랄까, 아니면 절망의 구덩이로 빠져들어 가는 느낌을 떨쳐 버릴 수 없었다. 혼자 이리저리 머리를 굴리며 고심 끝에 문득 할아버지의 얘기가 떠올라 마지막 지푸라기를 잡는 심정으로 나섰다. 그러나 일이 여의치 않게 되자 마음이 무거워졌다.

더군다나 며칠 사이에 벽성군 쪽에서 이상한 소문이 흘러들어와 긴장하지 않을 수 없었다. 도굴 소문이 해주 시내까지 번지게 되면 여관에 묵고 있는 자신들에게도 이로울 것이 없었다. 조마조마하여 제3 장소로 가지 못한 채 있던 중 북미정상회담 소문과 김 위원장과 시진핑 회담 소문이 관심을 끌면서 절의 도굴 소문이 가라앉는 것 같았다. 보통 키의 사나이는 제3 장소로 가는 길목과 제3 장소 경내 지도를 펼쳐 놓고 다시 한 번 면밀히 검토했다. 그는 키 큰 사나이에게 지도를 손가락으로 짚어가며 길 안내를 하느라 열성을 쏟고 있었다.

"여기는 대웅전과 또 다른 건물이 경내에 하나 있지요. 알갔시오."

"기렇구만요. 기럼 대웅전 다음에 여기도 들어가 볼 거인가요?"

둘이서 이마를 맞대고 내려다보고 있는 곳은 사리원시 정방산 기슭 성불사였다.

장서쾌는 브로커 고영동으로부터 중국 내에서 일어나고 있는 새로운 움직임에 관한 소식을 듣고 고개를 갸우뚱했다. 요즘에 압록강 철교를 왕래하는 화물 트럭이 부쩍 눈에 띄고 있다는 얘기였다. 거기다가 기름이 북한으로 자꾸 흘러 들어가서 주요소 곳곳에서 차들이 기름을 넣을 수 있게 되었다는 소문을 들었다고 했다. 김정은이 며칠 전 세 번째로 시진핑을 만나고 온 뒤부터 이런 현상이 일어나고 있는 것을 보면 확실히 둘이서 짜고 트럼프를 물 먹이려 한다는 소문이 맞는 것 같았다. 미국이 제재를 풀든 말든, 유엔이 제재를 풀든 말든 둘이서 짝짜꿍을 해서 사실상 제재해제 효과를 보고 있다는 말이었다. 그러면 비핵화를 둘러싼 미북 줄다리기가 오래 갈 공산이 커지는 것이다. 장서쾌는 이런 때 문화재급에 해당하는 고서인 직지를 밀반출하는 일이 어떻게 될까, 우려했다. 그렇잖아도 지난번에 박서치와 함께 이런 문제를 검토해 봤는데 최근 정세가 미묘하게 돌아가고 있으니 걱정을 하지 않을 수 없었다. 그러나 트럼프는 가을 중간 선거를 의식해서 그때까지 낙관적인 전망을 끌고 가려는 전략 같기 때문에 굳이 직지 반출문제를 그것과 결부시키지 않기로 했다. 그런 비핵화 문제 같은 거대담론에 얽매여 주저하다가 보면 언제 직지거래를 할 수 있을까.

이런 결론에 이른 장서쾌는 고영동을 불러 강명호에게 연락을 취해 줄 것을 부탁했다.

"고 선생, 평양에 연락 좀 해주세요. 물건 운반책이 결정됐는지 알아보고 나한테 알려주시오."

"내레 바로 연락해 보겠습네다."

얼마 후 고영동으로부터 평양 소식을 전해왔다. 강명호 얘기로는 평양 당국은 비핵화문제를 둘러싸고 한반도 정세가 출렁이는 틈을 타서 탈북 러시가 올 것에 민감한 반응을 보인다고 했다. 국경경비대에다 보위원과 안전원을 국경 연선에 추가 배치하여 물샐 틈 없는 경비망을 구축했다고 한다. 이 경비망을 뚫고 비법 도강하는 자는 무조건 현장 사살명령이 내려진 상태였다.

정세와 상관없이 직지거래를 추진하려던 방침에 문제가 생긴 것이었다. 강명호가 이를 어떻게 받아들이고 어떻게 대처할 것인가, 의문이었다. 섣불리 움직이다가 어려운 처지에 놓이지 않을지 몰랐다. 평양과 긴밀히 연락하며 이와 관련한 문제가 없도록 해야만 했다. 사전준비를 철저하게 할 필요가 있었다.

사람들이 안국사와 신광사의 괴담을 잊어버릴 즈음 거기서 북쪽으로 한참 떨어진 사리원시 광서리 정방산 천성봉 기슭 성불사의 밤이 깊어졌다. 시인 노산 이은상 선생이 노래 '성불사의 밤' 가사를 착상하던 때처럼 고요한 밤이었다. 홍난파 작곡의 이 노래는 국민가요라고 할 만큼 널리 알려졌고, 남북 할 것 없이 어린이부터 어른까지 자연스럽게 어울려 부르는 노래였다. 선생은 이화여전 교수 시절인 1931년 8월 19일 밤 벽이 없고 기둥만 있는 성불사 경내 청풍루에서 일박하며 풍경 소리에 시상이 떠올랐다고 한다. '성불사 깊은 밤에 그윽한 풍경 소리……' 언제 들어도 선생의 시상을 생생히 느낄 수 있는 그 서정이 깃든 밤, 새 소리 풀벌레 소리, 심지어 바람 소리마저 잠기기 시작할 즈음 삼라만상이 고요에 잠기고 세상은 잠시 활동을 중지한 채 내일의 태양이 떠오르기를 기다리며 새로운 숨결을 가다듬고 있었다. 이러한 때에 세상의 원리를 거슬러 말없이 움직임을 계속하고 있는 두 그림자가 성불사 경내로 들어가기 위해 담장 근처에서 기웃거리는 것이 보였다. 이들은 바로 담장을 넘지 않고 무엇인가 찾을 것처럼 담장 안으로 시선을 주고 기다렸다. 위험을 감지하는 본능에 신경이 쭈뼛해진 탓에 몸이 굳는 것을 느꼈다. 보통 키의 그림자가 입술에 손을 갖다 댄 채 몸을 숙였다. 그때 조그만 그림자 하나가 대웅전인 극락전을 돌아 뒤뜰로 다가왔다. 작은 그림자가 점점 담장 가까이 다가오자 혼자 중얼거리는 소리가 들렸다.

동자승 호성은 집을 나온 지 꼭 1년이 되는 오늘 고향 생각에 잠이 오지 않아 잠자리에서 슬그머니 나왔다. 캄캄한 밤중이기는 해도 1년 동안 익힌 경내를 더듬지 않고도 다닐 수 있었다. 대웅전 뒤뜰에는 동자승이 즐겨 찾는 백일홍 한 그루가 서 있었다. 그는 밤이나 낮이나 시간이 나면 혼자 백일홍 밑에 앉아 출가한 자신을 돌아보는 버릇이 생겼다. 오늘은 유달리 고향 생각에 잠을 잘 수가 없었다. 아버지는 가족을 굶기는 것이 가장으로서 할 짓이 아니라는 사실에 죄책감과 울분에 휩싸여 배급소 지도원에게 대들었다 반동으로 몰려 죽었다. 어머니는 어린 자식들을 먹이기 위해 산으로 들로 다니며 온갖 산나물과 옥수수 이삭을 구해 와서 먹을거리를 만들었다. 그러다가 소나무 껍질과 벼 뿌리로 죽을 만들어 먹었다가 피똥을 싸고 죽었다. 호성이도 피똥을 싸고 길바닥에 쓰러져 있는 것을 지나가던 사미승이 발견하여 절에 업어다 놓았다. 절간에서 약초를 끓여 먹이며 구완을 하여 눈을 뜬 호성은 그길로 동자승이 되었다. 말이 동자승이지 제대로 불교가 무엇인지도 모르는 절간 심부름꾼이었다.

호성은 사미승에 업혀 온 그때를 회상하다가 문득 인기척을 느꼈다. 고개를 들어 봤으나 극락전 쪽으로는 캄캄한 장막뿐이었다. 고개를 돌려 뒷담 쪽을 봤다. 역시 아무 것도 눈에 들어오는 것이 없었다. 괜히 신경이 예민해 졌는가, 느끼며 사흘을 정신없이 있다가 의식을 깬 때가 떠올랐다. 인기척에 부스스 고개를 들다가 사미승이 옆에서 간호하고 있는 것을 발견한 장면이 어른거렸다. 그때 또 인기척이 났다. 고개를 돌리는 순간 억센 힘이 입을 털어 막고 눌렀다. 호성은 꽥 소리 한마디 지르지 못하고 키 큰 그림자의 손아귀에서 발버둥 치다가 축 늘어졌다. 그들은 미리 목표를 정한 것처럼 대웅전인 극락전으로 가지 않고 응진전으로 방향을 털었다. 키 큰 그림자는 늘어진 호성을 어깨에 메고 응진전으로 들어갔다. 그를 마룻바닥에 눕힌 후 맥을 짚어 혼절시켰다.

여기 오기 전 경내 다른 데도 삼불상이 있다는 얘기를 들었다. 불상 밑을 파보려면 그쪽도 가봐야 했다. 그러나 극락전은 6·25전쟁 때 소실되어 나중에 재건되었고, 삼불상이 있는 응진전은 옛 모습 그대로 있었다. 극락전 삼불상은 파보나 마나였다. 두 그림자는 응진전 삼불상 밑을 칼로 찢고 쇠꼬챙이로 무엇인가를 더듬어 찾는 일을 번갈아가며 계속했다. 불상이 세 개라 왼쪽부터 차례대로 파헤치느라 시간이 제법 흘렀다. 두 번째, 즉 가운데 불상 밑을 파헤치던 보통 키가 불상 밑에서 무엇인가 끄집어냈다. 그는 손에 든 것을 보고 만면에 웃음기를 가득 머금었다. 그러자 큰 키가 보통 키의 손에 든 것이 커다란 책임을 확인하고 만족스럽게 고개를 끄덕였다. 단지 직지는 맞는데 하권뿐이었다. 왜 하권만 여기 있었는지 알 수 없었다. 사실 직지를 발굴하러 올 때도 상하권이 있는 줄 몰랐다. 의문을 간직한 채 두 그림자는 왔던 길로 되돌아가기 시작했다. 보통 키의 그림자는 책을 보 자기에 싼 채 소중하게 들고 갔다. 키 큰 그림자는 동자승을 어깨에 사뿐히 메고 그의 뒤를 따랐다.

보통 키의 사나이는 고서 한 권을 싼 보자기가 보물로 가슴에 안긴 것 같 았다. 어릴 적 할아버지가 그토록 자주 귀중한 책이라고 하시던 말이 귓전 에 맴도는 것을 느끼며 보자기를 다시 한 번 소중하게 끌어안았다. 자기 가 슴에 바로 그 책이 살포시 안겨 있는 것을 눈으로 확인했다. 하지만 영 실 감이 나지 않았다. '진짜 이 책이 그 책인가?'

그는 둥둥 구름 위로 걷듯 발걸음을 사뿐사뿐 디디며 숲을 헤쳐 갔다. 우 거진 잡초에 발길이 걸리고 내려뜨린 나뭇가지에 이마가 찢겨도 그런 현실 을 넘어서는 기쁨과 꿈에 젖어 가는 길이 한결 가벼웠다. 자신이 가는 곳에 아내의 목숨을 구할 수 있는 희망이 기다리고 있었다. 한 걸음 한 걸음이 빨라지기를 바라는 마음이 조급증을 불러왔다.

새벽에 날이 희붐하게 밝아 오기 시작할 무렵 사미승이 발정 난 암캐마 냥 혼자 경내를 싸돌아다니고 있었다. 동자승 호성이 갈만한 데를 찾아 다 녔으나 끝내 그를 찾지 못하자 그 자리에 털썩 주저앉고 말았다. 나이 어린 놈이 온 데 간 데 없이 사라졌으니 아무래도 사단이 난 모양이었다. 엎친 데 덮친 격으로 응진전의 불상이 훼손되었다는 소식이 전해지자 경내는 발 칵 뒤집혔다. 간밤에 어떤 불한당 놈이 경내로 침입해서 신성한 절을 모독 하는 짓거리를 하고 달아났다고 야단들이었다. 그런데 이상한 것은 대웅전인 극락전은 손을 대지 않고 옆에 있는 응진전만 훼손한 것이었다. 불상 훼손과 동자승의 실종 간에 어떤 연결고리가 있는지, 도무지 종잡을 수 없는 사건이었다. 불상 밑의 복장품을 훔치러 왔으면 그것만 가져가면 될 일인데 동자승은 왜 잡아 갔는가. 일차적으로 이런 의문이 들기는 했지만 사실 동자승을 잡아 갔는지, 제 발로 걸어갔는지 조차 모르는 판이었다. 이 바람에 괴상한 소문이 꼬리에 꼬리를 물고 황해도 일대에 퍼져 나가기 시작했다.

2

강명호는 의식이 깨어난 동자승 호성을 앞에 두고 살가운 얘기를 하고 있었다. 처음에는 어리둥절하던 호성이도 그의 온화한 말을 듣고 차츰 말문을 열고 있었다.

"이름이 뭐이냐?"

"호성이요. 조호성입네다."

"고향이 황주 주남면 순천이네?"

"네, 순천입네다."

"내레 고향도 순천이야. 마을 들어가는 길목에 큰 정자나무 서 있는 것 알간?"

"알아요. 기거이 너무 커서리 큰 건물 같았시오. 여름에 더울 때 나무 밑에 널따란 돌판 위에 누워서 시원하게 자고 했시오."

"기래, 호성이 맞구나야. 내레 소문 들었어. 솔 껍질 죽을 잘못 먹어 오마니 죽고 호성이도 반죽음이 됐는데 누가 업어 가버렸다고 야단이 나지 않았간."

강명호는 성불사 동태를 염탐하러 왔다가 호성이네 가족의 슬픈 얘기를 들었다. 그의 고향이 바로 황주군 주남면 순천리였다. 고향을 떠난 지 오래되어 고향 형편을 잘 몰랐던 그는 고향에서 일가가 하루아침에 길바닥에 나앉은 것이 아니라 저승길로 가버렸다는 소식에 기가 막히고 울분이 치솟았다. 주체사상이 중심이 되는 사회주의공화국이 배급제를 실시하지 못해 인민들로 하여금 굶어 죽거나 못 먹을 것을 먹게 만들어 죽게 하는 세상을 어떻게 인민공화국이라고 할 수 있는가. 성불사 주변을 오가며 호성이네 비극의 잔영이 머리에서 떠날 줄 몰랐다. 홀로 절에 남아 연명하고 있는 호성이를 구출하여 평양으로 데려가야겠다고 다짐했다. 함께 성불사 복장품을 털기로 한 밀수꾼 황민수에게 사정을 이야기하자 그도 쾌히 승낙했다.

호성이를 어깨에 둘러메고 와 준 황씨에게 어떤 형태로든 고마움을 표시할 작정이었다. 어차피 직지 하권의 밀반출을 위해 한 배를 탄 이상 서로의 신뢰가 중요했다. 복장품 도굴을 함께 하기로 한데다 호성이의 구출까지 승낙했으니 더 이상 기대할 것이 없을 만큼 만족했다. 그에 대한 신뢰가 시멘트처럼 굳어지는 순간이었다. 사실 처음에는 탈북 브로커로부터 그를 소개받고 반신반의했었다. 브로커 세계에서도 배신으로 살인까지 저지르는 일이 비일비재하다는 것을 들어서 알고 있던 강명호는 밀수꾼들은 배신이라는 비양심적인 측면에서 더 하면 더 했지 덜 하지는 않을 것이라고 믿었다. 탈북 브로커는 돈을 받고 무사히 비법 도강을 도와주는 안내인이었지만 밀수꾼은 불법을 업으로 삼는 범법자였다. 이익이 남을만한 물건을 확보하는 과정에서부터 사기나 공갈 협박이 개입하고, 그것을 국경 넘어 타국으로 빼돌리는 과정과 처분하는 과정에서 불법과 탈법이 판치는 위험한 거래자였다.

이런 거래를 해본 경험이 없는 강명호로서는 매우 주저스러운 일이었지만 생사가 걸린 아내를 구한다는 일념에서 용단을 내렸다. 그는 탈북 브로커를 통해 소개 받은 황민수와 만났을 때 서슴없이 속내를 드러냈다.

"황 선생, 내레 안까이가 죽을 지경에 있지 않간. 기래서 황 선생에게 도움을 청하고 싶소."

"무슨 일을 도와 드릴 수 있습네까?"

"안까이가 심장 수술을 받아야 하는데 외국 의사를 불러야 하오. 기니까 돈이 엄청 많이 들지 않간. 아주 귀중한 물건을 밀수출해서리 돈을 마련하려는데 도와 주시구레."

"귀중한 물건이 무엇입네까?"

"기거이 책이라고 할 수 있디요."

"책이요. 기럼 고서화입네까?"

"길티오. 고서디요."

"고서 몇 권이나 됩네까?"

"기거이 한 권밖에 안 되오."

"기럼 큰 문제 없시오."

"헌데 기거이 간단한 거이 아닌데……."

"간단한 거이 아니라문……?"

"그 책이 어느 절에 있는데 혼자서는 가져 올 수 없시오. 기니까니 황 선생이 함께 가야 하오."

황민수는 그의 설명과 요청을 듣고 군소리 없이 공동 작업을 승낙했다. 그리하여 두 사람은 벽성군 안국사와 신광사에 갔다가 허탕을 친 후 성불사로 잠입했던 것이다. 그 과정에서 강명호는 황민수에 대한 신뢰가 쌓이고 호성이까지 부탁하게 되었다.

　강명호가 그날 양각도 강변에서 아내를 위해 직지 찾기를 결심한 데는 그만한 연유가 있었다. 그는 어릴 적부터 할아버지로부터 백운화상초록직지심체요절 얘기를 들었다. 한학자이던 할아버지는 직지심체요절에 대한 이야기가 예전부터 전해져 오는 것을 알았다. 백운화상이 황해도 절, 예컨대 안국사나 신광사, 성불사 같은 황해도 절에 있을 때 직지심체요절에 법화경 초록 등을 추가하여 원고를 썼다고 했다. 그 후 백운 스님이 살아 있을 때 직지를 간행하려고 했으나 스님이 입적하는 바람에 뜻을 이루지 못했다. 불제자인 석찬이 이를 애석하게 여겨 청주 흥덕사에서 백운화상초록직지심체요절을 간행하게 되었다는 얘기를 들었다. 그런데 흥덕사에서 백운 스님이 있었던 황해도 어느 절에 직지를 보냈지만 어느 절인지 정확하게 알려지지 않았다고 한다. 할아버지가 살아 계실 때 늘 그 절을 알아야 직지를 찾을 수 있을 것이라며 아쉬워하던 모습을 잊을 수가 없었다.

　아내의 중환으로 궁지에 몰린 강명호는 할아버지의 유언 같은 얘기가 떠올라 직지를 찾기로 결심했던 것이다. 어릴 적 들었던 기억으로는 직지가 금속활자로서는 세계 최초의 것으로서 매우 값진 문화재라고 했다. 그는 1990년대 후반 살기가 어려워지자 고서화 밀수가 국경 연선에서 이루어지고 있다는 소문을 들었다. 그래서 직지를 찾아서 밀수출을 하면 꽤 큰돈을 벌 수 있을 것으로 판단했다. 자기 자신이 아내를 살리기 위해 할 수 있는 방법은 이것밖에 없다는 결론에 따라 고서화 밀수꾼인 황민수를 끌어들이게 되었다.

강명호는 백운 스님이 있었던 절이 해주 부근의 벽성군 안국사와 신광사, 그리고 황주군 주남면(뒤에 사리원시 소속이 됨) 정방산의 성불사라는 것을 알고 세 군데 절에 차례로 잠입한 결과 성과를 거두었다. 그는 모르고 있었지만 세 절 중 성불사는 백운 스님이 주지로 있으면서 직지심체요절에 초록을 추가하여 작성했던 곳이었다. 그런 만큼 그곳에 직지가 남아 있을 가능성이 컸다. 그러나 성불사에는 불상이 있는 곳이 두 군데였다. 보통 대웅전에 불상을 모시는데 이 절에만은 대웅전인 극락전과 다른 전각인 응진전에 각각 삼불상이 있었다. 하지만 극락전은 6·25전쟁 때 불타서 그 이전에 있었던 불상이 있을 수 없었다.

어쨌거나 황민수와 둘이서 애쓴 끝에 직지 하권을 손에 넣게 되었다. 두 사람은 이 과정에서 호흡이 잘 맞았다는 것을 실감했다. 강명호는 이제 황민수를 통해서 중국으로 직지를 밀반출하여 돈 많은 남조선 인사에게 팔 일만 남았다. 그는 밀반출 계획을 세우려고 황민수를 불렀다.

"황 동무, 지금부터 국경 연선으로 직지를 밀반출 할 계획을 의논해 보기요."

"기거야 내레 다 구상해 놓았습네다."

"기래요? 기럼 황 동무만 믿겠소."

강명호는 직지 하권을 포장하여 숨기기 위해 수령님의 책 '불멸의 역사'를 골랐다. 이때까지 4·15창작단에 있으면서 수령님의 우상화 작품을 만드는

데 충성을 다 바친 결과가 아내의 수술비도 마련 못하는 얼간이로 되고 말았다. 그것을 벌충하는 의미에서 수령님의 책 표지로 직지를 싸서 감쪽같이 포장했다. 그 헌책을 건네받은 황민수는 어깨걸이 가방에 넣었다. 강명호가 지정한 날 두만강을 도강하여 이미 소개받은 조선족 밀수꾼 고영동을 만날 예정이었다. 강명호는 고영동을 통해 남조선 선생과 접촉한 결과 적절한 가격에 거래가 될 수 있다는 확신이 선 터였다. 이제 남은 것은 고영동에게 직지를 가지고 갈 날을 미리 알려주어 그쪽에서 자금을 준비하도록 하는 것이었다.

국가보위부 제3국 해외정탐반 장학기 반장은 국보급 문화재를 밀반출할 기미가 보인다는 첩보에 따라 정탐 반 요원들을 요소요소에 풀었다. 최근 북미회담을 계기로 국경 연선의 기강이 해이해졌다는 보고를 며칠 전에 받았다. 그러나 미 제국주의자와 위원장 동지가 회담을 한다 해도 공화국의 핵무장 노선은 한 치의 흐트러짐이 없을 텐데 돼 먹지 않은 반동분자들이 퍼뜨린 유언비어라고 생각했다. 국경연선은 탈북자들뿐만 아니라 밀수꾼은 물론 탈북 브로커, 중국에 밀입국하여 돈벌이 하려는 자, 심지어 부녀자를 한족 촌놈들에게 파는 인신매매업자 등 별의 별 놈들이 들락거리는 곳이었다. 그뿐이 아니었다. 공화국에 몰래 침투하여 반공화국 공작을 벌이려는 남조선 특무나 그들의 끄나풀이 숨어드는 곳이기도 했다. 이들이 편의에 따라 반동적 선전선동을 하면 국경연선은 분위기가 혼란해지며 기강이 무너지는 것이다.

장학기 반장이 반탐 요원들을 풀어놓을 결과 두만강 쪽 담당 요원이 감시

대상인 밀수꾼 황민수가 뜬금없이 4·15문학창작단 지도원 강명호와 자주 만난다는 보고를 해왔다. 장 반장은 이 보고에서 어딘지 이상을 감지했다. 들개마냥 훈련된 그의 예민한 코에 색다른 냄새가 걸려들었다. 작가와 밀수꾼이라, 이것은 잘 맞지 않은 조합인데 웬일로 자주 만나고 있다?! 잘 맞지 않은 조합에 필시 곡절이 있는 것이다. 자연스런 만남에는 문제가 없지만 자연스럽지 않은 만남에는 어떤 문제가 있다는 암시가 있었다. 장학기가 그것을 모를 리가 없었다. 그날부터 정탐원을 붙여 그들을 미행하도록 했다.

정탐원 문광조가 황민수를 밀착 감시하던 중 그들이 어디론가 사라진 사실을 뒤늦게 알았다. 으레 시내에서 만나리라고만 생각하다가 뒤통수를 맞은 꼴이 되었다. 강명호의 사무실 주변을 감시하다가 그가 나오지 않자 별일 없을 것으로 여겼다. 강명호를 뒤쫓던 정탐원에게서도 별다른 연락이 없었다. 이때 강명호는 뒷문을 통해 밖으로 나가서 뒷길로 사라졌다. 황민수는 황민수대로 며칠 전부터 꼬리가 붙은 줄 알고서 갈지자 형태로 행로를 이리저리 뒤틀다가 강명호와 약속한 시외버스터미널로 갔다. 그리고는 황해도 내 절 세 군데를 돌아가며 볼 일을 다 보고난 후 평양 시내로 들어왔다.

그들의 행방을 며칠 동안 알 수 없었던 정탐원들은 눈이 벌겋게 달아올라 미칠 지경이었다. 둘 다 어디서 무엇을 하고 왔는지, 알 길이 없는 문광조는 동료 정탐원에게 입을 다물라고 신신당부했다. 자칫 잘못하다가는 책임추궁을 당할 것이 뻔했기 때문이었다. 대신 다시는 둘을 놓치지 않으리라 마음먹고 사냥개마냥 졸졸 따라다니기 시작했다. 감정이 앞선 나머지 미행 기술의 원칙을 잊어버렸다. 그 바람에 강명호와 황민수는 미행자의 정체를 확인할 수 있었다. 항상 둘이 양쪽 보도로 나뉘어 따라다니는 것이 눈에 들어왔다. 정체를 알 수 없을 때 문제가 생기는 것이지 정체를 알게 된 이상 문제될 것이 없었다. 그들의 미행 의도를 미리 예측하며 행동하면 만사형통이었다. 그래도 그들은 직업상 따라다니는 것을 멈추지 않았다.

 강명호가 마지막으로 황민수에게 문건을 전달하기 위해 사무실을 나섰을 때 문광조가 따라붙었다. 일부러 그에게 보이기 위해 널찍한 만수대거리로 들어서서 천천히 걸었다. 보통문 방향으로 직진해 가다가 왼쪽으로 돌아 평양학생소년궁 쪽으로 꺾으면서 뒤를 돌아보았다. 문광조가 놓칠까 봐 부리나케 걸음을 재촉하는 것이 보였다. 소년궁을 지나친 후 서문거리와 마주치는 지점에 이르러 오른쪽으로 돌아 서문거리로 들어섰다. 그리고 얼마쯤 가다가 오른쪽으로 돌아서는 만수대예술극장 앞에서 멈추었다. 마치 극장에 들어갈 듯 기웃거렸다. 강명호가 그러고 있는 것을 본 문광조는 따라붙을 수도 없고 가만히 서 있을 수도 없고 진퇴양난의 처지에 놓였다. 그런 모습을 본 강명호는 슬며시 장난기가 발동하려는 것을 참았다. 극장으로 후닥닥 뛰어 들어갔다가 옆문으로 빠져나오면 골탕 먹이기에 안성맞춤이었다. 그러나 마음속으로만 한 번 그래 보고 자리를 떴다. 다시 서문거리 쪽으로 나와 왼쪽으로 방향을 꺾은 후 대동강을 향해 걸었다. 한참 가면 대동강 부근에 조선민속박물관이 왼쪽에 있고, 오른쪽에 조선중앙역사박물관이 있었다. 가까이에는 조선미술박물관까지 있어서 연속 숨바꼭질에 적합했다. 강명호는 먼저 입장권을 사서 조선민속박물관으로 들어간 후 관람하는 체 하며 문광조의 동태를 살폈다. 그도 얼른 표를 산 후 실내로 들어왔다. 그가 각종 유물들 앞에 선 채 보고 있는 사이 화장실로 뛰어들었다. 그도 화장실 쪽으로 오는 듯 하더니 멋쩍은지 멀찍이서 바라보고 있었다. 한동안 볼 일도 보지 않고 문틈으로 살피다가 나왔다. 유물 관람을 제대로 하지 않은 채 밖으로 나와 역사박물관과 미술박물관을 돌았다. 그를 골탕 먹이며 시간을 끌었다. 그로 하여금 심신이 지치도록 하여 감시의 끈이 느슨해지도록 하기에 효과가 있었다. 그가 짜증으로 심기가 흔들릴 무렵 얼른 버스에 올랐다. 대동강교를 건너 황민수와 약속한 문수공원으로 향했다.

이 무렵 황민수는 미행을 따돌리느라 무척 바쁘게 움직이고 있었다. 창광거리에 늘어선 상점 진열창을 통해 정탐원의 동태를 살피며 걷다가 외화상점 앞에 섰다. 진열창에 비치는 그의 모습을 보고 있노라니 길 건너에서 잠시 주춤거리며 슬쩍 이쪽으로 보더니 그대로 지나쳐 갔다. 황민수도 다시 걸음을 옮겼다. 이번에는 일부러 잰걸음으로 가기 시작했다. 건너편에서도 잰걸음으로 따라 잡았다. 역전거리 쪽으로 나와 평양역전백화점에 들어갔다. 물건을 사는 체 하며 상품 진열대 앞을 이리저리 다니다가 밖으로 나왔다. 나올 때 힐끗 돌아보니 음료수 판매점 앞에서 병을 들고 점원에게 말을 하고 있었다. 그 사이 마침 정류장에 멈추어 선 궤도 전차를 재빨리 탄 후 지하철 영광역 앞에서 내렸다. 뒤에 미행이 붙지 않은 것을 확인한 후 전철을 타고 가다가 통일 역에서 내렸다. 황민수는 무사히 능라다리를 건너 강명호가 기다리고 있는 문수공원으로 향했다.

문광조와 다른 정탐원은 또다시 강명호와 황민수를 놓쳐 버려 허탈했다. 둘은 장학기 반장에게 적당히 둘러대고 허탕 친 일을 보고하지 않았다. 장 반장은 정탐원으로부터 감시 대상자들의 구체적인 동태 보고가 없자 의아했다. 어울리지 않은 두 사람이 만나는 것부터 수상한데 그들을 족칠만한 동태가 없었다는 것은 믿기지 않았다.

"문 동무, 머이 어드레? 두 놈이 반동 짓거리를 하려 만나는 것 같은데 아무 이상이 없다는 거이 이상하지 않간."

"기니까니 반장 동무께 보고할만한 거이 없시오."

"기럼 감시하지 않갔다, 이 말입네."

"기런 니애기가 아닙네다. 상기 수상한 거이 보이지 않아서리……."

"머이! 수상한 놈들을 감시하문서리 수상한 거이 안 보인다. 기럼 동무들 눈이 멀었구만. 니리 와서 총화를 해야 알간!"

반장은 분명 미행이 서투른 놈들이라서 그런 시답잖은 소리를 한다고 결론을 내리고 그들을 소환했다.

박서치의 죽음

1

장서쾌는 강명호로부터 3일 후 밀수꾼 황민수가 물건을 가지고 연길로 간다는 전갈을 조선족 브로커 고영동을 통해 받았다. 고영동이 황민수를 만나 그를 장서쾌에게 안내하도록 했다는 말을 전했다. 그동안에 자금을 준비해 놓으라는 얘기도 있었다. 그는 그날로 부산에 연락하여 중화은행 심양지점으로 송금해 줄 것을 부탁했다. 고영동을 통해 강명호와 긴밀히 연락한 결과 차질 없이 물건을 확보할 수 있게 되어 기분이 들떴다. 빨리 실물을 보고 싶은 나머지 잠시도 지체할 수 없었다. 박서치에게 고영동이 황민수를 만나 물건을 건네받을 수 있도록 조치하라고 일러놓고 심양으로 떠났다. 그가 심양으로 가는 것은 현금을 인출하기 위해서뿐만 아니라 만일의 사태에 대비하기 위해서였다. 심양 주재 총영사관 정보담당 영사에게 직지의 비밀거래를 알리고 협조를 요청하려고 했다.

장서쾌는 심양에 도착하여 숙소를 정하고 오늘 내일 할 일을 점검했다. 물건을 손에 넣는 것 못지않게 서울까지 운반하는 것 또한 중요했다. 우선 교회나 민간단체를 통해 심양을 떠날 때까지 안전문제에 협조를 구할 생각이었다. 그러나 그들과 접촉해 본 결과 민간 신분이라서 중국 공안과 마찰이 생길 경우 별 도움이 되지 않을 것 같았다. 총영사관에 전화를 해서 문화재급 유물을 서울로 가지고 가는 문제를 상의할 예정이었다. 우선 은행에 가서 현금을 인출한 후 전화를 하려고 뒤로 미루었다.

그는 별 탈 없이 현금 인출을 마친 후 호텔에 돌아와서 직지 하권 영인본을 놓고 다시 검토해봤다. 미국까지 가서 복사해온 영인본은 실물 그대로이기 때문에 상권의 진위 여부를 가리는데 중요한 자료였다. 표지의 디자인과 활자체 및 활자크기, 제본 방식 등이 비교 기준이 될 것이었다. 박서치가 말한 대로 위작 여부를 가리기 위해서는 어느 한 부분에 이상이 있는지도 눈여겨보아야 할 것이다. 자금을 마련한 데다 이렇게 진본을 가리는 자료까지 있으니 일은 다 된 것이나 마찬가지였다. 그동안 그렇게 오매불망 직지 상권을 찾아 동북지방을 헤매고 다니던 일을 생각하면 이제 훨훨 날아 갈 것 같은 기분이었다. 그는 스스로 들뜬 나머지 일어나 춤을 추기 시작했다. 춤을 추는 데는 노래가 빠질 수 없었다. 가장 신나는 노래, '릴리리 맘보'를 부르며 덩실덩실 율동을 계속했다. 제풀에 흥이 겨워 우쭐거릴 때 방해꾼이 있었다. 하필 그런 때 심통 궂은 전화 벨 소리가 요란하게 고막을 건드렸다.

"에잇, 무슨 전화야!"

불쾌해진 장서쾌가 전화기를 낚아채듯 거칠게 잡아들었다.

"여보시오, 거기 어디요?"

"아, 장 선생. 니거이 큰일 났시오!"

다급하게 들려오는 저쪽의 목소리는 고영동이었다. 순간 장서쾌는 심장이 멎는 듯 했다. 무슨 문제가 터진 것이다.

'무슨 일인가?' 급박한 심경에 눌려 수화기를 귀에 바짝 대고 물었다.

"아! 고 선생. 무슨 일이오?"

고영동으로부터 들려오는 연길쪽 사태는 그의 혼을 빼버렸다.

"뭐요! 박서치가 죽었다고?"

'박서치가, 박서치가……'

그는 울먹이며 다음 말을 겨우 찾았다.

"물건은 어떻게 됐소?"

고영동의 설명을 들은 그는 그 자리에 무너져 내렸다. 도저히 믿기지 않은 일이 벌어진 것이다. '어떻게 그럴 수 있는가.' 망연자실, 홍두깨로 얻어맞은 머리를 제대로 가누지 못한 채 얼이 빠져 있었다. 한 30분이 지나 정신을 추스른 장서쾌는 그제야 사태의 심각성을 깨닫고 분연히 일어섰다.

'내가 가서 꼭 찾아야지. 그게 어떤 물건인데……'

그는 이를 악 물고 일어났다. 돈과 영인본을 챙겨 심양공항으로 달려갔다.

해외정탐반장 장학기는 황민수의 눈을 가렸던 보자기를 풀었다. 그러나 손목에 감긴 밧줄은 그대로 두었다.

"황 동무, 여기가 어딘지 알간?"

얼떨결에 눈을 뜬 황민수는 얼마 전 대주호텔에서 있었던 소란통에 무엇이 어떻게 돌아갔는지, 그가 만나려던 조선족 밀수꾼과 남조선 선생은 또 무사한지, 한꺼번에 의문이 몰려왔다. 갑자기 들이 닥친 건장한 청년들 때문에 당혹감을 감추지 못한 사이 말 한마디 못해 보고 당한 것이 어처구니 없었다. 장학기는 멀뚱하게 쳐다보는 그를 보고 다그쳐 물었다.

"동무레 와 말이 없간? 살아난 거이 믿기지 않은 거이야?"

"장 동무가 니렇게 나타나니 무슨 일인지 모르갔습네다. 이 밧줄이나 풀어 주기요."

"밧줄은 함부로 풀어 줄 수 없어. 중국 동무가 와서 황 동무를 데리고 갈 거이니까니 좀 기다리고 있기오."

"물건은 어카고 중국 동무레 온단 말이오."

"다 중국 동무가 알아서 하기로 되어 있지 안칸. 동무는 가만히 있는 거이 사는 길이 아니네."

이러고 있는데 덩치가 우람하고 40대 후반쯤 되는 사나이와 날쌘 격투기 선수처럼 생긴 30대 중반의 사나이가 들어왔다. 40대 후반의 사나이는 땅딸막한 키에 각이 진 얼굴과 음흉해 보이는 가느다란 눈이 인상적이었다. 장학기는 40대 사나이에게 고개를 깍듯이 숙이고 인사를 했다.

"진청밍 과장님, 여기 운반책을 잡아 놨습네다. 황민수 동무라고……."

진청밍 과장이라 불린 사나이는 눈 하나 깜박 하지 않고 거만한 자세로 황민수 앞에 섰다. 말없이 그를 내려다보더니 30대 사나이에게 그를 끌고 가라고 지시했다. 그가 끌려 나간 후 진 과장은 돌아서서 장학기에게 두툼한 봉투를 내밀었다.

"수고했소. 이거 내가 주는 사례요."

장학기는 그저 황송한 듯 연신 고개를 주억거리며 다가와서 두 손으로 봉투를 받았다. 중국 반탐조직과 공동작전으로 고서 밀반출을 적발하여 넘겨 준 대가로 받는 돈이 꽤 많아 보여 흡족했다. 어디까지나 불법도강자인데다 고서 밀반출 혐의까지 있으니 황민수를 보위부에 데려가야 했는데도 중국 반탐조직에 넘겨준 대가였다. 거기다가 고서는 공화국 소유인데 그것마저 넘겨주었으니 대가는 두 배로 늘어날 수밖에 없었다. 장학기는 자신이 이중 배반행위를 한 대가라는 것을 모르고 그저 두둑한 돈 봉투에만 눈독을 들였다.

연길에 도착한 장서쾌는 고영동으로부터 자초지종 얘기를 듣고 참으로 난감했다. 이제부터는 박서치의 살해범을 찾아야 하는데다 사라진 직지를 되찾아야 하는 이중 부담을 안게 되었다. 우선 살해범을 찾는 것이 급했다. 범인을 추적하는 과정에서 직지의 행방도 알 수 있을 것이었다.

고영동의 설명을 토대로 사건의 개요를 검토해 봤다.

박서치를 황민수에게 소개한 고영동은 어머니가 편찮다는 연락을 받고 잠시 다녀오겠다며 집으로 갔다. 집 가까이 왔을 때 박서치로부터 다급한 전화를 받고 호텔로 달려갔다. 그러나 그때는 벌써 상황이 끝나고 공안들이 차단선을 치고 출입을 통제해서 현장에 들어 가보지 못했다. 나중에 텔레비전방송을 통해 박서치가 괴한에게 살해되었음을 알게 되었다. 그리고 '물건'을 가지고 왔던 북한 밀수꾼 황민수는 어딘지 사라지고 없었다는 보도였다. 누군가가 북한에서 직지로 불린 '물건'을 가지고 나와 밀거래를 한다는 정보를 입수하여 범행을 저지른 가능성이 컸다. 범인을 추적하려면 황민수의 주변을 살펴봐야 했다. 그의 주변에 대해서 알 수 있는 사람은 평양의 강명호밖에 없었다. 어차피 불의의 기습으로 거래가 실패한 이상 강명호에게 사건의 개요를 알려주어야 할 상황이었다.

먼저 강명호에게 전화했다. 공안의 도청이 염려되었지만 급한 대로 사실을 알리기 위해서였다.

"강 선생, 여기 연길 장서쾌요. 누군가가 대주호텔에 침입해 박 선생을 죽인 후 황민수를 납치해갔소."

"머이? 고거이 무슨 말입네까?"

"말 그대로요. 아직 소식 못 들었나요? 누군가 황민수 주변에서 밀고하여 사단이 벌어진 것 같소. 혹시 황 선생 주변에 아는 인물이 있소?"

"주변 인물이라, 그런 사람 모르는데요."

"황 선생이 물건을 가지고 도강 준비를 할 때 수상한 점은 없었나요?"

"수상한 점이라…… 아 길티 기거이 수상해."

"뭣이 수상해요?"

"내레 황 동무와 약속 장소로 갈 때 누군가 뒤따르는 사람이 있었시오."

"그래요? 그 사람이 누군지 알아요?"

"아니, 몰라요. 아마 보위원이 아니었나 싶어요. 길구 황 동무도 그날 미행자를 따돌렸다고 했시오."

"아하, 이미 냄새를 맡았던 모양이군."

장서쾌는 전화를 끊고 곰곰이 생각했다. 평양에서 두 사람의 동태를 감시하던 자들이 보위원이었다면 연길까지 황민수를 미행한 후 범행을 저질렀을 것이다. 그럴 경우 그들은 황민수와 박서치를 체포했을 것인데 하필 박서치를 죽일 이유가 없지 않을까? 여기서 추리가 막혔다. 고영동이 전화로 박서치의 다급한 소리를 들었을 때 반항한다든가 격투를 하는 낌새를 느끼지 못했다고 했다. 그렇다면 단순히 겁에 질려 전화를 하는 사람을 죽일 것까지는 없었을 것 아닌가? 왜 군이 그를 죽여야 했을까?

이런 의문을 가지고 고영동이 잘 아는 연길공안국 간부를 통해 입수하게 된 정보에서 몇 가지 심상치 않은 점들을 검토해 봤다. 첫째, 발자국 여러 개가 어지럽게 늘려 있어서 적어도 세 사람 이상의 범행인 것 같다고 추정했다. 둘째, 검시관에 의하면 박서치의 시신에는 총알이 관통하거나 스친 흔적은 없고, 물리력, 다시 말해 외부에서 가한 힘에 의해 목뼈가 심하게 부서져 있었다. 이런 경우는 손의 악력이 강한 괴한이 피살자의 목을 비틀어 죽였을 가능성이 컸다. 셋째, 호텔 프론트 데스크에 의하면 범인으로 보이는 괴한들은 사복 차림에 스포츠머리로 짧게 깎은 모습이었다는데 이것을 보아서는 그들이 공안은 아닌 것 같았다. 넷째, 매우 친근한 사람을 찾는 듯 507호 손님의 이름을 대며 올라갔다. 그들이 말한 이름은 박서치가 아니라 황민수였다.

이 네 가지와 강명호의 증언을 분석한 결과 장서쾌의 추리는 다음과 같았다. 보위원이 북한에서 '물건'을 가지고 온 황민수의 뒤를 쫓아 왔다. 그렇다면 여기서 눈여겨봐야 할 점은 호텔에 침입한 괴한들은 보위원이 아니었을 것이라는 사실이다. 그러니까 보위원들이 북한으로부터 '물건'을 운반한다는 정보를 입수, 북한에서부터 뒤를 밟은 후 국경연선에서 머리가 짧은 괴한 조직, 또는 그들의 연락책에게 황민수를 인계한 후 그들이 두만강을 건넌 후부터 황민수의 뒤를 쫓았을 것이다. 그리고 누군가로부터 황민수가 507호실에 들어갔다는 연락을 받고 침입해 범행을 저질렀을 것이다.

장서쾌는 전후 사정을 놓고 볼 때 북한 측과 조선족 및 중국 폭력조직의 연계 가능성을 추적해 볼 필요를 느꼈다. 다행히 황민수는 죽지 않고 납치해 갔으므로 어디엔가 살아 있을 것이다. 황민수의 행적을 추적할 수만 있으면 범인들을 찾아내기가 어렵지는 않을 것이다.

2

황민수는 어두컴컴한 지하실에서 몇 시간째 갇혀 있었다. 팔다리가 쇠사슬로 묶인 채 꼼짝할 수도 없었다. 온몸이 비틀려 몸을 가누어 보려 했지만 마음대로 움직여지지 않았다. 어떻게 하려고 이렇게 처박아 둔 채 한 놈도 들어와 보지 않는지 숨이 막힐 것 같았다. 피가 제대로 돌지 않아서 몸이 굳어가고 있었다. 팔다리를 움직일 수가 없자 안간힘만 썼다. 몇 번을 버둥거리다가 등과 얼굴에 땀만 흥건히 배였다. 맥이 풀려 정신을 가다듬지 못하고 몽롱한 상태로 빠져들었다. 이러다가 죽는 것이 아닌가, 겁먹으며 천천히 의식을 잃어가고 있었다. 시간이 얼마 지난 후 잠자리에서 들리는 듯 수군거리는 소리가 아련히 들려왔다. 이어 점점 발자국 소리가 가까워지면서 귀청에 뚜렷한 말귀의 울림이 왔다.

"이 동무, 정신이 나갔나?"

"네, 잠시 잠 재웠을 뿐입네다."

황민수는 그들의 말이 중국말인 것을 알았다. 가만히 눈을 감은 채 중국인들이 무슨 말을 하는지 엿들었다.

"그 고서는 아직 보지 못했는데 잘 인계했겠지?"

"염려 놓으세요. 일체 훼손하지 못하도록 문서고에 넣어두라고 했습네다. 국장님이 말씀하시면 언제든지 대령하도록 해 놓았습지요."

"잘 했어. 이 북조선 밀수꾼은 어캐 처리할 거야?"

"국장님, 이 동무를 족치면 남조선 끄나풀을 잡을 수 있지 않을까, 기대합니다만……"

"알았어. 흑사회 쪽에서 알아서 하라구."

"네, 말씀대로 하갔습네다."

"남조선 사나이가 직지를 밀반출해 가려고 했다는데 한 놈은 죽었지만 다른 한 놈은 행방을 모르지 않나?"

"네, 그래서 이놈을 살려두고 달아난 놈의 행방을 알아내려고 합네다."

"이번 건은 어디까지나 흑사회 조직이 한 것이지 우리와는 관련이 없는 거야. 그 점을 명심하도록 하라구."

"네, 알겠습니다. 저희들도 그냥 흑사회 조직이라고만 밝히고 진짜 조직은 노출하지 않도록 하고 있습네다."

"헌데 남조선 사나이가 직지를 입수하려고 거액을 준비했다던데……"

"네, 앞으로 그놈을 쫓으려 합네다. 그놈을 잡으면 그 돈은 저희들 몫으로 해줍쇼."

"알았어. 돈은 흑사회 쪽에서 가지고 그놈의 정체와 의도를 밝혀내서 보고하라고."

"네. 그렇게 하겠습네다, 동지. 헤헤."

그들은 황민수 앞에서 대화를 나눈 후 위층으로 올라갔다. 장학기에게서 황민수를 인수해 간 진청밍이 굽신거리며 국장이라고 부른 사나이를 건물 현관으로 배웅했다. 그가 돌아가고 난 뒤 진청밍은 3층 사무실 소파에 앉아서 약식 회의를 했다. 그 자리에 모인 사람들은 흑사회 폭력조직의 간부들로서 진청밍을 총사장이라고 불렀다. 그는 장학기에게서 과장이라고 불렸는데 여기서는 총사장이라고 불려 각각 다른 직명을 가지고 있는 것 같았다. 사실 진청밍은 중국 중앙통일전선공작부 길림성 지부 반탐과장인데 실질적인 직위는 흑사회 조직인 흑룡사 총사장이었다. 이른 바 낮에는 해외정보 담당 실무 책임자, 밤에는 흑사회 조직의 우두머리인 셈이었다. 그의 인상만 봐도 땅딸막하지만 다부진 체구에 가느다란 눈매가 교활하게 생겼다. 흑사회에서는 생존 수단으로서 공적인 위장 신분을 가지면서 밤의 세계를 지배하는 이중 신분을 가지는 것이 상례였다.

진청밍은 조금 전에 황민수의 처리를 놓고 내려진 중앙통일전선공작부 길림성지부 해외정탐국장의 지시사항을 이행하기 위해 간부회의를 소집했다. 잘 하면 남조선 사나이로부터 직지 매입 대금을 챙길 수 있는 기회가 주어졌다. 그들은 직지를 가로채 국장에게 넘기는 대신 직지 대금은 황민수를 이용해서 낚아챌 수 있으리라 기대했다.

"잘 하면 거액이 우리 손에 들어 올 건수가 생겼소. 내 얘기 잘 듣고 좋은 방안을 내놓으시오."

"무슨 건숩네까?"

"며칠 전에 북조선에서 고서를 밀반출하는 놈을 잡았소. 그 고서를 인수하려던 남조선 놈은 그 자리에서 처리하고, 고서를 가지고 온 북조선 밀수꾼은 여기 잡아다 놓았소. 헌데 그때 처리한 남조선 놈은 돈을 가지고 있지 않았소. 아마 그 자리에 나타나지 않은 또 다른 남조선 놈이 가지고 있을 거요. 그걸 우리가 챙기자는 거요."

"그러면 그 황민수란 자를 족쳐 보지요."

"그럼요. 황민수가 돈을 가진 놈과 만나게 되어 있었을 걸요. 그놈에게서 실토를 받아 내세요."

"밀거래 장본인이 있으니 상대를 찾는 건 문제가 없네요 흐흐흐."

"그게 그렇게 쉬운 일이 아니오."

"총사장님이 우리 중에 활동 책을 뽑은 후 그에게 부하들을 배속시켜서 황민수를 추달해 보도록 하시지요."

"그게 좋겠군."

총사장은 돈에만 관심이 있었지 국장이 지시한 남조선 사나이의 체포와 정체규명에 대해서는 별 관심이 없었다. 일단 돈부터 챙겨놓고 정체규명은 나중에 알아서 처리할 생각이었다. 그는 좌중에서 야수 같이 거친 사나이 장취회이를 행동 책으로 지명하여 황민수를 추달하도록 지시했다. 장취회 이라는 자는 장학기에게서 황민수를 인수해 간 자였다.

장서쾌는 혼자 남게 되어 을씨년스런 기분에 사로잡혀 있었다. 어찌 이런 일이 벌어졌는가. 믿으려야 믿을 수 없는 사태 앞에 무력감이 온몸에 배어 들었다. 그러나 처참한 심정을 무릅쓰고 일어나야 했다. 박서치마저 죽임을 당해서 장례를 치를 준비를 해야 했다. 청주로 송영란에게 전화를 했다.

"영란 씨, 잘 들어주소. 여기 연길에서 사건이 터졌어. 무엇보다 박 선생이 사고를 당해 돌아가셨어요."

"네, 선생님. 무슨 말씀이세요?"

"어제 대주호텔에서 괴한에게 당했어요. 빨리 가족에게 연락해주세요."

전화를 끊은 후 박서치의 시신을 안치한 연길병원으로 가서 장례문제를 의논했다. 가족에게 연락했으니 가족이 오도록 며칠 기다려 달라고 부탁하고 나왔다. 몇 시간 지난 후 가족에게서 전화가 왔다. 오늘 중으로 인천공항으로 가서 연길로 오겠다고 했다. 박서치의 아내와 부친이 연길에 도착해 장서쾌와 만났다. 그로부터 자초지종을 들은 부친은 슬픔을 참고 시신을 화장하여 유골을 청주로 옮기겠다고 했다. 그런데 가족 일행과 함께 온 사람이 있었다. 심양 총영사관 정보담당 영사 강형주라고 자기소개를 했다. 괴한에게 피살당했다는 소식을 들은 가족은 사태를 수습하기 위해 청주경찰서에 알렸고, 청주경찰서는 국경 지역인 연길에서 발생한 사건이라서 국정원 지부에 알렸다. 지부에서는 총영사관으로 연락하여 강형주 영사가 협조하기로 했다는 것이었다.

강 영사는 장서쾌를 따로 불러 사건의 전말을 소상하게 들었다. 그러면서 왜 자신과 미리 상의하지 않았느냐고 원망조로 말했다. 사실 장서쾌는 그에게 알려 협조를 구하려 했었다. 그러나 은행 돈을 인출하느라 뒤로 미루었던 것이다. 사과조로 그 이야기를 하려고 했으나 그만두었다.

"죄송합니다. 이제부터라도 협조를 잘 부탁합니다."

"기왕 그렇게 된 걸 어떡합니까. 일단 이번 사태에 대한 대비책을 강구해야지요."

강형주는 박서치의 장례문제는 유족에게 맡기고 살인범을 체포하는 문제에 대해 의견을 말했다. 한국 국민을 살해한 범인을 외국인 중국에서 일방적으로 수사하여 체포할 수는 없고 중국 공안 측과 공조 수사에 나서는 것이 급선무라고 했다. 현 시점에서 총영사관이 할 수 있는 일은 서울 외사과 경찰로 수사팀을 꾸려 공조수사에 나서도록 협조하는 것이었다. 다만 강 영사는 정보 담당이기 때문에 중국 내 범죄 조직의 동태를 파악하여 수사팀에 정보를 제공할 것이라고 했다.

장서쾌는 공식적인 절차에 따른 수사에 한계가 있음을 알았다. 이번 사태를 살인사건으로 보고 살인범 검거에만 신경을 쓰는 것 같아 불만이었다. 그로서는 사라진 황민수와 직지를 찾는 것이 더 급한 일이었다. 박서치 부인이 듣기에 미안한 이야기이기는 해도 살인범 검거보다 직지를 먼저 찾지 않으면 안 되었다. 그러기 위해서는 공식 기관의 수사에 기대기가 어렵다는 것을 깨달았다. 결국 독자적으로 직지를 찾아 나서지 않으면 안 되는 상황으로 몰리고 있었다. 낯선 외국에서, 그것도 옆에서 도와줄 사람이 아무도 없는 형편이어서 독자적 활동이 여간 어려운 일이 아닐 것이다. 혼자서 궁리를 대보려 하지만 만만치 않은 문제였다.

3

중앙통일전선공작부 길림성 지부 해외정보국 펑리싱 국장은 진청밍 과장으로부터 북조선 고서 밀반출 저지사건의 전말을 들은 후 고서 처리문제를 검토했다. 둥흐짱 길림성 당 정책실장은 그 고서가 동북공정 작업에 저해요소로 등장할 가능성이 있다고 전해왔다. 그는 수년 전 동북공정 관련 부서에서 일한 만큼 한국 문제를 동북공정 측면에서 보는 편견을 가지고 있었다. 구체적으로 어떻게 동북공정에 영향을 미치는지 몰라 둥 국장에게 문의했다. 그랬더니 뜻밖에 엄청난 정보를 알려주었다. 그 고서는 세계 역사

상 최초의 금속활자본으로서 구텐베르크의 성서보다 수십 년 앞선 희귀본
이라는 것이었다. 그런데 그보다 더 놀라운 사실은 그 고서의 가치가 적어
도 수백만 달러에 달한다는 것이 아닌가. 아무리 희귀본이라고 해도 조선의
낡아빠진 고서가 그렇게 비싼 것인 줄은 몰랐다. 세상에 무슨 헌책이 수백
만 달러나 한다니 도저히 믿을 수 없었다. 어쨌거나 그 고서를 한번 보기나
하려고 진청밍 과장에게 가져오라고 지시했다.

진 과장이 가져온 헌책은 중국의 고전과 같았다. 일반도서 판형인 국판
형처럼 길쭉한데다 제본은 끈으로 다섯 묶음이었고, 종이는 옛날 인찰지였
다. 제목을 보니 백운화상초록불조직지심체요절이라 했다. 이 또한 흔히 보
는 불경이나 논어 같은 고서의 제목이었다. 한눈으로 봐서 그렇게 고가품인
것 같지 않았다. 세계 최초의 금속활자본이라지만 활자 모양이나 크기, 내
용의 지면 구성을 봐도 무엇이 비싸게 평가할 수 있는 것인지, 몰랐다. 그가
모르는 것이 당연했다. 공작부서에서만 활동해 온 사람이 고서에 대한 지식
이 없을 뿐만 아니라 더군다나 희귀본의 역사적 문화적 가치에 대한 의식이
있을 리가 없었다.

"진 과장, 뭐 이런 게 수백만 달러라고……. 자네 믿겠나? 둥 실장이 골동
품 수집한다더니 정신이 나간 모양이야."

묵묵히 펑 국장의 비아냥거림을 듣고 있던 진청밍은 그의 손에 든 헌책
을 유심히 쳐다보았다. 펑 국장의 눈에는 직지를 제대로 평가할만한 안목이
없어서 그저 그런 고서로만 보인 것이다. 그의 눈은 까막눈이나 다름없었
다. 자꾸 들여다봐야 하품만 나오는 일이라서 진 과장에게 고서를 문서고
에 갖다 두라고 일렀다. 진청밍은 고서를 들고 가며 소중하게 어루만졌다.

'이게 큰 돈벌이가 된단 말인가.'

그는 흑룡사 총사장답게 돈과 관련된 것이나 관심이 있었지, 고서니 하는 따위는 안중에 없었다. 오로지 돈 이야기가 나오니까 직지에 대해 남다르게 애착을 느끼기 시작했다.

혼자 중얼거리며 고서를 문서고에 넣다 말고 고서의 이름을 되새겼다.

'이게 직지라 했지 직지…….'

후미링이 장서쾌의 얘기를 듣고 놀란 나머지 말을 못하고 있었다. 한참 수화기를 들고 있던 그는 그녀가 전화를 끊었나 싶어 다그쳐 물었다.

"여보세요, 여보세요. 후미링 씨 거기 있나요?"

조금 기다리자 저쪽에서 한숨 소리가 섞이며 겨우 응답하는 소리가 들렸다.

"네, 듣고 있어요. 말씀하세요."

듣기에 민망했다. 그녀가 크게 충격을 받은 것 같아 한껏 어조를 낮추어 말했다.

"저어기 놀라운 소식이라 충격이 커지요. 정말 무어라 말하기 어렵군요. 시간이 되면 여기서 만나 자초지종을 얘기했으면 해요."

"네, 그럴게요. 오늘 비행기로 가겠어요."

"시간을 알려주면 공항에 마중 나갈게요."

장서쾌는 후미링이 박서치의 피살 소식에 얼마나 충격을 받았을까, 측은한 생각에 마음이 무거웠다. 그녀가 연길에 도착할 때까지 내내 박서치를 죽인 패거리가 어떤 놈들인지, 추리하느라 여념이 없었다. 그녀에게 설명할 무슨 근거가 있어야 하는데 아직 이렇다 할 단서가 없어 답답했다. 공항에서 시내로 오는 동안 그녀는 어떻게 되었느냐고 묻고는 눈물이 글썽한 채 고개를 숙이고 있었다. 차내를 짓누르는 무거운 기운에 그도 입을 다물었다. 북경에서 유학생 신분으로 서로 만나 정답게 지낸 날들이 그들을 정서적으로 묶어 놓았을 것이다. 그러니까 하얼빈 역에서 만난 이후 그리도 살갑게 박서치에게 다가서던 것이 아닌가. 그녀의 박서치에 대한 그리움을 옆에서 느낄 수 있었다. 남녀 친구로서든, 혹은 연인으로서든 그들 사이에 흐르던 정감은 국경을 넘어선 것이었다. 그런데 느닷없이 한 상대방이 가버렸으니 얼마나 비통할까. 옆에서 도와주지 못할망정 살해되는 것을 막지 못했으니 할 말이 없었다.

장서쾌는 그녀를 데리고 사건 현장인 대주호텔로 갔다. 박서치의 마지막 체취가 남아 있는 곳에서 늦게나마 작별의 정을 나눌 수 있었으면 해서였다. 그녀는 현장을 둘러 본 후 박서치가 쓰러져 있던 곳에서 묵념을 했다. 고개를 숙인 그녀의 옆 모습을 보고 있던 장서쾌는 코끝이 시큰둥하여 시선을 창밖으로 돌렸다.

숙소로 돌아온 장서쾌는 후미링에게 자초지종을 설명한 후 몇 가지 의문점을 말했다. 의문점을 간추리면 괴한들이 머리를 짧게 깎은 무리로서 지하세계의 조직이 아닐까, 하는 점과 평양에서 온 밀수꾼은 살려서 데려갔는데 왜 박서치만을 살해했는가 하는 점이었다. 수사 초보단계에서나 들을 수 있는 막연하고도 개괄적인 이야기였다. 그러나 후미링은 이들 의문점에서 초점을 간파했다.

"지하세계의 조직이 개입되었다면 배후가 있을 거예요. 중국에서는 흑사회 조직들이 기관과 짜고 범법행위를 하는 경우가 비일비재해요."

그녀는 흑사회 범죄조직과 기관과의 결탁 사례를 여러 건 알려주었다. 지린성 왕위판(王遇帆)공안국장의 범죄조직 결성, 충칭시 사법국장 원창(文强) 흑사회 성질 범죄조직 비호사건, 선양 류퉁(劉通) 흑사회 성질 범죄조직의 관료 결탁 사건 등. 실로 중국 공공기관 간부들은 암흑가 조폭들의 후견인이나 다름없었다.

"흑사회라면 어떤 조직인가요?"

"흑사회는 특정 폭력조직을 말하는 것이 아니라 중국에서 암흑세계를 말해요."

"그러면 흑사회에서 어떤 조직이 개입되었는지 밝히기가 어렵겠군요."

"꼭 그렇지만은 않아요. 배후가 누구인가를 밝히면 그 배후가 선을 대고 있는 조직을 밝힐 수 있을 거예요."

장서쾌는 후미링의 날카로운 추리에 놀랐다. 그녀는 다음 의문점으로 넘어가서 나름대로 의견을 말했다.

"평양의 밀수꾼을 데려가면서 박 선생을 살해한 것은 두 사람에 대한 그들의 기대가 달라서 그랬을 거예요. 다시 말하면 그들에게 있어서 두 사람의 용도가 달랐던 거지요."

"용도가 달랐다? 바꾸어 말하면 그들에게 어떤 쓸모가 있었느냐는 얘기 같은데……."

"맞아요. 박 선생님은 당장에 쓸모가 없다는 것이 드러나니까 증거 인멸을 위해 그 자리에서 살해한 거고, 밀수꾼 황민수는 장차 어떤 쓸모를 보고 잡아 간 거예요."

"아하, 그렇군요. 미처 거기까진 생각지 못했군요."

"제가 보기에 박 선생님은 남조선 사람이니까 으레 돈을 가지고 직지를 사려고 왔을 것으로 생각했는데 의외로 돈을 가지고 있지 않은 것을 알고 살해한 것 같아요. 대신 황민수 씨는 고서를 가지고 있는데다 그가 실제 거래하려고 한 사람이 따로 있다는 판단에서 데려갔지 않았나, 생각해 볼 수 있어요."

이 대목에서 장서쾌는 뒤통수를 얻어맞은 기분이었다. 후미링의 추리대로라면 다음 타겟은 자신이라는 얘기였다.

"그럼 그들이 나를 찾겠군요."

"십중팔구 그럴 거예요. 앞으로 몸조심 하셔요."

4

흑룡사 조폭 장취회이는 흑사회에서 저승사자로 알려질 만큼 살인전문가였다. 거인처럼 큰 체구에 장비처럼 부리부리한 눈매에다가 짐승 같은 야성미를 풍겼다. 진청밍이 일부러 그를 선정하여 황민수의 추달을 맡긴 것은 죽을 때까지 족쳐서 거래 당사자를 밝혀내라는 뜻이 담겨 있었다. 아니 그보다 여의치 않으면 죽여도 좋다는 섬뜩한 저의를 담고 있었다. 장취회이는 그의 기대에 걸맞게 단단하기로 이름난 참나무 몽둥이를 준비했다. 달리 신문기술을 가진 것이 아니라 무지막지하게 온몸을 작살내서 그야말로 죽기 직전에 실토하도록 만드는 잔혹성뿐이었다. 단단한 참나무 몽둥이마저 혹시 부러질 것에 대비하여 두 개를 갖다 놓고 몸을 풀었다. 추달을 시작하기 전 예비운동이었다. 웃통을 벗어 던진 그는 기마자세로 서서 기합을 넣으며 주먹 쥔 팔을 좌우 번갈아서 앞으로 뻗고 발차기를 했다. 그 후 잠시 멈추고 숨 호흡을 한 후 별안간 고막이 찢어져라 고함을 지르더니 공중에 붕 떠올라 공주제비를 돌면서 내려왔다. 그 순간 그의 발이 의자에 묶여 있는 황민수의 안면을 내리찍었다. 으아! 소리와 함께 황민수의 코가 터지면서 얼굴에 피가 낭자해졌다. 장취회이는 만족한 듯 입을 헤벌리고 있었다. 그러더니 이제 막 생각난 듯 황민수를 의자에서 끌어내 칠성판 위에 엎었다.

"지금부터 본론으로 들어가는 거이야."

그는 손바닥에 침을 퇴 뱉고 몽둥이를 움켜잡았다. 불문곡직, 무조건 볼기를 내리쳤다. 뭣인가 물어 보는 것도 아니고 황민수가 반발한 것도 아닌데 몽둥이맛을 보인 것이다.

"이거이 맛배기야. 흐흐흐. 우째 맛이 괜찮아? 눈물이 찔끔 나야 제 맛이나지."

마치 시운전을 하듯 해놓고는 연달아 세 번을 내리쳤다. 금세 볼기짝이 피범벅으로 물들었다. 그제야 황민수는 고통으로 일그러졌다.

"아이구 아야 으흐흐. 말도 없이 뭣 땜에 쳐요?"

"뭣 땜에? 맛배기라 했잖아. 아직 맛을 모르는구먼 에라잇!"

말이 떨어지기가 무섭게 또 연달아 세 번을 내리쳤다. 몽둥이로 여섯 대를 맞은 황민수는 정신이 아찔해졌다. 무슨 말이든지 묻는 대로 말하고 싶었다. 그런데도 물어볼 말이 없는 것 같았다. 마구잡이로 사람을 장작 패듯 패는 재미에 미친 학대성 정신병자가 아닌가, 의심을 하는데 몽둥이가 또 날아들었다. 아이구! 이제 죽는구나. 이번에는 등이 부서지듯 아팠다. 볼기짝이 허물어져 하반신 마비가 오고 등까지 부서졌으니 산송장이 된 셈이었다. 정신줄을 놓고 쭉 뻗어버렸다. 찬물이 파도처럼 얼굴에 철썩 부딪치자 정신을 차렸다.

"우째 정신이 드나? 황 동무."

이제야 무엇을 물어 보려는가, 귀를 세웠다. 그러나 그는 피범벅이 된 얼굴을 내려다보고 있더니 그냥 나가버렸다. 잇달아 20대 아가씨 둘이 나타나더니 면봉으로 피를 씻어내고 약을 발랐다. 하나는 볼기 쪽에, 다른 하나는 등과 얼굴 쪽에 치료를 해주었다. 전문 간호사인 듯 손놀림이 부드러웠다. 아프기는 해도 아가씨의 부드러운 손길에 참을 만 했다. 그들이 나간 후 채 한 시간이 안 되어 음식을 날라 왔다. 이번에는 40대 여인이 나타나서 음식 수발을 들어주었다. 묶인 손으로 불편하기는 했지만 깨죽과 함께 곰탕국물을 먹도록 도와주는 여인의 손길은 원기를 북돋우는데 일조를 했다.

몽둥이에 시달린 데다가 영양가 있는 죽과 곰탕을 먹은 후라 졸음이 왔지만 깊이 잘 수는 없었다. 피부가 터져버린 등과 볼기 때문에 모로 누워 잠을 청했지만 온몸이 쑤셔대며 잠을 방해했다. 그러는 사이 황민수는 사정없이 패 재치는 불한당 같은 놈에게 언제 맞아죽을 지 두려움이 엄습했다. 비몽사몽간에 간밤을 새운 그는 아침이 되자 어제 그놈이 어떻게 나올지 걱정이 앞섰다.

장취회이는 그만큼 팼으면 말귀를 알아들었으리라 지레 짐작하고 고문실에 들어섰다. 그와 눈이 마주치자 황민수는 얼른 시선을 거두었다. 그러나 눈을 둘 데가 마땅치 않아 발끝을 보고 있었다. 장취회이는 아무 말도 하지

않고 황민수의 멱살을 잡아 끌어 칠성판에 갖다 엎었다. 어제 그 몽둥이를
들고 한발을 볼기짝에 얹은 채 야수 같은 고함을 냅다 질렀다.

"오늘이 죽는 날이야! 죽는 마당에 숨길 것 뭐 있어."

그러면서 몽둥이로 볼기를 쿵쿵 찍었다. 상처 난 곳에 통증이 왔다.

"아아! 왜 그래요?"

"어제 맛을 봤으니 오늘 또 맛을 볼 것 없이 묻는 대로 대답해."

겁에 질린 황민수는 단념한 듯 말했다.

"뭣이든 물어 보시오."

"오냐. 물건을 건네면 돈을 줄 놈은 어디로 갔나?"

"몰라요. 그 사람은 나타나지 않았소."

"기래서 모른다? 밤새 궁리한 것이 겨우 기거야?"

"아니요. 진짜요. 그날 대주호텔에서 남조선 선생을 나에게 소개한 조선
족 브로커가 알고 있소. 그 사람이 어머니가 아프다고 호텔을 나가 버려 돈
을 가지고 올 남조선 선생을 만나지 못한 거요."

"기래! 조선족 브로커를 족치문 되갔구나야."

"맞아요. 내가 나가면 고영동을 만날 수 있소."

황민수는 어떻게 하든지 이 지옥에서 빠져 나갈 방도를 찾으려 했다. 사실
그대로 얘기해서 고영동을 찾아 나서면 탈출 기회가 올 것이라고 믿었다.

"고영동이라고 했지. 그 사람 전화번호를 대라."

"고서화 전문 밀수꾼이라 전화번호를 수시로 바꾸는 바람에 번호 알아
봐야 소용없소."

"기거 정말이네? 거짓말이면 죽어!"

"오늘이 죽는 날이라문서. 어차피 죽는데 거짓말할 필요 있소. 번호 가르쳐 줄 테니 연락해 보시오."

장취회이는 황민수가 알려준 전화번호로 몇 번 연락했으나 허탕이었다. 없는 번호라고 안내 멘트가 나왔다. 그제야 황민수의 말이 믿을 만 하다고 생각했다. 진청밍 과장에게 추달 결과를 보고했다.

"기래 기럼 그 작자 데리고 고 멋인가 하는 작자를 찾아 가봐."

장취회이는 황민수의 상처가 심해 아물 때까지 며칠 안정을 취하도록 한 후 함께 고영동을 찾아 나섰다.

후미링과 헤어진 날 송영란으로부터 전화가 왔다. 박서치 장례 후 어떻게 지나는 지 궁금해서 연락했다고 했다.

"장 선생님 장례 후 별일 없으세요?"

"별일 없는데 거기는 어때요?"

"잘 지내요. 선생님 거기 위험하지 않아요."

"글세. 박서치 선생을 죽인 놈들이 다음 차례로 나를 노릴 것 같아."

"그럼 어떡해요. 총영사관에 신변보호를 요청해요."

"여긴 알아서 할 테니 걱정하지 말아요."

"요즘 별일이 좀 있어서 알려드릴까 해요."

"그래요? 무슨 얘긴데요?"

"지난 7월 6, 7일 이틀 동안 폼페이오 미국 국무장관이 평양을 방문했어요. 헌데 빈손 들고 왔다고 미국 내에서 야단들이래요."

"왜 그래요?"

"비핵화 얘기 끄집어냈다가 강도 같다는 욕만 먹고 돌아왔데요."

"아무리 그래도 그렇지 미북 정상회담한 지 한 달도 채 안 됐는데 그새 마음이 변했나?"

"또 있어요. 트럼프 대통령의 친서와 선물인 음악 시디를 가져갔는데 진작 받아야 할 본인은 만나지 못했다고 해요. 헌데 그 당시 김정은은 엉뚱하게 삼지연 감자 밭에 있었다네요."

"미국 대통령 친서를 가지고 갔는데 받을 생각은 하지 않고 감자밭 행차라…… 그것 참 스타일 구겼구만."

"하지만 본인 폼페이오 장관은 진전이 있었다면서 12일 유해송환 회담을 판문점에서 하기로 합의했다고 강조했다나요."

"비핵화 협상은 없이 다른 문제를 가지고 초점을 흐리게 하는 건 아닌가?"

"폼페이오 장관의 3차 평양 방문을 두고 미국 내에서는 비핵화에 대한 회의론이 고개를 들고 있데요."

"한 달만에 회의론이라 북한 비핵화 협상이 만만찮은 낌새인 것 같군."

"한미연합훈련을 중단한다, 어쩐다 하더니 김칫국부터 마신격이라고 할까요?"

"미국 측이 김칫국을 마시고 있나요?"

"12일 유해협상도 북한 측이 참석하지 않아 불발됐다나 봐요. 그러니 김칫국부터 마신다는 소릴 안 듣겠어요."

"허허 참, 트럼프라는 사람이 국내정치 땜에 실없이 되는 건가?"

"오죽했으면 김정은의 친서를 다 공개했겠어요. '합의 이행을 성실히 한다'

이런 뭐 공자 말씀 같은 선언문을 내놓고 있으니 다급했던 모양이에요."

둘이서 북한 비핵화 문제와 관련하여 일어나고 있는 미북 간 불협화음에 대해 이야기하고 있는 동안 남북 문화교류에 회의가 느껴졌다. 이른 바 문화협정을 통해 국가 정책 차원에서 직지 등 문화재 공동 발굴 작업을 기대하기란 김칫국 마시기보다 더 어려운 일이 될 지 알 수 없었다. 사실 한반도 정세라는 것이 해방 이후 70여 년이 지나는 동안 권력집단의 역학관계에 따라 변화무쌍한 과정을 거치는 바람에 문화적인 측면의 민족통합 문제는 염두도 내지 못했다. 일시적인 남북교류 시기 남북 문학인들의 교류가 있기는 했지만 시류에 따른 표면적 행사에 그쳤다. 상정예문이나 직지 같은 세계 인쇄사를 새로 써야 할 획기적인 자료의 발굴에 관심을 가진 흔적을 찾을 수 없는 것을 보면 알 수 있을 것이다. 민족사 차원에서는 그야말로 헛다리짚는 일들만 했다고 해도 과언이 아니었다. 어제 오늘 한반도 정세를 둘러싼 정국도 역시 문화발전에 이바지하는 것과는 거리가 멀다.

지금 중국 동북지방에서 한국의 한 고서 사냥꾼이 이렇듯 민족적 긍지를 살려 줄 고서를 두고 벌이고 있는 피끓는 추적이 현실에 걸맞지 않는 것처럼 보이는 것이 어쩌면 당연한 것일지도 모른다. 의기로 뭉친 동지를 잃어가며 고군분투해야 하는 고서 사냥꾼, 그는 달나라 사람인가, 싶은 것이다.

취원창 밀회

1

후미링은 삼촌을 만난 후 취원창에서 만나자고 연락을 해왔다. 중앙기률 검사위원회 부위원장인 삼촌 후쩌룽이 알려준 정보가 있다고 장서쾌에게 귀띔을 했다. 어디 도움 받을 데가 없던 그는 그녀가 구세주 같았다. 고영동과 함께 도문-가목사를 거쳐 하얼빈으로 달려갔다. 하얼빈 역에서 만났으면 했으나 장서쾌의 뒤를 쫓는 패거리가 있을지 몰라 현장에서 직접 만나자고 했다. 그러면서 하얼빈 역에서 취원창으로 오는 버스 터미널까지 오는 동안 각별히 뒤를 조심하라고 일러주었다. 이제부터는 일거수일투족에 신경을 써야 했다. 모르기는 해도 후미링을 만난 후부터 본격적인 추적활동을 벌이게 되면 매우 위험한 상황에 놓일 수 있기 때문이었다. 동행한 고영동에게도 수상한 자가 미행을 하는지, 뒤를 잘 보라고 당부했다. 그는 역을 떠날 때와 취원창 행 버스를 탈 때 고영동과 따로 떨어져 일행이 아닌 것처럼 행동했다. 버스가 떠날 때는 차창 밖으로 시선을 던지며 주변을 관찰했다. 장사꾼 몇 명과 배차원, 운전기사들 몇 명이 보일 뿐 수상한 사람은 보이지 않았다.

장서쾌는 취원창에 도착하자 감회가 새로웠다. 몇 달 전 박서치와 함께 북만주 독립기지였던 이곳에서 직지의 행방을 찾던 때가 생각났다. 새삼 박서치의 모습이 떠올랐다.

'아하, 박 선생……'

잠시 그를 잃어버린 사실에 회한을 느꼈다. 그는 주먹을 불끈 쥐고 버스에서 내려섰다. 그때 환한 미소를 띤 후미링의 모습이 시야에 들어왔다. 반가워 절로 환호가 터져 나왔다.

"아! 후미링 씨……"

채 말을 잇지 못한 채 잰걸음으로 다가갔다. 그녀도 연인을 만나러 온 여인 마냥 활짝 웃으며 마주 걸어왔다. 순간 장서쾌의 마음 한 구석에서 어떤 잔잔한 물결 같은 동요를 느꼈다. 금방 손을 내밀 것 같은 자세로 인사를 했다.

"장 선생님. 여기서 뵈니 더욱 반가워요."

"네, 그동안 잘 있었어요."

미리 얘기를 해두기는 했지만 서로 초면이라 고영동을 그녀에게 소개했다.

"여기 고영동 씨예요."

"네 반가워요. 전 후미링이라고 해요."

"고영동입네다. 잘 부탁합네다."

서로 인사를 나눈 후 후미링이 준비해 놓은 식사 자리로 갔다. 조그만 마을이라 식당이라고 해봐야 변변하지 못해 소개 받은 안가에 부탁하여 상을 차려놓았다. 후미링은 이 자리에서 삼촌에 대한 이야기를 간단히 했다. 삼촌이 중앙기률심사위원회 부위원장을 맡아서 중앙통일전선공작부 같은 권력

기관에 대한 검열을 하는 과정에서 흑사회 조직과의 결탁 같은 부패분자를 색출해낸다고 했다. 혹시나 해서 길림성 쪽 기관에 대한 동태를 알아 봐 달라고 부탁했다. 그랬더니 흑룡사라는 조폭단체가 중앙통일전선공작부 길림성 지부 내 조직과 수상한 관계를 가진 혐의가 있다고 알려왔다는 것이었다. 삼촌은 도움이 필요하면 만나보라고 길림성지부 림먼쿵 부지부장을 소개해주더라고 했다. 림 부지부장에게 연락했더니 취원창에 있는 안가를 연락처로 사용하라고 주선해주었다. 앞으로 림 부지부장을 통해 흑룡사와 검은 거래를 하는 자가 누구인지 밝힐 수 있을 것이라고 기대 섞인 말을 했다.

식사 후 장서쾌는 흑룡사의 동태를 주시하며 범인을 추적하기 위한 방법을 의논했다.

"우선 부지부장의 연락을 기다려 보되 우리가 해야 할 일을 검토해봅시다."

"전 흑룡사와 결탁한 길림성 지부 내 인사가 밝혀지면 먼저 그 사람을 밀착 감시하는 것이 중요하다고 봐요."

"그러니까 배후 인물이 밝혀지면 흑룡사와의 결탁문제도 밝힐 수 있다, 그 말이군."

"그런데 흑룡사라는 조직이 박서치를 죽이고 황민수와 함께 직지를 탈취해 간 사건에 개입했는지, 살펴봐야 되겠지요."

"일단 공작부 지부 인사와 결탁 여부를 밝힐 수 있으면 그 후 밀착 감시를 해서 관련 여부를 캐보는 것이 순서일 것 같아요."

"알았어요. 좀 기다려 봅시다."

황민수는 길림에서 연길로 기차로 오면서 오로지 탈출 기회만을 노렸다. 연길에 가기만 하면 자신이 살던 곳인데다 장취회이는 잘 모르는 곳이라서 유리했다. 연길에서 어디로 가든 장취회이를 속이는 것은 문제가 없었다. 문제는 어디서 어떻게 감쪽같이 그를 속이고 자취를 감추느냐는 것이었다. 또 한 가지 그 후 거취도 미리 생각해 두는 것이 좋을 듯 했다. 어떻게 할까, 이런 저런 생각을 하고 있던 중 돈을 가지고 오기로 되어있던 장서쾌라는 남조선 사나이의 정체가 궁금해졌다. 지하실에서 진청밍과 장취회이가 관심을 가지던 그 사나이가 돈을 가지고 있을 것이 틀림없었다. 만약에 그 사나이와 선이 닿는다면 직지의 행방을 알려주는 대가로 그 돈을 차지할 수 있지 않을까, 은근히 기대감이 생겼다. 탈출의 명분이 보다 뚜렷하게 다가왔다.

황민수는 연길 시내로 와서 일단 사건 현장인 대주호텔로 장취회이를 안내해 갔다. 거기서 호텔 객실을 오르락 거리며 시간을 보냈다. 남조선 구매자가 돈을 가지고 이 호텔로 오기로 했으니 여기서부터 그의 행적을 더듬어 봐야 한다는 구실을 댔다. 완력만 셌지 머리가 잘 돌아가지 않는 장취회이는 추리와는 담을 쌓은 처지였다. 머리를 굴리기가 싫은 그는 황민수를 따라 다니다가 짜증이 났다.

"니보라우 간나새끼, 남조선 아새끼를 어캐 찾나?"

"좀 기다려 보시라요. 내레 다 생각이 있지 않간."

"알아서. 고거이 뭐냐 그날 나가버린 조선족 아새끼를 찾는다고 했잖아서?"

"남조선 아새끼를 데려온다던 조선족 아새끼 전화번호는 연락이 안 된다고 했잖소. 기니까니 내레 다른 브로커에게 연락해 보갔시오."

그래놓고 황민수는 또 시간을 끌었다. 장취회이가 짜증이 날 무렵 그는 연길시장 쪽으로 방향을 틀었다.

"아는 브로커가 연길시장에서 만나자고 하네요."

"고럼 날래 가기오."

아직도 부실한 다리로 대주호텔에서 연길시장까지 가기는 무리였다. 황민수는 다리를 절룩거리며 버스를 탔다. 연길 역전 길을 북진해서 천지로와 만나는 곳에서 오른쪽으로 돌아 천지로를 타고 가다가 왼쪽으로 돌아 화남가로 들어섰다. 연길대교를 건너 북쪽으로 가는 도중 왼쪽에 연변일보 건물이 보였다. 차라리 신문사에 가서 사건의 전말을 알리고 신변보호를 요청할까, 망설였다. 그러나 직지 밀수를 기도한 입장에서 떳떳하지 못한 것을 깨달았다. 그러는 사이 연길공안국 건물을 지나쳐갔다. 황민수는 공안국에 자수하여 그들의 마수에서 벗어날까, 망설였다. 그러나 같은 중국 기관끼리 자신을 보호해 줄지 의문이었다. 밀수꾼의 처지가 문제였다. 그는 지나가는 길목마다 탈출 장소를 가늠해 보다가 어느 듯 연길 서시장에 내렸다. 이 시장은 마치 서울 남대문시장 같았다. 조선족들이 옹기종기 모여 한국말을 하고 있었다. 할머니들이 노점을 하느라 발 디딜 틈이 없었다. 이런 장애물이 많을수록 탈출에는 적합한 곳이었다. 여기서 승부를 걸어 볼 작정이었다.

기다리던 브로커를 만나 고영동의 행방을 물었으나 별무 소득이었다. 딱히 고영동에 관한 정보를 얻으리라 기대한 것이 아니었다. 장취회이를 물 먹이기 위한 수작일 뿐이었다.

"고영동이 어디로 갔는지 모르겠다네요. 그가 자주 가던 데로 가봅시다레."

"머이, 이러다가 날새겠구나야."

"숨은 놈을 찾으려문 어카갔소."

황민수는 그를 끌고 시장 한 복판으로 들어섰다. 좌판들이 빽빽하게 들어서서 발 디디기가 어려웠다. 이쯤에서 달리기 시합을 한판 벌여 볼만 했다. 하지만 권총을 소지하고 있을 것 같아 모험을 그만 두었다. 일부러 진을 빼느라 좌판들을 피해가며 돌아다녔다. 그러는 동안 이따금 사무실 건물로 올라갔다가 내려오곤 했다. 고영동이 자주 가는 건물이라고 핑계를 댔다. 같은 동작을 반복하다 보면 감시자의 경계심이 느슨해지는 법이다. 예상했던 대로 장취회이는 으레 건물로 들락거리거니 해서 방심했다. 황민수가 건물로 올라갔다가 내려 왔을 때 그가 주변 좌판을 구경하며 할머니들과 농담을 즐기는 것 같은 모습을 보았다. 다음 차례에 가서 마음먹은 바를 실행하기로 했다.

시장 가운데를 지나 먹자골목에 왔을 때 3층 건물 앞에 서서 그에게 말했다.

"동무 여기 올라가서 고영동이 언제 왔던가 물어 보고 오갔시오. 그 다음에 단고기집에 가서 소주 한 잔 합세다. 남조선 소주가 순하고 맛이 좋아요."

"남조선 소주 말이네. 띵하오 띵하오."

그놈도 남조선 소주라니 입이 헤 벌어졌다. 옆에 있는 좌판에 고개를 처박는 것을 본 황민수는 얼른 3층으로 올라갔다. 3층 창가에서 내려다보았다. 장취회이는 지금까지 하던 대로 할머니와 농담 따먹기를 하는 모양이었다. 그는 싱긋 웃고는 건물 뒤 계단을 부리나케 내려갔다.

후미링은 림먼쿵 부지부장으로부터 중요한 정보를 들었다. 중앙통일전선 공작부 해외정보국 길림성 지부 반탐과장 진청밍이 얼마 전 연길에 다녀왔다는 보고가 접수되었다는 것이었다. 그가 무슨 용건으로 가서 누구와 만났는지 추가 정보가 필요했다. 림 부지부장에게 추가 정보와 진청밍의 사진을 요구하고 진 과장의 동태는 장서쾌가 감시하기로 했다. 고영동은 어느 정도 신원이 드러난 상태라 장서쾌가 나서야 했다. 그는 후미링으로부터 진청밍의 사진을 받는 대로 취원창을 떠나 길림으로 갔다. 반탐과는 시내 중심가를 벗어나 송화강 변에 자리 잡고 있었다. 주변에 서성대며 출입자를 감시하기가 어려운 환경이었다. 장서쾌는 낚시꾼 차림으로 2층 건물을 지나치며 감시할만한 장소를 물색했다. 그곳으로부터 50미터쯤 되는 곳에 조그마한 농가가 있었다. 마침 농가에는 사람이 살지 않았다. 잡풀이 우거진 마당으로 들어가서 잠복했다. 준비해 간 망원경으로 출입문을 지켰다. 잠복하고 이틀이 지난 날 아침 두 사람이 밖으로 나오는 것이 보였다. 한 사람은 중국 인민복 차림에 혈색이 좋아 보였다. 나머지 한 사람은 웬일인지 혈색이 좋지 않으면서 어딘지 불편한 모습이었다. 옷차림도 일반인들이 입는 남방셔츠에 캐주얼 바지였다. 평복 사나이는 차에 오르기 전 잠깐 다리를 저는 모습이 눈에 띄었다. 반탐과에 드나드는 사람들인 것 같았다. 그러나 이들은 장취회이와 황민수였다. 장취회이가 황민수를 데리고 고영동을 찾기 위해 연길로 가려고 나서는 중이었다.

장서쾌는 며칠 감시해도 진청밍 같은 사람이 보이지 않자 방향을 바꾸기로 했다. 자기가 고영동과 함께 황민수를 찾아 나서야겠다고 생각했다. 고영동이 황민수의 얼굴을 알 뿐만 아니라 밀수꾼으로서 통하는 데가 있을 것이었다.

그는 취원창에서 후미링과 고영동을 만나 자신의 계획을 얘기했다.

"진청밍이 확실하게 박서치 살해와 황민수 납치, 그리고 직지 강탈 혐의가 있는지 모르지 않소. 그런데 무작정 그 사람 동태를 감시하기보다 황민수의 행방을 찾아 나서는 것이 더 범인에게 가까이 다가갈 수 있을 것 같아요."

후미링이 고개를 갸웃하며 물었다.

"그럼 진청밍이 만에 하나 용의자가 될 가능성에 대해서는 어떻게 하겠어요?"

그녀의 말에 그는 역할 분담을 할 것을 제의했다.

"그렇군, 그 부분은 후미링 씨가 맡아 주세요. 림 부지부장께 후속 정보를 요청해서 추적을 계속하도록 하세요."

"네. 그럴게요. 여기는 제게 맡기고 연길 쪽 추적을 맡으세요."

장취회이는 떡 파는 할머니와 농담을 나누다가 할머니가 권하는 팥떡을 먹어보고 구미가 동했다. 황민수와 시장판을 돌아다닌 바람에 시장기가 없지 않았다. 팥떡, 쑥떡, 찹쌀떡, 돌아가며 맛을 보고 있다가 퍼뜩 황민수 생각이 났다. 혼자서 맛있는 떡을 먹는 것이 미안했다. 그가 내려오면 떡 맛을 보여주고 싶었다. 이렇게 맛 좋은 떡을 먹을 수 있다니 기분이 좋았다. 얼른 그가 내려와서 합석했으면 하고 기다렸다. 그런데 아직 내려오지 않고 있었다. 이제 생각해 보니 내려올 시간이 지난 것이 아닌가. 후닥닥 일어나서 건물 계단으로 뛰어 올랐다. 2층, 3층으로 가봤으나 그는 보이지 않았다. 옥상으로 올라갔다. 내려다보니 사방에 좌판들이 늘어서 있고, 오가는 손님들뿐, 황민수의 모습은 어디에도 없었다. '아뿔사! 간나새끼 도망간 거이야?'

장취회이는 진청밍 과장에게 보고 후 호되게 질책을 당했다.

"이 간나, 정신은 어디메 빼놓고 지랄이야! 돈 가진 남조선 간나 찾는다는 거이 잡은 간나도 놓치구 머이야!"

진청밍은 어이가 없어 멍 하니 서 있었다. '이를 어쩐다냐?' 어처구니없는 짓을 당한 터라 엄두가 나지 않아 국장 동지께 보고조차 하지 못했다. 어떻게든 문책을 면해야 할 판이었다. 적당하게 둘러 댈 핑계를 꾸며냈다. 그는 펑리싱 국장에게 이렇게 보고했다.

"국장 동지, 참 어처구니 없습네다. 행동대장이 황민수를 데리고 연길로 간 건 사실입네다. 고영동이라고 헌책을 사려고 돈을 가지고 오기로 되어 있던 남조선 동무를 아는 조선족을 찾아 나섰습네다. 헌데 이놈이 갑자기 뒤가 급해 황민수를 길바닥에 세워 둔 채 뒷간에 갔다가 그놈을 놓쳤다고 보고해 왔잖습네까."

"기래, 어떻게 처리했나?"

"행동대장 쌍판대기가 보기 싫어 꺼지라고 했습죠. 기랬더니 그 자리에서 잘못을 책임지고 죽갔다고 칼을 제 목에 대고 지랄 떨지 않습네까."

"책임감이 강한 동무구만 기래…… 크흐흐."

"네 기 놈 책임감 하나는 죽여줍네다. 기래서 죽으라고 했시오."

"기래, 책임지고 죽었나?"

"안 죽었습네다. 헤헤헤."

"기럼 어캤어?"

"황민수 없어도 국장님이 찾으신 헌책만 있으문 되잖을까 싶어 책임감 강한 부하를 살려두기로 했시오."

"기렇게 책임감 강한 놈이 북조선 놈 하나를 놓쳤단 말이야 고얀 놈들……."

국장과 과장 둘이서 중요한 목격자를 놓친 것을 두고 뜬금없이 책임감 타령을 하고 있었다.

얼렁뚱땅 책임을 면한 진청밍 과장은 그래도 남조선 동무가 가지고 오기로 한 돈욕심을 버릴 수 없었다. 달아난 황민수를 뒤쫓는 것보다 평양에 있는 강명호를 족치면 단서가 나오리라고 믿었다. 장학기 반장에게 강명호를 체포하도록 요청했다.

장취회이를 어렵지 않게 따돌린 황민수는 고영동과 만나던 사무실로 찾아갔다. 고영동의 근황을 물었으나 최근에 소식이 없다고 했다. 혹시 전화번호가 바뀌었는지 확인해 봤다. 번호가 바뀌었다는 얘기를 못 들었다고 했다. 그는 알겠다며 사무실을 나온 뒤 바로 전화를 했다. 신호가 가고 조금 지나 저쪽에서 응답이 왔다.

"여보세요?"

"아, 고 동무. 내레 황민수요."

"머이? 황민수 동무? 그기 어디메요?"

"연길이오, 연길."

"기래요? 내레 오늘 연길에 도착했시오."

고영동은 뜻밖에 자기들이 찾으려고 연길에 온 그 장본인이 전화를 해 놀랐다. 송화기를 손으로 막고 장서쾌에게 사실을 알렸다.

"장 선생 우리가 찾아온 황민수 전화가 왔시오."

"뭐요? 황민수가? 그럼 안심시켜 만나자고 하시오."

고영동이 그에게 만날 장소를 얘기해 주고 말했다. 날이 더운지라 인민로에서 연길시 취업국 못 가서 도로변에 있는 매화단고기식당에서 만나기로 했다고 알려주었다. '납치되었던 황민수가 어떻게 나왔을까?' 장서쾌와 고영동은 같은 의문을 품고 약속한 매화식당으로 향했다.

황민수는 마침 고영동과 연락이 되기는 했어도 이들을 만나면 어떻게 이야기를 풀어나갈까, 하는 생각에 마음이 무거웠다. 평양에서 강명호와 굳은 약속을 해놓고 연길에 와서는 장서쾌를 만나지 못한 사이 일이 엉뚱하게 전개되는 바람에 약속을 지키지 못했다. 자신도 중국 기관원에게 납치되어 곤욕을 치르고 겨우 탈출했다. 일이 이렇게 된 데에는 당초 강명호와의 약속과 달리 처신을 한 자신에게 책임이 있지 않을까? 그는 이제 와서 새삼스레 자책감이 드는 것을 어쩔 수 없었다.

사건 당일 현장을 되돌아보았다. 대주호텔에서 고영동을 만나 남조선 선생을 소개 받았다. 그의 이름이 박서치라고 했다. 그에게 고서를 건네주면 돈을 받을 줄 알았는데 사정이 달라졌다. 장서쾌라는 사람이 심양에서 돈을 가지고 오기로 했다는 것이었다. 출발하기 전 고영동과 통화할 때 거래 상대방이 누구인지 자세하게 물어 보지 않은 것이 불찰이었다. 거기다가 현장에서도 차질이 생겼다. 고영동이 곧 자리를 뜨지 않더라면 장서쾌의 인적 사항이라든가, 도착 시간을 물어 봤을 텐데 그럴 시간이 없었다. 설령 그렇다 하더라도 고영동이 어머니 간호를 마치고 돌아오도록 기다렸어도 별 문제가 없었을 것이다. 그런데 그를 기다릴 여유도 없이 장학기 일당이 쳐 들어와서 사단을 벌인 것이 결정적인 문제였다.

이제 따지고 보면 이쪽에도 우연한 문제가 있었지만 정탐반장 장학기 쪽에도 문제가 있었던 것 같았다. 그는 왜 자기 한테 전후사정을 물어보지 않은 채 박서치를 죽여버렸는가? 또 중국 패거리를 왜 데려 왔는가? 그 바람에 자칫 잘못 했으면 중국 불한당에게 죽을 뻔 했지 않은가. 자신과의 약속이 달라진 배경이 궁금했다.

장서쾌는 일부러 30분 전에 매화식당에 와서 고영동과 대주호텔 사건 당일 일을 두고 의견을 교환했다.

"고 선생 얘기대로 박서치를 황민수에게 소개시킨 후 어머니 병 때문에 급히 나갔을 때 두 사람에게는 아무 일이 일어나지 않았어요. 헌데 집에 막 도착할 무렵 박서치의 급한 전화를 받고 무슨 사단이 벌어진 줄 알았다고 했지요. 그러니까 불과 몇 십 분 사이에 괴한들이 들이 닥쳐 일을 벌인게지요. 그런데 이상한 점이 있어요. 당시 박서치와 황민수는 직지를 거래할 수 없는 상황이었어요. 돈을 내가 가지고 도착하기 전이었으니까요. 이런 판에 괴한들이 무작정 박서치를 죽이고 황민수를 납치해 간 것이 논리상 맞지 않아요."

"나도 그 점이 납득이 가지 않시오."

"그들이 평양에서 미행해 왔다면 적어도 거래 당사자가 누구인지 알고 왔거나, 모르고 왔으면 현장에서 누가 거래 당사자인지 물어 봤어야 논리가 맞지 않겠소."

"두 사람에게 물어보고 일을 저지르지 않았을까요?"

"물어 봤다면 내가 거래 당사자라고 했겠지요. 내가 얼마 후에 심양에서 올 것이라고 했을 텐데 박서치는 왜 죽였으며, 황민수는 왜 납치해 갔을까? 이 의문을 풀어야 하는데……."

"그러니까 장 선생의 존재를 모른 채 일을 저지른 거군요."

"바로 그거요."

장서쾌는 이 대목에서 황민수의 거취에 의문을 갖게 되었으나 고영동에게는 말하지 않았다. 혹시 황민수가 어떤 이유로 평양 보위부 측과 내통하여 거래 정보를 주었으나 거래 당사자의 인적 사항에 관해서는 이야기를 하지 않았을 수도 있지 않을까. 그래서 미행한 보위원이 거래현장을 덮쳐 박서치를 당사자로 알고 돈을 뺏으려다가 그가 당사자가 아니란 것을 알고 죽인 것이 아닌가. 그리고 돈 가진 자를 찾기 위해 황민수를 납치해 간 것은 아닌가. 그런데 여기서 걸리는 문제가 있었다. 호텔 프론트의 목격담에 의하면 짧은 머리의 괴한들이 보위원이 아닌 흑사회 조폭일 가능성은 어떻게 설명할 수 있단 말인가.

장서쾌가 이런 추리에 정신을 팔고 있을 즈음 사나이 하나가 식당 입구에 들어서며 '고 동무' 하고 불렀다. 그가 가까이 올 때 다리를 약간 절고 있었다. 만나기로 약속했던 황민수였다. 고영동이 그를 반갑게 맞이했다.

"아이구, 황 동무. 어서 오시구레."

둘이서 백년지기마냥 손을 맞잡고 반겼다. 장서쾌는 밀수꾼들끼리 이러는 모습을 보고 심기가 불편했다. 세기적인 문화재를 잃어버리고 찾지 못하는 마당에 거래를 중계하던 브로커들이 무엇이 좋아서 시시덕거리는지, 옆에서 보기에 불편했다. 그는 그럴수록 황민수의 행적에서 어떤 단서라도 찾아야겠다고 다짐했다.

"황 선생. 어디로 갔다가 이렇게 나타난 거요?"

"그 뱃놈들이 납치하는 바람에 죽을 뻔 했시오."

장서쾌는 황민수로부터 자초지종을 듣고 자신이 범인들의 표적이 되었는지 확인했다.

"그놈들이 황 선생을 납치한 것은 나를 찾기 위해서였소?"

"잘 모르지만 그럴 거라 생각했시오."

"그럼 그놈들이 현장을 덮친 것은 직지가 목적이 아니라 돈이 목적이었다, 그 말이오?"

"네."

"그러면 황 선생을 내세워 나를 만나면 될 건데 직지는 왜 가져갔지?"

"기렇잖아도 나를 데리고 장 선생을 찾으러 왔었시오."

"나를 만나려면 직지를 갖고 와야 될 것 아니오? 직지는 가져오지 않고 나만 만난다면 돈을 받을 수 없는데……."

"어캐 할려구 했는지 모르갔시오."

황민수는 어물쩍 넘어가려는 태도를 보이고 있었다. 그놈들에게 납치되었다가 자신을 찾아 나설 때 그놈들의 수작을 들었을 텐데 모른다고 했다. 장서쾌는 당초 그들의 목적은 아마 직지 탈취가 아니었을까, 하는 느낌이 왔다. 박서치를 죽인 것도 돈을 갖고 있지 않아서가 아니라 직지를 갖고 있지 않아서 저지른 것일 수 있었다. 그러나 여전히 의문은 남았다. 직지 탈취가 목적이었다면 당연히 자신을 기다렸어야 했다. 그런데 사리에 맞지 않은 범행을 저질렀다. 왜 그랬을까? 범행목적이 돈이냐, 직지냐, 이에 따라 범행 동기의 추리가 두 갈래로 갈릴 것이다. 돈을 목적으로 하는 추리의 끝은 단순 금전욕에 이를 것이고, 직지를 목적으로 하는 추리의 끝은 사적인 동기를 넘어 어떤 공적인 동기에 이를 것이다.

중간 브로커인 황민수는 어느 경우에도 직접적인 범행 목표가 될 수 없다. 범행에 방해가 되지 않으면 죽일 필요도 없고, 납치할 필요도 없다. 그런데도 그를 납치했다는 것은 돈을 목적으로 대주호텔에서 만난 사람들을 기습했다가 돈을 발견하지 못하자 증거 인멸을 위해 박서치를 죽이는 한편 황민수는 자신을 찾아내 돈을 뺏는데 미끼로 쓰려고 납치한 것으로 볼 수 있을 것이다. 그런데 직지는 가져오지 않았다고 하는 것이 아닌가. 그러면 황민수를 내세워 자신마저 납치하려 한 것일까? 황민수는 이 점에 대해 모르겠다고 한다. 정말 몰랐다면 바보이고, 낌새를 알고서도 모른다고 하면 이중성이 의심된다. 그에게 중국 납치범의 정체에 대해 물어봤다.

"황 선생을 납치한 작자들이 누구였소?"

"나를 길림으로 데려 간 자는 진청밍 과장이라고 불렸고, 연길로 데리고 온 자는 장취회이라고 들었습네다."

"뭐요? 진청밍이라고……?"

"네. 그렇게 불렀습니다."

순간 장서쾌는 섬광이 번쩍인 것 같았다.

'그러면 진청밍이 연길에 갔다 왔다는 정보가 사실이었구나. 반탐과장이

라는 자가 범행에 가담했다?'

사건의 배후에 중국의 공식 기관이 간여한 증거가 될 수 있었다. 참으로 놀라운 일이었다. 공식 기관이 간여한 내막을 알기 위해 다그쳐 물었다.

"두 사람이 같은 조직에 있는 사람이오?"

"기런 것 같아요."

"조직 이름은?"

"모르갔시오. 지네들 끼리 흑룡사 뭐라고 하던 것 같은데……."

"뭐 흑룡사라고…… 그건 중국 흑사회 조직이 아니요?"

"모르갔시오."

'그럼 진청밍 과장이라고 한 자가 흑룡사란 정체불명의 조직과 관련이 있단 말인가?'

납치범들의 정체를 아직 확인하기 어려웠다. 다만 림 부지부장이 알려준 흑룡사와 관련이 있는 인물인 것 같았다. 갑자기 의구심이 솟았다. 즉시 진청밍이란 자의 신원을 알아보도록 후미링에게 연락을 취할 작정이었다. 이곳 동태도 주시해야 했다. 그는 두 사람에게 주의를 당부했다.

"그놈들이 연길 공안을 풀어 수색에 나설 거요. 황 선생은 몸조심하고 고 선생도 주변에 신경 쓰는 게 좋겠소."

황민수를 놓친 장취회이란 자가 자신을 가만 둘리 없었다. 장서쾌는 잠시 잠수를 타야겠다고 생각했다. 후미링에게 알려 줄 일이 있다며 취원창에서 만나자고 연락했다.

3

진청밍은 장학기에게 강명호의 체포 이유를 밝혔다.

"장 반장, 남조선 구매자의 행방을 좇던 북조선 밀수꾼이 행방을 감추었소. 당초 그놈을 고용한 강명호를 족치면 그놈의 연락처라도 알 수 있을 거 아니갔소."

장학기는 협조 조건으로 이미 돈 봉투를 챙긴 터라 반응이 시큰둥했다.

"내레 현장에 안내한 것으로 임무가 끝나지 않았간."

"공화국끼리 호상 협조하는 작전인데 기렇게 배짱을 내밀지 말라우."

'흥. 누구 보고 반말이야.' 아니꼬운 생각이 든 장 반장은 한 마디 튕겼다.

"기거이 무슨 공화국 간 작전입네까? 다 돈 벌자고 해놓구 서리."

이쯤에서 장학기는 진청밍이 간절히 협조를 요청하던 때와 그 후 작태에 심한 반감을 느꼈다.

장학기 해외정탐 반장은 강명호가 고서화 밀수꾼을 통해 값진 고서를 밀매하려 한다는 첩보를 입수하고 중국 길림성 반탐과장 진청밍에게 협조를 구했다. 장 반장은 정탐요원을 풀어 밀수꾼들의 동태를 감시하고 있었는데 고서화 밀수꾼인 황민수의 수상한 행적을 발견했던 것이다. 그는 별 관계가 없어 보이는 강명호를 자주 만나는 것이 목격되었다. 두 사람에게 각각 미행을 붙였다. 미행 요원이 이리저리 따돌림을 당하자 확실한 정보를 입수하기 위해 황민수를 납치해서 강제 수사를 했다. 처음에는 강명호를 만난 적이 없다고 부인하던 그는 장 반장의 회유에 넘어가서 협조하기로 했다. 고서 밀수 과정을 알려주면 황민수의 밀수는 없던 것으로 하겠다고 약속했다. 대신 장 반장은 중국 쪽에서 일어날 문제를 고려하여 진청밍 과장에게 협조를 구했다. 중국 쪽에서 남조선 구매자와 만나는 장소를 덮쳐야 하므로 양해를 해달라고 했다. 대신 협조비를 두둑하게 주겠다고 제의했다. 뜻밖에 돈 만질 일이 생긴 진청밍은 기분이 좋아 '띵하오!'를 연발하며 좋다고 했다.

"우리 사람 북조선공화국과 협조 좋아해. 국장님께 보고하고 연락할게. 조금만 기달려 해."

조금만 기다려 달라는 것이 사흘이 지나 연락을 해왔다. 이상한 느낌이 들었으나 진 과장이 흔쾌히 협조를 승낙해 그냥 넘어갔다. 진 과장은 현장에 자기네 사람이 있어야 공안이 간섭하지 않는다며 요원 몇 명을 보내겠다고 했다. 대신 장 반장은 직접 자기가 나서기로 했다. 그래야 자기 몫을 차질 없이 챙길 수 있겠다 싶었다. 그는 당사자로부터 직접 입수한 정보라서 확신하고 당일 미행 끝에 대주호텔 현장을 덮쳤다. 동시에 부근에 미리 대기하고 있던 중국 반탐과 요원들이 들이닥쳤다. 황민수와 박서치가 만나는 것을 보고 밀거래가 이루어지는 것으로 믿고 박서치에게서 돈을 뺏으려 했다. 그러나 그에게 현금은 없었다. 그는 어리둥절해서 주춤거렸다. 그 사이 반탐요원들이 박서치의 목을 비틀어 죽인 후 황민수가 가진 직지를 탈취하고 그를 납치해갔다. 엉겁결에 장학기도 그들을 따라 현장을 벗어났다. 남조선 구매자가 누구인지 확인할 틈도 없이 그들은 일방적으로 처리해버렸다. 그 바람에 진청밍 과장과의 약속이 제대로 이행되지 않은 결과를 가져왔다. 당초 진 과장의 협조로 고서 밀거래 현장을 덮친 후 거래대금을 빼앗아 절반씩 나누기로 했을 뿐이었다. 황민수와 고서는 당연히 공화국 관할

이므로 그가 처리할 일이었다. 그러나 진 과장이 두툼한 봉투를 주는 바람에 그냥 물러났다. 황민수고 고서고 간에 중국 측에서 알아서 하겠다는데 굳이 골치 아픈 일을 떠맡을 필요가 없었다.

그런데 이제 와서 황민수를 놓쳤으니 강명호를 체포하라고……. 황민수를 잡아 갈 때는 언제고 그를 놓쳤다고 평양에 있는 강명호를 잡아달라니 엿장사 마음대로 하는 꼴이었다. 장학기가 시큰둥한 반응을 보이자 진청밍은 새로운 제의를 했다.

"기니까 호상 협조하자는 거 아니오. 강명호를 잡게 되문 내 가만 안 있겠어. 남조선 구매자를 잡아서 구매자금을 회수하게 되문 협조비를 두둑하게 줄까 해."

"글쎄요. 공화국 인민을 함부로 잡을 수 없지 않간."

"언제는 밀수꾼을 잡는데 협조해 달라더니 머이 어캐? 북조선 펑여우가 맛이 갔어 해."

둘이서 입씨름만 하다가 결론을 내리지 못했다.

장서쾌와 후미링, 그리고 고영동과 황민수 네 사람이 취원창에 모여 이때까지 진전 상황을 검토한 후 앞으로 대처 방안에 관해 의논하기 시작했다.

우리나라 국보나 마찬가지인 직지를 우리 손으로 돈을 주고 확보하려고 했는데 엉뚱하게 중국, 그것도 공식 기관의 간부가 개입했다는 것은 납득할 수가 없었다. 중국 정부 차원에서 밀수품이 보물임을 인지하고 방해하려고 했을까? 그러나 정부 기관이 밀수품의 내용을 알 리가 없었다. 고서화 전문 밀수꾼인 황민수가 운반해 오는데 어떻게 알 수 있단 말인가? 적어도 중국 정부 차원에서 방해하려고 한 것은 아닐 것 같았다. 그렇다면 진청밍이라는 간부가 밀수품이 값진 것이라는 첩보를 입수하여 사욕을 채우려고 했을 가능성이 컸다. 전후 정황이 이를 뒷받침하고 있었다. 황민수가 직지를 휴대하고 무사히 도강을 감행했으며, 대주호텔까지 나타난 것은 일이 제대로 진행되었다는 증거였다. 헌데 대주호텔 내에서 사건이 터졌다. 이것은 결정적인 순간을 노린 범행임을 여실히 드러내주었다. 공교롭게도 다른 사람이 아닌 반탐과장에 의해 일이 저질러진 것을 보면 어떤 형태로든 정보가 새나간 것이 틀림없었다. 중국 정보기관을 상대로 실마리를 풀어야 할 판이었다. 직지를 찾기까지 힘겨운 싸움이 될 것이었다.

장서쾌가 가장 중요한 대목을 제시했다.

"그동안 나온 얘기를 종합해 보면 진청밍이란 자가 황민수 씨의 납치와 직지 탈취의 주범일 가능성이 커요. 헌데 이 사람이 다름 아닌 해외정보국 반탐과장이라는 중대한 직책을 가지고 있어서 섣불리 건드릴 수가 없어요. 후미링 씨가 적극 도와주어야겠소."

"림먼쿵 부지부장님께 그 자의 정체에 대해 조사해 달라고 요청하겠어요."

"그렇게 해주세요. 일단 우리는 진청밍의 추적을 피해 여기 안가에서 대책을 강구해 대처하도록 합시다. 특히 황 선생은 진청밍과 장취회이의 얼굴을 아는 만큼 그들에게 가장 위험한 표적이 될게요. 우리는 그 점을 이용해 보기로 합시다."

황민수는 자신의 위험성을 이용해 보자는 말이 무슨 뜻인 줄 모르는 듯 고개를 갸우뚱하고 있었다. 고영동이 의문을 제기했다.

"황 동무가 표적이 되는 것을 이용하자는 얘기는 어떻게 하자는 것입네까?"

"뭐 어렵게 생각할 거 없어요. 그놈들이 황 선생을 찾으려고 눈이 벌겋게 달아오를 때 그들 앞에 황 선생의 모습을 드러내 보자는 거요. 그러면 우리가 중국 공안의 협조를 받아 범행을 저지른 자들을 잡을 수 있지 않겠나, 이 말이오."

후미링이 맞장구를 치고나왔다.

"그거 참 기발한 아이디어인데요. 중국 공안의 협조 문제는 제가 삼촌에게 말씀 드려 해결할게요."

얘기를 듣고 있던 황민수는 자신이 미끼가 된다는 말에 떨떠름한 표정이었다. 옆에 있던 고영동은 중국 기관원, 그것도 과장을 체포하는 문제가 쉽지 않을 것이라고 이의를 제기했다.

"그렇게 쉽게 생각할 문제가 아닌 것 같습네다. 중국 공안을 통해 중국 기관원을 잡는다는 것이 어디 맘대로 되갔시오."

장서쾌는 이 문제를 후미링의 삼촌을 움직여 해결해야 할 일이라고 판단했다.

"후미링 씨가 삼촌을 잘 설득하세요. 부탁해요."

이들이 진청밍 반탐과장과 장취회이 일당을 잡는 방안에 열중하고 있을 때 장서쾌의 휴대폰이 울렸다. 뜻밖에 평양의 강명호 전화였다.

"장 선생. 내레 강명호야요. 지금 괴한에게 쫓기고 위험해요. 급히 좀 구해주시라요."

다급한 목소리가 전화선을 타고 울려왔다. 그와 직지 거래문제로 통화를 몇 번 했을 뿐인데 얼굴조차 모르고 있었다. 대주호텔 사건이 있은 후 경황이 없어 그에 대해서는 관심을 가지지 못했었다. 그동안 그가 무사했는지, 자신과 거래가 성사되지 않았는데 어떻게 아무 말도 안 했는지, 지금은 또 누구에게 쫓기고 있다는 것인지, 궁금했다.

"네. 거기 어디요? 누가 강 선생을 쫓고 있어요?"

"내레 평양을 떠나 원산으로 가고 있시오."

강명호는 어제 저녁 4·15문학창작단에서 퇴근하여 맥없이 걷고 있었다. 병원에 누워서 사경을 헤매는 아내를 볼 면목이 없어 대동강 변으로 나가서 유보도를 걸었다. 황민수에게 직지를 맡겨 무사히 연길에 도착했다는 연락을 받았는데 그 후 소식이 끊어지고 말았다. 아무리 연락을 해도 응답이 없었다. 필시 무슨 변고가 생긴 것이다. 아내의 수술비 장만을 위해 큰마음 먹고 일을 저질렀다. 황민수에게 사정 얘기를 하여 협조해 주겠다는 약속까지 받았다. 그런데 함흥차사가 되어 버렸으니 어떻게 해볼 도리가 없어 애만 태우고 있었다. 의식이 없이 누워 있는 아내의 운명은 어떻게 될까?

직지를 밀반출하여 수술비를 장만하기로 결심했던 양각도 방향으로 걷기 시작했다. 그곳에 가서 어지러운 심사를 달래 보려 했다. 그때 인기척이 느껴져 돌아보았다. 덩치가 커다란 사나이가 뒤에서 째려보고 있었다. 부리부리한 눈매와 야수 같은 인상에 질려 마주 보고 서 있었다. 사나이는 짧은 머리에 중국사람 차림을 한 30대 후반의 사나이였다. 그가 말을 걸어왔다.

"이보시오, 강 동무. 우리 사람 바쁜 일이 있어 해."

"네? 내레 강명호인데 무슨 일이 있습네까?"

"강 동무 맞아. 황민수 동무 얘기 좀 할까 해."

뜻밖에 중국 사람이 나타나서 소식이 끊긴 황민수를 들먹거리니 관심을 가지지 않을 수 없었다. 해서 그에게 황민수의 근황을 물어 보려 했다. 그러나 그는 사무실에 가서 얘기하자며 시내로 들어가자고 했다. 무심코 따라나서는데 갑자기 뒤돌아선 그가 주먹으로 얼굴을 가격했다. 코피가 터지며 눈앞이 캄캄했다. 얼굴을 부여잡고 고개를 숙이는 순간 무릎으로 올려 찼다. 동시에 의구심과 반발심이 솟구쳐 고함을 질렀다.

"와 때리는 기야!"

그러자 사나이는 다시 달려들어 목을 조여 왔다. 강명호는 숨통이 막혀 캑캑거리고 있었다. 바로 이때 '이 간나 사람을 죽이나?' 하는 소리가 어렴풋이 들려왔다. 지나가던 청년 세 명이 달려들어 사나이를 제압했다. 그 순간 강명호는 덫에 걸렸다가 풀려난 토끼마냥 달아나기 시작했다. 그 길로 집에 들어가지 않고 작별 인사를 할 겸 병원을 찾아 밤새 아내 곁을 지켰다. 이제 쫓기는 몸이 되었으니 우선 피신을 하지 않으면 안 되었다. 의식이 없는 아내의 손을 꼭 잡고 약속했다. '반드시 돌아와서 당신을 살릴끼니 기다리라요.' 새벽에 집에 가서 호성이를 데리고 왔다. 그 애를 자유세계로 보내주고 싶었다. 도망가는 김에 함께 원산행 기차를 탔다.

장서쾌는 강명호의 위급한 사정을 파악한 후 말했다.

"아, 그래요. 우리 쪽에서 갈 테니 고원역에서 만나요."

장서쾌는 고영동 쪽으로 보고 말했다.

"강 선생이 누군가에게 쫓겨 위태로운 형편 같으니 고원역에서 만나 안전하게 도강하도록 하세요."

황민수가 놀라며 물었다.

"평양 강 선생이 쫓기고 있다문 혹시 진청밍 짓이 아닐까요?"

"그놈이 나와 황 선생을 추적하다가 잘 안 되니까 평양에 손을 뻗친 것 같아요."

그 말을 듣고 황민수가 강명호를 구출하러 가겠다고 나섰다. 대주호텔 사건 이후 그에게 전화 한번 해주지 못한 것이 미안했다. 그럴 경황이 없기는 했지만 자신의 처신 잘 못으로 이렇게 된 것이 몹시 송구스럽기까지 했다. 그러나 장서쾌는 말렸다.

"심정은 알겠지만 상황이 위급해 황 선생이 가는 것은 안 되오."

"기캐도 안 하문 내레 강 동무에게 얼굴을 내밀 수 없시오."

"하지만 진청밍이 평양까지 사람을 풀어서 강 선생을 잡으려 하는 마당에 황 선생을 가만 두겠소."

황민수는 그의 만류를 듣고 무엇인가 골똘히 생각에 잠겼다. 이상한 느낌이 들어 그를 보고 있던 장서쾌가 조심스럽게 물었다.

"황 선생. 무슨 고민거리가 있나요?"

"네에? 아니 뭐……."

아무래도 분위기가 이상했다. 다그치기보다 그의 태도를 기다려 보았다. 머뭇머뭇 하던 황 민수가 무겁게 입을 열었다.

"장 선생. 내레 할 말이 있시오."

그의 속셈이 무엇인지 몰라 궁금했다.

"네. 무슨 말이든지 하세요."

"내레 강 동무에게 죽을 죄를 지었시오."

그러면서 그는 고개를 숙였다. 뜻밖에 '죽을 죄'라는 말에 귀를 쫑긋 세우며 그의말을 기다렸다. 황민수는 한숨을 푹 쉬더니 이윽고 고개를 들었다. 그리고 속죄하는 죄인 마냥 차분하게 얘기를 풀어나갔다.

처음에 강명호의 제의에 흔쾌히 동의했다. 사정을 듣고 보니 너무나 딱한 처지였다. 직지 발굴 작업도 함께 했다. 남조선 사람들이 고서화를 비싼 값에 사 가는 것을 알기 때문에 자기가 나서서 팔아 주기로 했다. 대가는 공동 작업료에 알선 수수료까지 합쳐 판매가의 20%를 받기로 했다. 직지의 밀반출 준비가 잘 되어 가던 중 국가보위부 해외정탐반장 장학기로부터 연락이 왔다. 만나자고 해서 갔더니 협박을 했다. 수년 전에 밀반출한 그림이 국보급에 해당하는 것으로 판명되어 뒤늦게 밀거래자 색출에 나섰다는 것이었다. 직지 거래가 성사될 판인데 자기가 잡혀 들어가면 다 된 밥에 코 빠뜨리는데다 징역살이마저 해야 할 위기였다. 그는 수년간 밀수를 해오면서 단속 관리들의 속셈을 훤히 꿰뚫고 있었다. 장학기에게 거래를 제의했다.

"장 반장 동지 큰 건이 있으니까니 같이 하기요."

"뭐이 큰 건이네?"

직지의 밀수 건을 얘기해 주었다. 그는 군침을 삼켰다. 특히 거래대금의 50%를 주겠다는 미끼를 덥석 물었다. 황민수는 강명호의 딱한 처지를 고려해 자기 몫을 보태 장학기에게 두둑히 줄 생각이었다. 그가 대주호텔까지 간 후 거래대금을 받아 약속한 몫을 주고 헤어지기로 했었다. 그런데 결과는 엉뚱한 방향으로 흘러가고 자신은 중국 놈들에 붙잡혀 곤욕을 치르고 쫓기는 신세가 되었다. 자업자득이라고 체념했다. 강명호의 딱한 사정을 잘 아는 그로서는 죄책감에서 벗어날 수가 없었다. 사경을 헤매는 아내를 붙잡고 한숨을 쉬고 있을 그를 생각하면 당장 평양으로 달려가고 싶은 심정이었다.

얘기를 들은 장서쾌는 황민수가 배신자라는 사실에 분노를 느꼈다. 결국 그가 보위부 사람을 끌어 들이는 바람에 사단이 벌어지고 말았던 것이다. 그러면 중국 기관원들은 북한 장학기 반장이 끌어들였단 말인가. 무엇 때문에 그들이 필요했나? 중국 땅에서 범행을 저지르는데 문제가 있으니까 그들의 협조를 요청했었나? 중국 측 개입에 관한 설명이 필요한 사항이었다.

다음으로 황민수의 북한행 문제를 검토했다. 전후 맥락으로 봐서 그가 고백한 점을 무시할 수 없었다. 그래서 황민수에게 고영동과 함께 가보라고 했다. 가서 강명호를 무사히 구출해서 도강하는 것이 그에게 사죄하는 길이라고 일러주었다.

장서쾌와 후미링은 그들이 북한으로 떠난 후 길림으로 갔다. 두 사람은 역 인근 카페에서 차를 나누며 후미링의 삼촌이 보낸 정보를 놓고 의견을 교환했다.

"삼촌이 보낸 정보에 의하면 진청밍은 단순히 흑룡사와 연계된 것이 아니라 그 자신이 흑룡사를 움직이는 위치에 있다고 해요. 해서 범행 증거가 드러나면 통일전선공작부 요원을 동원해 체포할 수 있을 것이라던데요."

"진청밍 그 자식이 겉으로는 반탐과장이면서 속으로는 조폭 조직인 흑룡사를 위해 일했단 말인가. 그럼 반탐과장 자리는 위장 아니야."

"그런 것 같아요. 우선 범행 증거부터 찾기로 해야겠어요."

"그럽시다. 진청밍이 부하를 시켜 대주호텔 현장을 덮치고 박서치를 죽인 후 직지를 탈취하고 황민수를 납치 고문한 사실은 황민수의 증언이 있잖소. 강명호 납치 기도도 진청밍과 관련이 있을 거요. 증거들을 정리하여 삼촌과 부지부장에게 보고하고 대책을 기다려 보도록 합시다."

두 사람은 진청밍 일당을 덮칠 증거가 속속 드러나고 있는데 고무되어 직지 찾기에 박차를 가하기로 했다. 진청밍을 잡아서 족치기만 하면 사건의 전모를 밝힐 수 있을 뿐만 아니라 직지의 행방도 알 수 있을 것이었다. 앞으로 모든 활동을 진청밍 감시와 추격에 집중하는 것이 효율적이었다. 일단 성과를 거두자면 중국 공안으로 하여금 그를 체포하도록 하는 것이 급한 일이었다.

장서쾌는 이런 때에 후미링이라는 중국 여인의 존재가 얼마나 도움이 될 것인가, 스스로 실감하는 순간이었다. 중국 정보기관의 간부 체포와 관련된 일이니 누가 함부로 나설 수 있겠는가? 이렇게 볼 때 작고한 박서치가 새삼 고마웠다. 그의 공적을 인정하지 않을 수 없었다. 그가 청화대에서의 인연으로 후미링을 지원자로 받아들인 것은 천우신조라고 할 수 있었다. 박서치는 죽어서도 우리의 국보를 찾는 일에 도움을 주고 있다고 생각하니 코끝이 시큰둥해졌다.

강명호 구출착전

1

평시링 해외정보국장은 진청밍 반탐과장을 불러 황민수 체포 작전에 대해 물었다.

"진 과장. 황민수란 북조선 브로커를 잡았소?"

진 과장은 여태 그를 잡지 못한데다 그의 물주인 평양 강명호마저 놓친 것에 대한 문책이 따를까 봐 말을 아꼈다.

"네. 아직 추적 중입네다."

"여태 추적만 하고 있소? 그러다가 날 새겠네."

빈정거리는 투였지만 날이 선 말투였다. 진청민은 속으로 움찔했다. 우선 큰 문제가 아니라는 식으로 얼버무렸다.

"그놈을 아는 조선족브로커가 있으니 걱정할 일은 아닙네다."

"허허, 그래? 그 일은 진 과장이 알아서 하기로 한 거이니 관심 밖이고 직지라는 고서 있잖아 바람이 안 들어가도록 해."

"네? 바람이라문……."

"아, 그 있잖아. 누구든지 괜한 소리를 해서 간섭하면 안 된다 기 말이야

알간."

돈에 눈독을 들인 진청밍은 무슨 소리인지 아리송했지만 건성으로 대답했다.

"알갔습네다. 잘 지키도록 하갔습네다."

"기거이 국가 차원에서 다루어야 하는 거이야. 섣불리 다루면 안 된다 이 거야."

"네, 네. 명심하갔습네다."

진청밍 과장은 평양의 장학기 반장으로부터 고서 밀거래 현장 단속에 협조해 달라는 얘기를 듣고 국장과 상의 후 연락하겠다고 했었다. 그는 반탐 정보에 밝았지 고서 같은 헌책에는 관심이 없었다. 고서 밀거래 협조와 관련해서 거액을 주겠다는 제의를 받고는 호기심이 생겼다. 평소 골동품에 관심이 많은 둥흐쨩 당 정책실장에게 헌책이 그렇게 비싼지 물어봤다. 둥 실장은 북조선 고서가 직지라는 얘기를 듣고 며칠 기다려 보라고 했다. 그런데 며칠 후 펑리싱 국장은 고서에 대해 각별한 관심을 나타냈다. 그는 둥 실장으로부터 그 고서가 예사 헌책이 아니라 자칫 잘못 되면 당에서 야심차게 추진해 온 동북공정에 악영향을 미칠 우려가 있다는 경고성 전갈을 받았다. 평소 돈 탐이 많은 진청밍 과장이 엉뚱한 짓을 할까 봐서 미리 쐐기를 박았다.

진청밍은 국장실을 나오며 빈정거렸다.

'뭐이? 국가 차원 좋아 하네. 돈 되면 먼저 차지하는 것이 임자지.'

그는 국장실에 들어가기 전부터 딴 마음을 먹을 작정을 하고 있었다. 국장이 고서를 자기가 처리하겠다며 남조선 거래자를 찾아 고서 대금을 차지하는 것은 알아서 하라고 했었다. 그러나 장취회이가 평양에서 강명호를 놓쳤다는 소식을 듣고 작전을 바꾸기로 했다. 황민수를 놓치고 대타로 강명호를 체포하라고 장취회이를 평양에 보냈던 것인데 이마저 실패하고 말았다. 자기 신세가 닭 쫓던 개 같은 꼴이었다. 눈앞에 어른거린 돈을 놓친다니 분통이 터졌다. 장취회이를 족쳐 봐야 화만 났을 뿐이었다. 그가 잔머리를 굴린 결과 장취회이를 이용하여 고서를 빼돌리기로 했다. 지난번 대주호텔 사건보고 때 국장이 누구와 통화 중에 수백만 달러라며 놀라는 표정을 짓는 것을 봤었다. 거래를 해봐야 알겠지만 그 정도 말이 나돌 만큼 값진 물건이면 하다못해 수십만 달러는 받을 수 있겠지. 진청밍 생각으로는 오히려 전화위복이 될 수 있는 건수였다.

'까짓 거래대금이라고 해 봐야 남조선 돈으로 1, 2천만 원밖에 안 되는데 이건 수 억 대로 껑충 뛸 수 있는 로또 아닌감.'

사무실로 돌아온 진 과장은 장취회이를 불렀다. 그놈은 미운 정 고운 정 다 든 놈이라 친 동생처럼 친밀감을 느꼈다. 수족으로 부려 먹기에 안성맞춤인 그를 두고 밉지 않은 욕설을 내뱉었다.

"야 이 간나새끼야 번번이 사람을 놓치는 놈이 대동강에 목을 콱 쳐 박고 죽지 살아서 지런까지 왔냐!"

그렇잖아도 그 일로 욕을 먹을 줄 알고 '날 잡아 잡수시오' 하는 심정으로 들어와 서 있었다. 진 과장의 호통 같지 않은 호통을 들은 그는 과장에게 보이지 않게 비스듬이 돌아서 미소를 살짝 띠었다. '밤낮 욕이나 하지…… 그래도 인정은 있잖고…….' 그의 무딘 가시 같은 언설에 은근히 부화를 지르는 언설로 받았다.

"과장님은 밤낮 아가씨 궁둥이만 쳐다보고 다님시룽 죽이 끓는지, 밥이 끓는지, 모른다 해."

"뭐이, 이 새끼. 지금 농담 할 때냐!"

버럭 고함을 질렀지만 허풍뿐이었다.

"자아씩, 내 말 들어봐. 이때까지 쫓아 다녔던 북조선 놈이고 남조선 놈이고 다 소용없어. 진짜 묵고 살 일이 있다 이 말이야."

"기럼 기거나 아르켜 줍소. 내 열심히 뛸기니까니."

진청밍은 이쯤에서 그의 귀를 잡아 당겼다. 새가 들을 세라 소곤소곤하는 진 과장의 음모 섞인 꼬임에 장취회이는 입이 헤 벌여져 담을 줄 몰랐다.

고영동과 황민수는 허름한 옷으로 북한 인민처럼 꾸민 채 역전 광장을 서성거렸다. 강명호 일행이 고원역에 도착할 때까지 시간이 남아 역전 광장에 펼쳐진 좌판에 앉아 식사를 했다. 50대 아주머니가 딸과 함께 순댓국, 쑥떡, 옥수수떡, 채소전, 두부, 막걸리 등을 팔았다. 순댓국과 막걸리를 시켜 먹으며 광장을 둘러 봤다. 군데군데 꽃제비 아이들이 옮겨 다니며 구걸하고 있었다. 특히 음식 좌판 주변에 많이 보였다. 두 사람이 먹고 있는 좌판 주위에도 꽃제비 몇 명이 서성거렸다. 그 중에 유달리 눈길을 끄는 애가 있었다. 남매 같은데 남자애는 열 살 남짓 되어 보이고 계집애는 여섯 살 정도로 보였다. 입성은 남루하기 짝이 없었고, 얼마나 못 먹었는지 깡마른 얼굴에 바싹 말라 있었다. 차마 바로 보기 어려워 시선을 밥그릇에 두고 있는데 어린 여동생이 칭얼거리는 소리가 들렸다.

"오빠 내레 저거 좀 먹고 싶어."

맥이 없어 모기 소리만큼 가냘픈 목소리였다. 그러나 조선족 고영동에게
는 커다란 나팔 소리 못지않았다. 그 소리는 북조선의 비참 상을 온 세상에
알려주는 웅변이었다. 그 사실을 깨닫자 고영동의 눈이 번쩍 띄었다. 아주
머니에게 순대국밥 두 그릇을 시켜 애들에게 주었다. 애들이 허겁지겁 먹어
제치는 모습을 본 그는 아릿한 느낌을 안고 일어섰다. 고원역에서 소년을 데
리고 온 강명호를 만나 청진으로 가는 동안 순대국밥을 허겁지겁 먹던 꽃제
비 소녀의 모습이 눈에 아른거려 심기가 불편했다. 자신은 조선족으로서 중
국에서 살며 북조선이 그럴 정도로 핍박해진 것을 몰랐다. 풍문으로 못 산
다는 얘기를 들어도 설마 했었다. 어쩌다가 한민족의 후예가 이렇게 몰락하
게 되었는가, 정치를 모르는 입장에서도 놀라운 일이었다. '백성이 잘 살아
야 국력이 튼튼해지는 법인데 굶주린 백성 위에 군림하여 무엇을 하겠다는
것인지…….' 동해의 푸른 바다를 내다보는 그의 표정에는 먹구름 같은 어둠
이 깃들었다.

일행은 청진까지 가서 다시 회령 가는 기차를 타고 갔다. 회령에서는 버
스로 갈아타고 삼봉을 지나 내렸다. 남양까지 가기 전에 두만강을 건널 작
정이었다. 중국 쪽 선구마을이 보이는 곳에 이르러 두 패로 나뉘었다. 고영
동은 강명호와 한조가 되고, 황민수는 성불사에서부터 알게 된 호성과 한
조가 되었다. 안전을 위해 두 조가 일정 거리를 두고 도강을 감행했다. 강
을 건넌 후 마을에서 떨어져 갈대숲이 있는 곳에서 만나기로 했다. 미북 정
상회담 때문에 국경연선 경비가 강화되어 조심하지 않으면 안 되었다. 자칫
강을 건너다가 개죽음을 당하기 쉬웠다. 고영동은 강명호를 안내해 가면서

천천히 물살을 헤쳐 나아갔다. 그러나 황민수는 어린 호성이를 보호하느라 거의 껴안다시피 하고 가는 바람에 물살을 헤치기가 어려웠다. 불안정한 자세로 호성이를 부축하고 가던 황민수가 갑자기 돌부리에 걸려 비틀거렸다. 그 바람에 호성이의 손을 놓칠 뻔 했다. 자기도 모르게 '아! 호성아.' 하고 소리를 질렀다. 고요한 밤중에 강물의 출렁거림과 동시에 사람의 목소리가 들리자 경비초소에서 탐조등이 물위로 비쳤다. 동시에 총 소리가 귀청을 때렸다. 황민수의 손을 놓친 호성이는 강물에 떠내려가며 울부짖었다.

고영동과 강명호는 무사히 강을 건넌 후 갈대숲에서 두 사람을 기다렸으나 소식이 없었다. 아까 총소리에 불길한 예감이 들었는데 일이 잘 못 된것 같았다. 강명호는 그 자리에 있고, 고영동이 두 사람이 건너기로 한 곳으로 가 봤다. 한참을 내려가다가 가냘픈 울음소리를 들었다. 기어가다시피 하여 강변으로 다가갔다. 호성이가 물에 흠뻑 젖은 채 울고 있었다.

"호성아! 이리 와."

그는 얼른 호성이를 안았다. 물에 떠내려 오며 옷을 벗어 넣었던 비닐 박막을 놓치고 없었다. 자기 옷을 벗어 호성이에게 입혀주고 물었다.

"황민수 아저씨는 어캐됐네?"

"총에 맞아 넘어지면서 손을 놓쳐 버렸시오."

황민수는 탐조등이 비칠 때 총격을 받아 절명한 것 같았다. 시신이라도 찾아야 하는데 낭패였다. 어떻게 손을 쓸 수 없는 상황이라 호성이만 데리고 강명호와 합류했다.

2

길림성 당 서기실에서 둥흐쨩 당 정책연구실장과 펑리싱 해외정보국장 간에 미묘한 기류가 흐르고 있었다. 벌써 두 시간째 입씨름을 하고 있으면서 결론을 얻지 못한 모양이었다. 이들은 펑 국장이 숨겨 두고 있는 직지 하권의 처리문제를 놓고 팽팽한 줄다리기를 하고 있는 것이었다. 펑 국장은 지난번 통화에서 둥 실장이 지나가는 말로 그 고서가 몇 백만 불짜리가 된다고 한 것에 현혹되었다. 그래서 그는 단순히 값비싼 고서로 보고 실리적인 입장에서 처리할 것을 주장한 반면 둥 실장은 조선의 문화재로서 가치가 높은 고서를 동북공정 입장에서 처리하려는 주장이었다. 사실상 동북공정은 중앙 국가기관인 사회과학연구소가 중화중심주의 역사관을 확립하려는 목적에서 추진했던 것인 만큼 기본 방침은 여전히 살아 있었다. 이런 맥락에서 둥 실장은 강하게 밀어붙였다.

"펑 국장 보시오. 우리 중화인민공화국이 중화사상을 중심으로 통일전선을 형성하여 21세기 새로운 시대에 강대국으로 발돋움하고 있소. 이런 마당에 역내 소수민족은 물론 몽골이나 조선이 고토회복을 주장하고 나서는 일이 있어서는 안 되오. 동북공정을 추진해오고 있는 취지도 바로 이런 불상사를 막자는 것이오."

"기걸 누가 모르오. 우리 통일전선공작부도 터무니없이 독립이니 영토 회복이니 하는 헛소리를 하는 반혁명 분자를 색출 처단하는 임무가 막대하오. 기러나 조선에서 흘러나온 낡은 책 한 권을 가지고 무에 기렇게 대단하게 기러시오."

"어허, 참 답답한 양반 봤나? 기거이 그냥 낡은 헌책이 아니란 말이오. 해서 지금 펑 국장에게 그 직지라는 고서를 내놓으라는 거요. 순순히 얘기할 때 협조하시오."

"둥 실장은 자기 소관 일이나 잘 보시오. 남의 헌책을 가지고 시비하지 말기오."

"이 보시오 동북공정은 중앙당에서 작심하고 추진하는 사업이란 걸 다시 한 번 알려 주겠소. 이 사업은 장차 한반도가 통일되었을 때 고토회복을 주장하여 영토분쟁이 일어날 것을 미연에 방지하자는 목적이 있단 말이오 알갔소?"

중국 측은 독립 열기가 강한 소수민족인 티베트의 장족 역사에 대한 서북공정, 최대 소수민족인 광앙자치구의 또 다른 장족 역사에 대한 서남공정, 이와 더불어 조선족의 고구려와 발해사에 대한 동북공정을 각각 추진해 왔던 것이다. 지금은 표면상 잠잠한 것 같지만 중국 당의 밑바닥 기류에는 몇 년 전의 동북공정 추진 정신이 연면히 흐르고 있었다. 특히 둥 실장 같은 당료파는 중화주의에 젖어 조선을 보기로 옛날 조공을 바치던 한낱 신하 국으로 보는 경향이 짙었다.

펑 국장은 둥 실장의 얘기를 들으면서 그의 얘기가 엉뚱하다는 생각이 들었다.

"기거야 알지요. 긴데 기거이 헌책 하고 무슨 상관이오?"

중국 측이 동북공정의 하나로 만리장성이 압록강까지 연결되었다는 조작도 서슴지 않는 판에 무엇인들 못하겠는가.

단둥에서 압록강 상류 쪽으로 버스를 타고 20여 분 가면 관전현 호산진 호산촌에는 이른 바 '호산장성(虎山長城)'이란 것이 있다. 그 성 가까이에는 압록강의 샛강이 국경을 이루고 불과 몇 발자국 거리에 어적도가 있다. 한국 관광객이 많이 찾는 일종의 단골 코스 같은 곳이다. 박작성(泊灼城)이라는 고구려 산성이 있던 곳이며, 샛강 중국 쪽 팻말에 '一步跨'(일보과, 한 발짝만 건너면 된다)란 유객 글귀로 관광객을 불러들이고 있는 곳이었다. 중국 측은 산성 이름 끝에 장성이란 명칭을 붙여 만리장성이 여기 압록강까지 뻗쳤다는 것을 내세우려 하는 수작이었다. 중국 사료에는 명대에 완성된 만리장성의 동쪽 끝은 하북성 발해만 연안의 산해관이라고 되어 있는데 이렇게 동북공정의 의도를 드러내고 있는 것이다. 이 뿐만 아니라 2006년부터 심양 요령성박물관에서 요하문명전을 열어 요하 지역에서 형성된 조선역사를 아예 중국 역사에 종속시키려는 숨은 의도를 엿볼 수 있었다.

둥 실장은 이런 배경에서 직지조차 역사 조작의 희생물로 삼으려는 것이었다.

"무슨 말이오? 그 헌책이 보통 헌책인줄 아시오. 조선의 국보급 문화재란 걸 모르오?"

펑 국장은 그의 위세에 눌려 시큰둥하게 반응했다.

"기거이 기래요? 난 문화재 같은 거 잘 모르오."

"펑 국장, 내 말 들어보시오. 지금 북조선에서는 북미정상회담을 계기로 종전선언을 한다, 또 북남정상회담을 계기로 평화의 기틀을 만든다고 들떠 있지 않소. 이런 판에 직지가 공개되면 북남조선 할 것 없이 세계 최초 금속 활자본이니 어쩌고 하며 기고만장할 거란 말이오. 그러면 옛날 요하문화까지 들추어내 고구려와 발해 영토 회복 운운 하지 말란 법이 없지요. 이러다

간 멀리 남북통일 후 문제가 아니라 당장 수년 내 영토분쟁이 일어날 것이 뻔해요."

"기게 기렇게 발전되는 기오?"

"그렇구 말구. 더군다나 북남조선 학자들이 이러한 사실을 왜곡하고 혼란을 부추기는 일도 없지 않소. 중앙당에서는 이런 사단이 벌어질 걸 우려해 조선의 옛 문물에 대한 선전을 철저히 차단하란 지시가 떨어진지 오래요."

한국이 2004년 고구려연구재단을 발족시킨데 이어 2006년 동북아역사재단으로 통합, 중국의 역사 왜곡에 체계적으로 대처하려고 한 것을 두고 폄하하는 발언을 한 것이다. 둥 실장은 동북공정 입장을 장황하게 설명한 후 단호하게 말했다.

"그런 만큼 이 중앙당 사업에 거치적거리는 자는 지위 고하를 막론하고 반당분자로 다룰 것이오."

펑 국장은 중앙당에서 추진하는 사업이라는데 주눅이 들어 태도를 누그러뜨렸다.

"뭐 기렇다고 반당분자라고 할 거야 없지 않소. 내래 필요하다면 협조해 드리리다."

그러자 둥 실장은 아예 쐐기를 박았다.

"낡은 책이라고 잘 못 다루었다간 큰 코 다치는 수가 있소."

장서쾌와 후미링은 연길로 내려와서 강명호와 호성이를 만났다. 고영동으로부터 황민수가 도강 중 희생당했다는 소식을 듣고 고인의 명복을 빈 후 강명호에게 물었다.

"어떻게 직지를 찾아낸 겁니까?"

강명호는 직지를 찾게 된 동기부터 시작하여 호성이를 데리고 온 경위를 설명했다. 듣고 있던 장서쾌는 직지 찾기에 얽힌 사연에 연민의 정을 금치 못했다. 강명호 선생에게 그런 아픈 사연이 있는 줄 모르고 직지 찾기에만 급급했던 것이 미안했다. 우선 사람부터 살려 놓고 볼 일이었다. 자신이 대주호텔 현장에 있었더라면 직지 대금을 주어 강 선생의 아내를 빨리 수술대에 눕혔을 것이었다. 만시지탄이 있지만 사정을 알았으니 이제라도 수술할 수 있도록 조치하는 것이 도리였다. 장서쾌는 가지고 있던 직지 대금을 강명호에게 내밀었다.

"이것 내가 가지고 있을 것이 아니구만요. 빨리 부인을 모셔 수술하도록 하세요."

강명호는 순간 감읍하여 말문이 막혔다. '세상에 이런 분이 다 있는가', 놀라움에 가슴을 떨며 사양했다.

"장 선생 동지, 니거이 내레 못 받겠시오."

"무슨 말씀을 하세요. 만사제쳐하고 수술을 빨리 하셔야지요."

"아닙네다. 내레 직지를 드리지 못해 송구한데 대금을 어드렇게 받갔습네까. 도로 가지시라요."

4·15문학창작단에서 김일성 우상화 작품 만들기에 열중했던 꼭두각시라고만 여겼는데 그것이 아니었다. 겉이 그렇지 속은 한 작가로서 양식을 갖춘 분 같았다. 둘이서 직지 대금을 놓고 몇 차례 주거니 받거니 하던 끝에 장서쾌가 용단을 내렸다.

"그럼 이렇게 합시다. 우선 급한 대로 직지와 관계없이 대금 절반을 드릴 테니 수술부터 하도록 합시다. 직지는 내가 여러분의 협조로 직접 찾을 테니 그렇게 아시오."

"그러시다면 감사히 받겠습네다. 하지만 한 가지 의문이 있습네다."

"무슨 의문요? 물어 보세요."

"선생님이 기렇게 직지를 찾으시는 이유를 모르겠습네다. 어캐 국가나 당도 아닌 개인이 직지를 비싸게 사려다가 뺏긴 마당에 혼자서 찾아 나서겠다니 놀랍고도 의아할 수밖에 없시오."

"직지 자체가 중요하기도 하지만 특히 지금 우리 한민족 입장에서 그것을 꼭 찾아내야만 합니다. 왜냐하면……."

장서쾌는 직지에 대한 그의 애착과 집념을 엿볼 수 있는 직지 찾기 운동에 대해 설명하기 시작했다. 직지가 세계 최초의 금속 활자본으로서 민족끼리 상쟁 끝에 한민족의 자긍심이 사라져 버린 시대에서 그 중요성이 더 커졌다. 가까운 예로 남북 간에 외세의 간섭과 이념투쟁으로 민족 정체성이 허물어졌으며, 그 후 북핵문제를 두고 보여 온 꼴사나운 모습 때문에 한민족이 세계에서 설 땅을 잃어버릴 위기에 놓이게 되었다. 이러한 때에 마침 직지 하권이 북한에서 발견되어 내 손에 들어올 수 있게 된 것은 하늘이 내려주신 기회였다. 그런데 다른 사람도 아닌 중국의 부패 관리가 이 기회를 박탈하려 했기 때문에 우리는 민족 차원에서 직지를 꼭 찾아내야 한다. 내가 직지 하권을 입수하기만 하면 우리 한민족의 긍지를 살릴 수 있는 큰 이벤트가 될 수 있을 것이다.

요지의 설명을 들은 강명호는 너무나 감격한 나머지 장서쾌의 손을 꼭 잡고 참회하는 심정으로 말했다.

"장 선생님, 그런 중요한 민족 문화재를 사사로운 이유로 밀매하려고 했던 거이 부끄럽기 짝이 없습네다. 앞으로 힘이 닿는 한 직지 찾기를 도우렵네다."

"고맙소. 하지만 강 선생은 먼저 부인 살리는 일부터 하셔야지요."

강명호도 사정이 급한 김에 그의 제안을 받아들였다. 그러나 다음 말을 할 듯하면서 머뭇거리고 있었다.

"강 선생, 또 할 말이 있습니까?"

"네. 그 참 미안해서리……. 우리 호성이를 남조선으로 보내야……."

"아 그렇군요. 호성이를 자유 한국으로 보낼 문제가 남았군요. 후미링 씨가 잘 보살펴서 한국행을 도와주세요."

옆에서 두 사람의 대화를 지켜보고 있던 후미링이 선뜻 나섰다.

"네, 그럴게요. 호성아 이리 온. 이제부터 아줌마랑 같이 가자."

장서쾌는 내킨 김에 그녀에게 한 가지 더 부탁했다.

"또 한 가지. 후미링 씨가 하얼빈에서 러시아 의사를 알아봐 주세요. 심장병 전문의를 찾는 대로 평양으로 갈 수 있도록 주선 부탁해요."

"네. 그 문제는 제가 흑룡강성청 후생국에 요청해 처리하겠어요."

강명호 관련 일이 잘 마무리될 수 있도록 처리한 장서쾌는 한숨을 돌렸다. 이제부터는 오로지 직지만 목표로 뛸 각오를 다졌다. 당초 동북지방으로 온 목적이었고, 고서상의 보람을 찾는 길이었던 직지 찾기 행로에 본격 나서려고 했다. 옆에서 그의 설명을 들은 후미링과 고영동도 동참하기로 했다. 그의 말과 태도가 너무 진지해서 감동을 받았던 것이다.

평리싱 해외정보국장은 반 미칠 듯한 기분으로 날뛰고 있었다. 둥흐쨩 실장과 신경전을 벌인 후 사무실에 돌아와서 마음이 달라진 것이 화근이었다. 동북공정이면 동북공정이지 무슨 놈의 낡은 고서 하나 가지고 사람을 그렇게 겁박하다니 자존심이 상했다. 수백만 달러 가치가있다는 말만 안했어도 별문제가 없을 것이었다. 헌데 이미 그 말을 들었으니 견물생심이라, 누가 가만히 있겠는가 말이다. 둥 실장이 나대는 꼴로 봐서 고서를 그냥 묻어 두지 않고 아예 압수해 갈 가능성이 커보였다. '자기 손에 들어온 보물을 내놓을 바보가 어디 있나, 천만의 말씀이다.'

그는 결국 진청밍 반탐과장을 불러 고서를 빼돌리려고 했다. 헌데 진 과장은 호출에 응답이 없었다. 사방 수배령을 내렸으나 이미 자취를 감춘 뒤였다. 점점 불길한 생각에 초조해진 그는 비서를 시켜 자료실을 확인하도록 했다. 단숨에 자료실을 살펴보고 온 비서는 눈을 닦고 봐도 헌 신문 뭉치만 있을 뿐이라고 보고했다. 어딘지 불길한 예상이 들어맞는 기분이었다. 순간 침이 말랐다. 혓바닥으로 입술을 한번 핥은 후 비서를 데리고 자료실로 달렸다. 먼지가 켜켜이 쌓인 신문뭉치가 그를 맞았다. 혹시나 하고 뭉치를 헤쳐 보던 그는 뭉치를 마룻바닥에 내동댕이치며 선불 맞은 짐승마냥 해괴한 소리를 내고 있었다. 얼떨떨한 비서는 자신에게 불똥이 튈세라 한쪽으로 비켜선 채 몸을 움츠렸다.

사무실로 돌아온 펑 국장은 불그락거리는 얼굴을 치켜들고 수하 심복들에게 진청밍 과장을 즉시 체포하라고 명령을 내렸다.

"동무들, 지금 중대한 임무를 부여하갔어. 진청밍이란 놈이 반동짓을 저지르고 달아났어. 보는 대로 즉시 현장에서 사살하고, 그가 지닌 고서를 회수하여 나한테 제출하라. 어느 누구도 고서에 손대서는 안 된다. 알간!"

그는 비서에게 출동 준비를 하라고 지시한 후 화장실로 뛰어 들어갔다. 찬물을 털어 놓고 머리채 둘러썼다. 정신이 번쩍 든 그는 거울을 쳐다보고 히죽 웃었다. '진청밍, 이놈이 선수를 쳐? 맛 좀 보여야지. 암, 보여 주고말고.'

그는 오히려 전화위복이 되었다고 속으로 쾌재를 불렀다. 둥 실장이 동북공정을 들먹거려 고서를 마음대로 빼돌리기가 껄끄러웠는데 멍청이 진청밍이 제 손으로 빼돌렸으니 잘 된 일이었다. 귀중한 고서를 가로채 달아난 놈을 체포하려는 데 걸릴 것이 없었다.

장서쾌는 취원창에서 후미링, 고영동과 함께 직지 찾기 대책을 협의했다. 먼저 후미링에게 전해온 정보부터 검토했다. 통일전선공작부 길림부지부장 림먼쿵은 바로 어제 펑리싱 국장의 이상 동향을 보고 받고 그의 행적을 추적 중에 있으니 눈여겨보라고 했다. 펑 국장의 비서가 은밀히 보고한 바에 의하면 북조선 브로커에게서 탈취한 고서를 둘러싸고 진청밍 과장과 알력이 생겼다는 것이다. 그것도 보통 알력이 아니고 펑 국장이 진 과장을 제거하기 위한 작전을 내밀하게 준비하고 있다는 것이었다. 국장은 심복을 시켜 진 과장 추적조를 만들게 한 후 곧 추격을 시작할 예정이라고 했다.

장서쾌는 두 사람 중 누가 되든 어차피 한번은 부딪쳐야 직지를 찾을 수 있을 것이라고 예측했다. 그런데 펑 국장이 진 과장을 추격하기 시작하면 그의 뒤를 쫓는 것이 순서일 것이었다. 펑 국장 뒤를 쫓다 보면 진 과장의 꼬리가 드러날 것이고, 그 다음에는 진 과장을 덮치면 될 일이었다. 후미링에게 펑 국장의 행방을 알 수 있는 정보를 입수해 줄 것을 부탁하고 추적계획을 설명했다. 후미링은 삼촌과 림 부지부장의 협조를 최대한 끌어내는데 집중하는 한편 고영동은 조선족의 지원을 이끌어낼 방안을 강구해 줄 것을 요청했다. 장서쾌의 요청을 받은 두 사람은 직지에 대한 장서쾌의 애착과 집념을 떠올리고 흔쾌히 협력하겠다고 약속했다. 특히 후미링은 청화대학 유학 시절 박서치와 만남을 통해 중국 측의 동북공정에 관한 얘기를 들은 바가 있어서 직지가 동북공정의 희생물이 되어서는 안 된다는 장서쾌의 판단에 동의했다. 더욱이 그가 강명호에게 직지의 중요성과 그것을 되찾아야 하는 당위성을 설명할 때 보였던 진지한 태도에 감동했다. 그 자리에서 그의 태도를 함께 보았던 고영동도 한민족의 후예로서 해야 할 일이 무엇인가를 깨달았다. 당연히 혼자가 아니라 뜻 있는 조선족 청년들을 규합하여 추격대열에 동참하도록 할 작정이었다.

장서쾌가 이렇듯 진청밍 추격작전에 대비하고 있을 무렵 송영란으로 부터 전화가 왔다.

"장 선생님, 그동안 어떻게 지내셨나요? 여기는 연일 35.6도를 오르내리는 찜통더위에 사람들 정신이 혼미해져요."

"그렇게 더워요? 한국도 이제 아열대지방이 되어가는 모양이군. 여기는 북쪽이라 견딜만해요."

"여기 소식을 전해 드리지요. 북핵문제 대처에 대해 이전 정부가 해온 것처럼 하지 않을 것이라고 큰소리치던 트럼프가 요즘에는 비핵화가 지지부진

해서 짜증을 낸다는 보도까지 나왔어요."

"어쩌다가 그런 보도까지 나오게 된 건지 원…… 쯔쯔. 트럼프가 잘못 판단한 건지 모르겠네."

"비핵화문제가 그러다 보니 문재인 대통령이 싱가포르에서 두 정상이 약속한 것을 이행하지 않으면 국제사회에 책임을 져야 한다고 못을 박고 나왔어요."

"북핵문제 해결을 공개적으로 촉구하는 발언이군요."

"헌데 북측에서 뭐라 그랬는지 알아요? 문 대통령에게 훈수질을 하지 말라고 경고까지 하더군요."

"대통령에게 경고까지…… 허 참."

이렇게 북핵문제가 제대로 풀리지 않으면 남북문제도 덩달아 잘 풀리지 않을 가능성이 커지게 된다. 장서쾌는 남북문화교류를 통한 문화재 발굴 가능성에 가졌던 일말의 기대조차 물거품이 되는 기분이었다. 이제 남은 것은 자력으로 빼앗긴 직지를 찾는 길밖에 없었다.

후미링은 삼촌에게 연락하여 길림성 해외정보국 내에 문제가 발생했음을 알리고, 림 부지부장을 도와 문제 해결에 일조가 될 것이라고 말씀 드렸다. 림 부지부장에게도 이런 사실을 알린 후 등 실장과 펑 국장의 동정과 관련한 정보를 실시간으로 알려 줄 것을 요청했다. 다행히 펑 국장의 비서가 감시자로서 역할을 하고 있어서 실시간 정보를 보내올 것으로 기대했다.

고영동은 고서 사냥꾼 장서쾌의 한민족 문화재 사랑에 감동하여 조선족 청년들을 불러 모았다. 단고기집 향육관에 모인 청년들은 연길 바닥에서

내로라하는 활동가들이었다. 탈북 브로커를 비롯하여 단고기 식당 사장, 북한 장마당에 물건을 대주는 무역상, 백두산 심마니, 노래방을 운영하며 꽃제비와 탈북녀의 자활 길을 열어주는 사회 활동가들이었다. 고영동은 평소 안면이 있고 한민족의 얼을 지닌 사람을 골라 초청했다. 그는 이 모임의 취지를 설명했다. 남조선의 고서 사냥꾼이라는 선생이 여기까지 와서 한민족의 자랑거리인 고서를 찾으려 애쓰는 데 조그만 힘이나마 보탬이 되자고 했다. 그러면서 직지에 대해 그로부터 들은 대로 알려주었다. 모두들 고 선생이 권유하는 일이면 해볼만하다고 찬의를 나타냈다. 고영동은 그들에게 어떻게 협력을 해야 하는지를 본인에게 직접 들어보자고 제의했다. 2, 3일 후 날짜와 시간이 잡히는 대로 장서쾌를 같은 식당에서 만나기로 했다.

4

펑리싱 국장은 몸소 심복을 이끌고 장춘으로 향했다. 공안을 통해 들어온 첩보에 의하면 진청밍과 장취회이가 고서를 싸들고 장춘으로 가서 여객기 편으로 북경으로 날아갈 예정이라는 것이었다. 북경에서 열리는 국제경매시장에 고서를 내놓을 모양이었다. 펑 국장은 몸이 달았다. 국제경매시장을 노리는 것을 보면 둥흐쫭 실장 말대로 고가품인 것이 틀림없었다.

길림에서 장춘까지 가는 길이 왜 그렇게 멀고도 지루한지, 미칠 지경이었다.

그렇게 멀지 않을 것이라고 여겨 기차를 탔는데 이놈의 기차가 애타는 심

정을 모르고 느림보 짓을 잇달아 하며 골탕을 먹었다. 좌석에 앉아 좌불안
석이 되었던 펑 국장은 비서를 데리고 식당 칸으로 갔다. 더위에 마음도 열
이 올라 시원한 생맥주를 시켜 마셨다. 갈증에 벌컥벌컥 연거푸 마셨더니
시원하기는커녕 열이 더 올랐다.

"에잇, 썅! 생맥주가 시원하다더니 열이 더 올라 해. 야, 비서! 아예 보드
카를 시켜 해."

제풀에 화가 나 펑 국장은 보드카를 가져오자마자 생맥주 잔에 부어 마
시고는 길이길이 날뛰기 시작했다.

"야, 비서 동무. 국장을 모시기를 어캐 하는 기야. 가뜩이나 열이 나서 죽
갔는데 열 식힐 좋은 방법 없어 해. 쌍놈의 자아씩 진청밍 땜에 열 받고, 보
드카 땜에 열 받고, 멍청한 동무 땜에 열 받고, 열 받아 죽어 해."

"국장 동지. 자꾸 기러시면 더 열받습네다. 그만 고정하시라요."

"고정은 무슨 개나발이야!"

국장은 고함을 꽥 지르더니 제풀에 꼬꾸라졌다. 몇 번 몸을 뒤채더니 이
윽고 코를 요란스럽게 골기 시작했다. 해외정보국장 꼴이 말이 아니었다. 비
서가 이런 꼴사나운 모습을 옆에서 보기에 민망했다. 중앙당 기율검사위원
회에 보고해야 할 사항이었다.

장춘에 도착한 진청밍은 고서가 든 가방을 손에 들고 크게 눈에 띄지 않
은 빈관에 들었다. 경호원을 겸한 장취회이와 함께였다. 다른 요원들은 흑
룡사 장춘 본부에서 차출하여 빈관 주위를 경계하도록 했다. 그는 이제부
터는 반탐과장이 아니라 흑룡사 총사장으로서 흑사회의 두목 역할을 톡톡
히 할 계획이었다. 이번 일이 성사되면 흑룡사 부활에 결정적인 영향을 미

칠 것이기 때문에 직접 나서야 했던 것이다. 그 자신이 해외정보국 소속 반탐과장으로서 흑룡사 문제에 개입하는데 한계가 있었다. 홍콩의 삼합회가 동북지방까지 넘보자 동북지방 흑사회에서 주름잡던 장춘 흑룡사가 그들의 침투를 적극적으로 저지했다. 이 과정에서 흑룡사 조직이 엄청난 피해를 입었다. 민완 행동대원 10여 명이 피살되고, 그들이 속한 부서가 파괴될 정도로 조직이 망가졌다. 그것도 반탐과장이라는 직위를 이용해서 최대한 보호막을 친 것이 그 정도였다. 진청밍은 이러한 쓰린 경험을 가지고 있어서 이번에는 흑룡사를 살리기 위해 공직을 버렸다.

펑리싱은 그것도 모른 채 자기 수하에 있는 부하 하나 못 잡겠느냐는 자만심에 빠져 장춘 쪽으로 쫓아 왔다. 하지만 장춘에서는 흑룡사의 인맥이 도처에 깔려 있었다. 권력 기관에 있는 사람 치고 흑룡사의 덕을 보지 않은 사람이 없을 것이다.

펑리싱은 자기 직위를 내세워 장춘 공안국에 진청밍 일파의 동태를 알려 달라고 요구했다. 진 과장이 이미 공안 측에 손을 뻗쳤을 것으로 보고 선수를 친다고 해본 수작이었다. 아닌 게 아니라 몇 시간이 지나지 않아서 진청밍의 소재가 밝혀졌다. 중심가를 벗어난 어수룩한 뒷골목 빈관에 숨어 있다고 했다. 펑 국장은 북경으로 가기 전에 그를 잡게 되었다고 쾌재를 불렀다. 심복을 대동하고 빈관으로 쳐들어갔다. 완력으로 강압하면 쉽게 항복할 것으로 믿었다. 의외로 빈관 주변은 조용했다. 의아했으나 별다른 저항 없이 자기를 맞이하려고 기다리고 있을 줄 알았다. 서슴없이 빈관 정문 쪽으로 다가갔다.

이때 진청밍은 그를 맞이하려는 것이 아니라 생포하여 혼 줄을 낼 생각을 하고 있었다. 장춘 공안 측에서 알려 온 바에 의하면 펑 국장 일행이 빈관 소재 정보를 입수하여 곧 빈관 쪽으로 온다고 했다. 일부러 빈관 주변을 비어두고 그를 기다렸다. 다만 예상 도피로를 차단하여 망 안에 든 토끼를 만들 작정이었다.

펑 국장이 빈관 현관에 도착하여 진청밍 과장을 찾았다. 빈관 접수 성원은 지체 높은 동지가 왔다고 굽실거리며 3층에 있다고 알려주었다. 펑 국장은 자신이 현관에 와 있으니 내려오도록 전해 달라고 지시했다. 접수 성원이 전화하자 진 과장은 펑 국장을 바꾸라고 했다. 이 말을 들은 펑 국장은 화를 벌컥 냈다. '이 자식이 돈에 눈이 어두워 상관도 몰라보는 거이야? 사람 분통 터진다 해.'

전화통에 대고 고함을 질렀다.

"야, 이 간나새끼! 돈 때문에 사람이 눈에 안 보인다 이거지. 당장 3층으로 올라가서 작살낼 거이야. 기다리고 있어 해!"

그가 화가 머리끝까지 나서 심복을 데리고 3층으로 막 올라가는 순간 등 뒤에서 난데없는 확성기 소리가 들렸다.

"펑리싱은 들어라! 펑리싱은 들어라! 당장 투항하고 나오지 않으면 특공대를 투입하겠다."

화들짝 놀란 펑리싱이 뒤를 돌아보다가 말고 그 자리에 얼어붙었다. 옆에 섰던 비서는 엉거주춤 하며 드디어 올 것이 왔구나 하는 표정을 짓고 있었다. 부패 관리의 말로가 눈앞에 전개되고 있었다. 이때 진청밍은 얼굴에 회심의 미소를 띤 채 가방을 챙겨들고 뒷문으로 빠져나갔다. 그는 빈관으로 들어온 후 장춘 공안에게 자신의 소재를 일부러 드러냈다. 어떻게 하든 펑 국장의 귀에 소재 정보가 들어가면 여기 나타날 것이 뻔했다. 그 정보가 덫이 되는 줄도 모른 채 덜컥 물었으니 결과야 불을 보듯 하는 것 아닌가.

진청밍은 펑 국장의 비서 왕주룽을 통해서 국장의 일거수일투족을 거울 보듯 빤히 들여다보고 있었다. 생활이 어려운 비서에게 매달 생활비에 보태 쓰라고 일정 금액을 주면서 국장과 관련된 정보는 하나도 빼놓지 말고 일일보고를 하도록 길들여 놓은 터였다. 왕주룽은 진청밍 과장이 위장용으로 반탐과장직을 맡고 있는 것이지 그의 체질에 맞지 않는다는 것을 이미 알고 있었다. 동북지방 흑사회에서 군림하려는 꿈을 가지고 있는 것도 알았다. 더 나아가서 흑사회에서 배신은 무엇을 의미하는가를 잘 알고 있는 그로서는 장차 동북지방 흑사회 왕자로 군림할 그를 배반하기보다 따르는 것이 훨씬 실속이 있다는 사실도 알고 있었다. 진청밍이 가는 길이 바로 자신이 가는 길이 될 것임을 직감한 비서 왕주룽은 그의 장춘 행을 눈치 채고 고민에 빠졌었다. 당성이 강하다며 그를 내부 감시자로 임명한 당의 방침을 따르지 않을 수 없었기 때문이었다. 통일전선공작부 부지부장 림먼쿵에게 직보하던 일을 갑자기 그만 둘 수도 없고, 그렇다고 진청밍의 행방을 모른 채 할 수도 없었다. 해서 림 부지부장에게 진청밍의 장춘행을 알리는 한편 진청밍의 지시대로 펑 국장에게도 알려 덫에 걸려들게 만들었다. 펑 국장은 알려진 부패분자로서 어느 때면 제 갈 길로 갈 인물이었다. 왕주룽은 비서로서 그를 모시기보다 반당분자에 대한 감시역할을 맡았기 때문에 죗값을 치를 기회를 마련해준 셈이었다.

펑 국장이 그를 돌아보고 눈앞에 벌어지고 있는 사태가 믿기지 않는다는 듯 일갈했다.

"야, 이 멍청아, 비서가 뭐이 어떻게 돌아가는 것도 모르고 이 거이 뭐야?"

왕주룽은 빙긋 웃으며 되받았다.

"부정부패 반당분자를 체포하러 왔다고 해, 헤헤헤…… 우리 사람 통 모른다 해."

"네 놈이 모르면 누가 알아? 복장 터진다 해!"

빈관 현관에서 국장과 비서가 이러고 있는 사이 림먼쿵 부지부장이 보낸 검찰관이 다가왔다. 수행 검찰국 요원들이 펑 국장 일당을 둘러싸고 체포영장 집행을 도왔다.

그런데 이 장면을 먼발치에서 지켜보고 있는 사람이 있었다. 후미링으로부터 펑 국장이 진청밍 일당을 뒤쫓고 있다는 정보를 입수한 장서쾌는 펑 국장 일당의 뒤를 쫓으며 장춘에 왔다. 그들이 빈관으로 들어가는 것을 보고 기습하기 적절한 때를 기다릴 참이었다. 두 패거리가 맞붙는 상황을 지켜본 후 마지막에 남는 패거리를 덮치면 될 일이었다. 골목 입구에서 거리를 두고 추격조가 흩어져 감시망을 펼치고 있는데 느닷없이 지프차를 앞세운 검찰국 차량이 질주해 들어왔다. 웬일인가 하고 모두들 놀라며 몸을 숨겼다. 잠시 후 확성기에서 체포 운운 하는 소리가 들렸다. 바로 그때 사나이 몇 명이 장서쾌 추격조가 은신해 있는 골목에서 20미터 거리에 있는 건물 지붕을 타고 사라졌다. 장서쾌는 그런 줄도 모르고 빈관 입구만 주시했다.

잠깐 빈관 앞이 웅성거리더니 펑 국장이 수갑을 찬 채 검찰국 요원에게 이끌려 나왔다. 그 뒤를 이어 그의 심복들이 줄줄이 묶여 나왔다. 마지막에 나온 사나이는 왕주룽 비서였다. 왕 비서는 검찰관에게 무엇인가 수군거리면서 웃고 있었다.

단고기집 향육관에 모인 조선족 청년들은 장서쾌의 연설 같은 인사말에 귀를 기울이고 있었다. 지난번 고영동이 장서쾌라는 인물을 소개하며 직지 찾기의 민족적 의의를 설명했을 때 모두 공감하고 이 자리에서 한 번 만나기를 약속한 대로 장서쾌와 회동을 하게 된 것이다. 장서쾌는 참석자들과 일일이 악수를 나누며 인사를 한 후 직지 찾기 운동의 경과와 앞으로 계획을 소개했다.

"우리는 한민족의 후예로서 뜻 있는 일을 하고자 여기 모였습니다. 그러므로 우리의 모임은 서열이나 직위가 따로 있는 것이 아니고 민족의 영광을 되찾는 일에 동참하는 동지일 뿐입니다. 다만 일을 하는데 선후가 있는 만큼 먼저 시작한 사람이 나중에 참여한 사람들에게 그동안의 일을 알려주고 공감을 형성하는 것이 중요하여 몇 말씀 하게 되었습니다.

세계 최초의 금속활자본인 직지 찾기가 헝클어진 한민족의 정체성을 확립하는데 크나큰 몫을 하리라 장담할 수 있습니다. 일제 식민지에서 벗어나자마자 다시 남북분단의 세월이 70여 년, 잘못하다가는 1세기를 맞을지도 모르는 불투명한 민족 진로 앞에 한민족을 하나로 뭉칠 수 있는 도구로 직지가 등장할 것이란 말입니다. 바로 이런 일을 우리가 나서서 해보자는 것이 오늘 여기 모이게 된 취지입니다. 여러분 힘을 모아 직지를 찾으러 갑시다. 그 직지가 지금 흑사회 조직의 손에 들어가 있습니다. 한민족의 문화재를 중국, 그중에서도 흑사회 조직이 갖고 노략질하는 것을 막아야 합니다. 우리가 하루 빨리 환수하여 세계에 자랑스러운 모습을 보이도록 합시다. 여러분 경청하여 주셔서 감사합니다."

모두 일어나 박수로 그의 뜻을 받아들였다. 조선족 청년 여섯 명이 직지 추적조 조장 자격으로 한 명씩을 동참시켜 모두 열두 명으로 추적조를 편성했다. 고영동이 선참자로서 이들을 이끌고 장서쾌의 선도에 따르기로 했다.

사라진 꿈

1

장서쾌와 후미링은 고민에 빠졌다. 지금까지는 후미링을 통해 중국 측의 도움을 받아 왔지만 앞으로도 계속 지원을 받을 것이냐를 두고 두 사람은 쉽게 결론을 내리지 못하고 있었다. 장서쾌가 중국 측의 지원을 받는 것에 대해 우려를 나타내는 것은 결국 직지를 온전하게 손에 넣을 수 있느냐는 문제 때문이었다. 저들이 동북공정을 추진하면서 온갖 조작도 마다하지 않는 경향을 보였기 때문에 직지를 가지고 무슨 소리를 할지 의구심이 들었다. 만약 자신의 직지 추적 사실이 저들에게 알려진다면 방해는 물론 신변이 위태로울 수 있었다. 후미링도 그의 우려에 공감을 했다. 청화대학에서 박서치가 우려하던 동북공정 얘기를 새삼 떠올리며 경계심을 갖지 않을 수 없었다. 문제는 장서쾌 선생의 직지 찾기를 도우면서 중국 측의 눈에 띄지 않도록 하여 온전하게 직지를 되찾을 수 있도록 하는 것이었다.

후미링이 제안했다.

"중국 공안의 정보를 은밀히 빼내 장 선생님의 추격활동을 돕는 대신 저는 일정 거리를 두겠어요. 삼촌이나 림 부지부장께는 펑리싱 국장 경우처럼 진청밍 과장을 체포하는 데만 관심을 가지는 걸로 하겠어요."

"그러니까 후미링 씨는 배후 지원 세력으로 활략하는 것이 효율적이다이 말씀이지요? 좋습니다. 앞으로는 표면에 드러나지 않도록 피차 유의합시다."

"그러면 저와 연락은 한 단계 건너 뛰어 해주세요. 일테면 카페 종업원을이용하여 간접 연락선을 만들어 보세요."

"그거 좋은 아이디어네. 우리 추적조 중에 노래방 사장이 있는데 장춘 노래방을 소개 받아 연락처로 합시다."

"네, 그래요. 장 선생님, 파이팅요!"

그날 빈관에서 무사히 빠져나온 진청밍은 장취회이와 함께 보다 은밀한은신처로 옮겼다. 그들이 간 곳은 장춘 교외 한적한 들판에 있는 폐공장이었다. 이 공장은 장춘시 동남방향 경제개발구 인근에 있었으며, 얼다우국제공항과 가까웠다. 몇 년 전까지만 해도 생산 활동이 활발했던 한국인 경영신발공장이었다. 흑룡사 애들이 이 공장을 노리고 온갖 노략질 끝에 결국사장이 더 못 견디고 두 손을 들고 말았다. 그들이 한국 기업을 문 닫게 만드는 데는 몇 가지 수법이 있었다. 잘 된다 싶은 기업을 골라 공동 투자를제의했다가 거절당하면 앙갚음을 했다. 표면상으로는 중국 사업가를 무시한다고 자존심을 내세우지만 내심으로는 기업을 망하게 하여 인수할 속셈이었다. 표적이 된 기업을 망하게 하기 위해 거래은행이나 거래 선을 협박하여 운영에 타격을 주었다. 장춘 바닥에서 흑룡사라면 공안도 함부로 손못대는 판국인데 누가 감히 시비를 걸 수 있을 것인가. 신발공장 사장은 투

자금 회수는커녕 생명의 위협까지 받게 되자 문을 닫고 귀국하고 말았다. 흑룡사는 한국 기업에 대해 그렇게 악랄한 존재였다. 그 후 폐공장이 흑룡사의 비밀 아지트가 된 것은 말할 것도 없었다. 바로 여기에 진청밍이 자리를 잡은 것이다.

장서쾌는 추적조 일원의 소개로 알게 된 장춘 노래방 신나라노래방 사장에게서 진청밍의 행방을 들었다. 친교가 있는 공안의 얘기와 유흥가에서 떠도는 흑룡사 소문을 종합한 결과 시 동남쪽 폐공장에 흑룡사 패거리가 들락거린다는 정보였다. 만약의 경우에 대비해서 후미링을 만났다. 진청밍의 정보를 림 부지부장에게 알려주고 요원을 동원하여 폐공장을 포위하도록 하라고 일러주었다. 통일전선공작부 요원들이 양동작전을 펼치도록 유도한 후 장서쾌 추격조는 진청밍의 뒤통수를 칠 작정이었다.

장서쾌의 추격조가 진청밍 일당을 쫓아 개발구역 인근에 있는 폐공장을 찾아 나섰을 무렵 중앙통일전선공작부 길림성 지부 사무실에서 심각한 얘기가 오가고 있었다. 림먼쿵 부지부장은 펑리싱 국장을 추달하는 과정에서 진청밍이 노리는 것을 알게 되었으며, 둥흐쨩 실장이 펑 국장에게 동북공정 관련 발언을 한 사실도 뒤늦게 듣게 되었다. 듣자 하니 직지가 무엇인지는 잘 몰라도 이를 두고 남조선 사나이가 뒤쫓고 있다니 예사 일이 아닌 것 같았다.

"그러면 둥 실장 생각으로는 남조선 사나이가 그 고서를 노리고 진청밍을 뒤쫓고 있다 그 말이오?"

"네, 부지부장님. 이건 예사 일이 아닌 것 같습네다."

"사실이 그렇다면 나도 예사 일이 아니란 생각이 드오."

"기러니까 남조선 사나이의 주변 인물들을 눈여겨봐야 합네다."

"그렇군. 특무조를 풀어서 진청밍도 찾고 남조선 사나이의 패거리들 동태도 감시하도록 해야겠어."

"진청밍이 흑룡사 총사장이라니 공안도 믿을 거이 못되겠네요."

"장춘 지역 공안들은 흑룡사와 내통 안한 놈들이 없을 지경이라니 믿을 수 있겠어. 특무들을 풀어야지."

진청밍이 폐공장에서 나와 장춘회의전시중심호텔에 모습을 드러냈다는 공안 측 정보를 듣고 장서쾌는 어리둥절했다. 후미링이 알려준 바에 의하면 공안 측이 통일전선공작부 길림지부에 진청밍으로 보이는 일당이 호텔에 모습을 나타냈다고 보고했다. 이 호텔은 개발구 회전가(회의전시가)에 있는데 이름 그대로 국제회의나 국제전시회가 자주 열리는 곳이었다. 외국인들이 수시로 들락거리는 곳이어서 사람들에 섞여 출입하면 누가 누구인지 분간할 수가 없었다. 장서쾌와 고영동은 그들에게 얼굴이 알려져 있지 않아 호텔에 잠입하기에 안성맞춤이었다. 나머지 추격조는 폐공장 주변에 잠복시켜 두고 두 사람만 호텔로 들어갔다.

장서쾌는 그들이 무슨 일로 호텔로 왔을까, 추리하며 로비를 둘러봤다. 여름휴가를 온 관광객들도 많이 눈에 띄었다. 울긋불긋 천연색 남방셔츠와 팬티 차림으로 로비를 누비고 다니듯 하는 관광객들을 보노라니 마음이 울적했다. 이 더운 날에 후미링 같은 미인과 관광이나 다녔으면⋯⋯. 은연중 그녀에 대한 연모의 정이 꿈틀한 것이다. 그런 엉뚱한 염원을 그리던 그는 얼른 고개를 저었다. 다시 로비를 서성거리기 시작할 때 눈에 들어오는 것이 있었다. 로비 입구 오른쪽에 설치한 행사 안내판이었다. 무슨 행사들이 예정되어 있는지 궁금해서 읽어봤다. 국제학술회의가 두 건 있고 그 밑으로 세계적인 화가 그림전시회가 있었다. 나머지는 개인 행사들이었다. 진청밍과는 관련이 없는 행사들이었다.

막 돌아서서 다시 로비 쪽으로 가려고 할 때 어떤 사나이가 안내판 쪽으로 다가오는 것이 보였다. 무심코 지나쳐 가다가 기시감이 느껴졌다. '저 사람 혹시 어디서 본 사람인가?' 이상하게도 그런 것 같은 느낌이었다. 땅딸막한 키에 각이 진 얼굴, 음흉하게 가느다란 눈매—바로 그 사람이었다. '진청밍 아니야.' 정신이 퍼뜩 들었다. 후미링이 보여준 그 사진 속의 인물이었던 것이다. 장서쾌는 고영동을 데리고 사람들 속으로 몸을 숨겼다. 리셉션 데스크에 가까이 다가간 후 체크인을 대기 중인 줄에 섰다. 수시로 안내판 쪽으로 시선을 던지며 진청밍의 동태를 살폈다. 아까 자기가 한 것처럼 그도 안내판을 훑어보고 있었다. 그러다가 어느 한 곳에 손가락을 갖다 대었다. 아니 손가락으로 어떤 행사를 짚고 있는 것이었다. 호기심이 솟아났다. 그가 어떤 행사에 관심을 가지는 것일까? 다행히 얼마 있지 않아 그가 자리를 떴다. 장서쾌는 그가 엘리베이터로 향하는 것을 보고 다시 안내판이 있는 데로 갔다. 그가 손가락으로 짚었던 자리가 어디일까, 가늠해 보려고 안내판을 훑었다. 그가 흥미를 가질만한 행사가 없었다. '혹시 개인 행사에 아는 사람이 있는 것인가?' 의문을 가지고 돌아섰다. 따라오던 고영동이 불쑥 한마디 했다.

"선생님, 혹시 그놈이 유명 화가 그림 전시회에 가보려고 한 것이 아닙메?"

"진청밍이 그림전시회에 관심을 가진다? 글쎄 두고 봅시다."

진청밍은 엘리베이터로 가다 말고 이들의 동정을 살폈다. 아까부터 자신에게 시선을 던지던 두 사람이 자기가 보았던 안내판을 들여다보고 있는 것이 수상쩍었다. 하는 행색이 자기 뒤를 밟고 있는 것 같았다.

장서쾌는 고영동의 말에 반신반의하면서 폐공장 감시를 더욱 철저히 해야겠다고 다짐했다. 폐공장으로 가기 위해 현관의 회전문으로 들어섰다. 고영동이 얼른 따라 들어왔다. 한 칸에 두 사람이 들어와서 공간이 좁아졌다. 장서쾌가 웃으며 다음에 들어와야 하는데 함께 들어와 버렸다고 농담을 하는 순간 유리문에 강한 힘이 가해지며 앞으로 획 돌아갔다. 두 사람은 꼬꾸라질 듯 현관 밖으로 튕겨나갔다. 비틀거리며 중심을 잡는 사이 한 사나이가 다음 칸에서 튀어나와 고영동의 등을 걷어찼다. 그가 악! 소리를 지르며 앞으로 몸을 숙였다. 장서쾌는 갑자기 당한 일이라 어리둥절했다. 동시에 그 사나이의 주먹이 면전으로 날아 들어오는 것을 봤다. 부산역전에서 단련된 그의 몸이 반사적으로 반응했다. 날아오는 주먹을 잡아 힘껏 꺾으며 가슴팍을 걷어찼다. 뒷걸음치는 사나이의 얼굴을 보니 진청밍이었다. 엘리베이터를 타러 가는 체 해놓고 허를 찌른 것이었다.

"야, 이 새끼! 그렇잖아도 찾았어."

벼락같은 소리와 함께 공중에 붕 떠서 그의 면상을 차버렸다. 착지와 동시에 멱살을 잡아 숨통을 조이려 했다. 그러나 위험을 감지한 진청밍이 재빨리 달아나기 시작했다. 소란 통에 현관 주위에 사람들이 몰려들자 장서쾌는 고영동과 함께 얼른 자리를 떴다.

2

    림먼쿵 부지부장은 산하 특무조를 대동하고 폐공장을 포위했다. 첩보에 의하면 직무를 이탈한 진청밍 과장이 흑룡사 총사장 행세를 하며 폐공장에 잠복하여 무슨 음모를 꾸민다고 했다. 둥 실장 말로는 고서를 훔쳐 달아나서 북경에서 팔려고 한다더니 왜 폐공장으로 왔는지 알 수 없었다. 그는 폐공장이 흑룡사 아지트인 것을 모르고 있었다. 그래서 특무 병력을 몇 명만 데리고 왔다. 일단 공장으로 들어가는 길목과 정문 앞에 병력을 배치했다. 공권력이 출동하면 투항할 것이라는 안이한 생각에 확성기를 가지고 회유를 하려고 했다.

    "진청밍 과장, 잘 들어라. 어제까지 반탐과장 하던 공직자가 흑사회에서 활동을 하다니 한심하다. 괜한 짓 하지 말고 순순히 나오라."

    림 부지부장은 점잖게 타이르듯 말했다. 이미 흑룡사 총사장으로 나선 작자가 그런 점잖은 말에 넘어 갈 리가 없었다. 그것도 모른 림 부지부장은 다시 한 번 방송을 했다.

    "지금 내 말 들리나? 들리면 들린다고 대답해라. 좋은 말로 할 때 응답하라!"

    진청밍은 쓸데없이 나팔 불고 있다며 콧방귀를 끼고 있었다. '병력을 데리고 왔으면 한판 붙어 보든지, 무슨 잔소리가 많아.' 아예 귀를 막았다. 자신의 방송에 묵묵부답이 돌아오자 답답해진 부지부장은 위협을 하기 시작했다.

    "진청밍 네 놈이 무슨 수작을 부리려고 여기 폐공장에 죽치고 있는지 다

안다. 흑룡사 놈들을 데리고 장춘 흑사회를 지배하려는 속셈이지. 너 같은 놈이 흑사회를 지배하면 장춘, 아니 동북 지역이 시끄러워져서 용납할 수 없다. 싹을 잘라 놓을 작정이다. 알아들었나?"

림 부지부장은 흑룡사를 살리기 위해 고서 거래를 노리고 있는 진청밍의 속셈을 간과한 채 흑룡사 패거리들의 세력다툼으로만 치부하고 있었다. 둥 실장의 얘기를 깜박 잊어버리고 있었다. 흑사회에서 진청밍이 노략질 하는 것을 막아야 한다는 판단에 집착한 것이다. 그러나 흑사회에서 조폭들의 세력다툼은 통일전선공작부 소관이 아니라 공안 당국 소관이었다. 그런 문제면 장춘 공안국, 나아가서 길림 공안청이 나서면 될 일이었다. 눈앞에 보이는 것만 쫓다가 보니 특무조 출동의 의의를 혼동했다.

진청밍은 일단 고서 얘기가 나오지 않자 한숨을 돌린 듯 느긋한 태도였다.

"흑사회 일은 공안이 나서면 되지 왜 그런 기야. 우리 사람 몰라 해."

그러자 장취회이가 한마디 거들었다.

"공안이 나서면 총사장님 수족이나 마찬가지인 그들이 무얼 어쩌겠습네까? 문제될 게 없지 않갔시오."

"기니까니 우리는 공안이 오도록 기다려 보자우."

"네. 그 후에 북경행을 할 겁네까?"

"북경행을 할 수 없어 여기 있지. 특무조가 이곳까지 왔다문 얼다우비행장도 지켜보고 있지 않갔어."

"기렇다문 고서는 어카갔시오?"

"기게 말이야, 잘 하문 가만히 앉아서 떼돈 벌 수 있는 방법이 없지 않갔어."

"네? 무슨 좋은 방법이……?"

"있지 있어. 어제 장춘회의전시중심호텔에 갔다가 희한한 아이디어를 얻었어."

"무슨 아이디어입네까? 우리 사람 궁금해 죽갔시오."

"유명 화가 그림 전시회가 있더군. 안내자에게 물어보니 그림을 비싼 값에 팔고 사고 한다던데……."

"기래요?"

"내 말 들어 봐. 국제경매회사에서 그런 일을 한다는군. 무슨 소더비라나, 크리스티라나 그런 회사들이 경매를 한다네. 우리 고서도 값 비싼 거니까 경매에 붙이면 되잖갔어."

"기럼 회의전시중심호텔에서 고서경매를 해 볼라고 합네까?"

"기게 옛 장사 맘대로 되나. 국제경매회가 열려야 되지."

진청밍은 좋은 방법을 두고도 고서를 마음대로 경매에 붙이지 못 하는 것이 안타까웠다.

장서쾌는 폐공장 앞에 진을 치고 있는 림 부지부장 특무조 때문에 정면 승부를 선택할 수가 없었다. 할 수 없이 공장 담장을 돌아 뒤로 갔다. 그러나 뒷문이 없었다. 담장 가까이에 고목이 하나 서 있을 뿐이었다. 다만 버려진 농장 안에 낡은 창고가 있었다. 공장 담장으로부터 가까운 곳이었다. 우선 자신과 고영동, 추격조 중 8명이 창고로 숨어들었다. 나머지 3명은 별도 신호가 있을 때까지 정문 부근에서 대기하도록 했다. 뒤쪽이라서 진청밍 일당의 동태는 보이지 않았다. 공장 앞쪽에서는 이따금 확성기 소리가 들리더니 조용했다. 일촉즉발의 순간이었다. 확성기로 회유했으나 순순히 자수하지 않자 다음 행동 차례를 기다리는 모양이었다. 주변에 잠복한 추격조에게 연락하여 정문 동태를 주시하도록 했다.

이윽고 결전의 순간이 온 듯 림 부지부장의 지시로 특무조가 공장으로 난입해 들어갔다. 와장창 소란이 이는가 싶더니 곧 신음 소리가 잇달았다. 몇 사람의 발자국 소리가 들려왔다. 이어 다급한 림 부지부장의 소리가 대기를 흔들었다.

"모두 물러나라 물러나!"

특무조가 당한 모양이었다. 공장 안에 숨어 있는 흑룡사 대원들이 몇 명인지 모르나 섣불리 달려들 형편이 아니었다. 장서쾌는 밖에서 다음 사태 전개를 기다리기로 했다. 상화 파악을 제대로 한 후 공장을 기습할 작정이었다. 그로부터 몇 십 분이 지나지 않아 차량 행렬이 들이 닥쳤다. 지원군이 온 것이다. 그런데 지원하러 온 병력은 다름 아닌 장춘 공안 병력이었다. 통일전선공작부 림 부지부장의 지원 요청을 받고 출동한 공안 병력은 겉으로 보기에 완전무장한 기세가 등등했다. 특무조가 풍비박산 난 마당에 이들은 사실상 주력부대가 되었다. 림 부지부장은 공안국장과 함께 진청밍의 흑룡사 대원 체포 작전을 진두지휘할 태세를 갖추었다. 수적으로 흑룡사 대원들을 압도하는 공안 병력은 명령만 떨어지면 공장 안으로 쳐들어가려고 했다.

이 시간 공장 안의 상황은 생각보다 여유만만 했다. 진청밍은 공안국에 심어놓은 첩자로부터 이미 출동 규모와 시간을 연락 받았다. 대원들에게 그 규모에 걸맞게 대결 태세를 갖추도록 하고, 장취회이에게 지휘를 맡겼다.

자신은 고서 가방을 들고 공장 안쪽 옛 사무실에 자리를 잡았다. 확성기에서 마지막 투항 권유 방송을 했다.

"진청밍 일당은 들어라. 지금 투항하면 정상을 참작하겠다."

그래도 안쪽에서 반응이 없자 공안 병력은 폐공장 안으로 진격해 들어갔다. 후미 병력이 엄호사격을 하는 체 했으나 상당수가 공중으로 쏘아대고 있었다. 이 바람에 선두 병력의 희생자가 많이 생겼다. 공안 병력은 더 이상 안으로 진입하지 못한 채 중간 지점에서 흑룡사 대원들과 사투를 벌이고 있었다.

흑룡사 대원들이 공안 병력의 소극적 대응으로 시간을 벌고 있을 때 진청밍은 가방을 끌어안고 뒷담을 넘어 도주할 생각을 하고 있었다. 아무리 흑룡사 대원들이 격투에 능하다 해도 공권력과 맞설 수는 없는 노릇이었다. 시간이 갈수록 상황이 불리하게 전개되리라는 것을 간파한 그는 공안 병력이 마지막 거점까지 오기 전에 도주로를 확보하려고 했다. 옛 사무실에 들어 앉아 공장 안의 상황을 지켜보던 그는 대원들이 밀리며 버티어낼 가망이 없자 장취회이를 불렀다.

"야. 니 거이 중요하니까네 내 옆에서 지키라우."

가방을 두드리며 신주단지 모시듯 꼭 껴안았다. 그의 얼굴에는 굳은 빵조각처럼 딱딱해진 피부가 두드러져 온몸에 번지는 긴장감을 드러내고 있었다. 점점 마지막 수단을 강구해야 할 시점이 다가오고 있는 중이었다.

이때 농장을 나선 장서쾌 추격조는 담장 옆 고목으로 다가갔다. 시간이 흘러 폐공장 안의 상황이 혼란에 빠져 있을 것을 직감한 장서쾌는 진청밍이 도주할 때까지 기다릴 필요가 없었다. 밖으로 나와 도주하는 놈을 뒤쫓으려면 넓은 들판에서 여러 가지 불리한 조건이 닥칠 수 있었다. 차라리 공장 안으로 들어가서 독 안에 든 쥐를 만드는 것이 유리하리라 판단했다. 먼저 고영동에게 고목으로 올라가서 내부 동청을 살피도록 했다. 입구 쪽은 말할 것도 없고 안쪽 옛 사무실 가까이까지 시체들과 부상자들이 널브러져 있었다. 가까이 가지 않아도 어떤 형편인지 짐작할 수 있었다. 밑으로 내려다보고 알렸다.

"지금 저 안에는 엉망입꼬망. 장 선생, 어카갔습둥?"

잠시 상황을 헤아려 본 장서쾌는 모두 고목을 타고 올라가서 공장 안으로 들어 갈 것을 지시했다. 장서쾌가 앞장선 조선족 추격조는 옛 사무실 쪽으로 접근했다. 몸을 숨긴 채 창문으로 안을 살폈다. 진청밍이 가방을 끌어안고 찌그러진 의자에 앉아 있었다. 그 옆에는 짐승 같이 생긴 놈이 버티고 서 있었다. 표정을 보니 침통 그 자체로 곧 거꾸러질 단말마를 연상케 했다. 숱한 주검과 부상자들의 고통스런 신음 소리에 주눅이 들 만 했다. 그래도 물욕에 눈이 먼 그들은 남의 나라 귀한 문화재를 탐욕의 대상에서 놓아주지 않으려 하고 있는 것이다. 장서쾌는 분노가 치솟아 오름을 느꼈다. '개새끼, 저놈 때문에 우리가 얼마나 고심했던가.' 당장 뛰어 들어가서 요절을 내고 싶었다. 떨리는 감정 때문에 주춤 서 있자 고영동이 얼른 그를 제지했다.

"장 선생. 노출 되갔습메. 앉으시라요."

장서쾌는 그제야 몸을 아래로 숙였다. 동정을 살피다가 쳐들어가려고 했다. 대원들이나 공안 병력이 더 이상 접근하기 전에 끝장을 낼 생각이었다.

특히 공안이 들이닥치면 골치 아프게 될 수 있기 때문이었다. 장서쾌는 고영동과 함께 사무실로 뛰어들었다. 추격조는 대원들의 접근을 막기 위해 주변을 에워쌌다.

"꼼짝 마! 너희들은 포위됐다."

진청밍이 놀라서 일어섰다. 그러자 장취회이가 앞으로 다가섰다.

장서쾌가 손짓을 하며 그를 제지했다.

"당신은 그 자리에 있어. 진청밍 과장과 할 말이 있어."

진청밍이 나섰다.

"야 이 사람 호텔에서 만난 남조선 간나새끼 아니네."

"그래, 맞다. 난 한국에서 온 장서쾌다. 너 하고 할 말이 있어 여기까지 왔다."

"우리 사람 바빠 해. 무슨 할 말이 있어 해?"

"거기 가진 가방 안에 든 것을 순순히 내놓으면 살 길이 있다."

"이 고서 말이네? 니 거이 내 건데 내놓으라고…… 히히히. 웃기고 자빠졌네."

"그게 왜 니 거냐? 우리나라 국보급 문화재다. 연길 대주호텔에서 강탈해 간 것이니 내놓아라."

"내 손에 있으니 내 거지, 누구 거냐? 새끼 함부로 나불대면 조용하게 해 줘야지. 꼼짝 마!"

진청밍은 권총을 들고 장서쾌의 이마를 겨냥했다. 움찔했던 장서쾌는 담대하게 말했다.

"야, 네 놈은 반탐과장직을 팽개치고 조폭 두목 노릇이나 할 작정이냐?

대국이라고 자랑하는 네 조국 중국에 먹칠하는 줄이나 알아라."

"머이? 새끼!"

흥분한 진청밍은 안전장치를 풀고 막 방아쇠를 잡아 당겼다. 그때 총성이 두 번 울렸다. 한 방은 천정으로 울려 퍼졌고, 또 한 방은 실내에 울려 퍼졌다. 눈 깜빡할 사이에 진청밍은 바닥에 나뒹굴어져 있었으며, 장서쾌는 선 채로 눈을 깜박거리고 있었다. 순간 발자국 소리와 함께 여인의 다급한 목소리가 들렸다.

"선생님, 괜찮으세요?"

후미링이 장서쾌의 안전이 염려되어 공장 안으로 들어왔다가 위험한 순간을 목격했다. 시체 주변에 있던 권총을 주어 재빨리 대처했다. 정신을 차리고 보니 후미링이 손에 권총을 들고 서 있었다.

후미링은 장서쾌와 만나는 장면이 중국 측에 목격되면 방해가 들어 올 것을 우려해 장서쾌와 약속한 신나라노래방에서 그를 기다렸다. 림 부지부장에게서 들은 정보에 의하면 특무조가 만만하게 생각하고 폐공장 안으로 쳐들어갔다가 희생만 치르고 물러났다고 했다. 흑룡사 대원들의 수비태세가 만만치 않은 것을 빨리 장서쾌에게 알려주려 했었다. 휴대폰 연락이 안되고 해서 신나라노래방으로 갔었다. 그곳에서 장서쾌로부터 아무런 전갈이 없자 불안했다. 그 길로 폐공장으로 내달았다. 장서쾌가 자칫 잘못 판단해 위험에 빠지지 않을까 애가 탔다. 폐공장 앞에서 머뭇거리는 사이 주변을 감시하고 있던 추격조와 만나 공장 안으로 들어갔다. 그들의 말로는 장서쾌가 추격조를 이끌고 공장 뒤쪽으로 잠입해 들어간 것 같다는 것이었다. 사방에 늘려 있는 시체를 헤치고 옛 사무실로 접근할 때 안에서 일어나고 있는 수상한 움직임을 발견했다. 일촉즉발의 위기였다. 순간 후미링은 시체 옆에 있던 권총을 주어 진청밍에게 발사했다. 연거푸 들린 총 소리에 잠시 멍했던 장서쾌가 그녀의 부름을 듣고 화답을 했다.

"아, 후미링 씨!"

그 순간 고영동의 경고가 들렸다.

"장 선생, 위험해요!"

고영동이 장서쾌를 옆으로 밀쳤다. 장취회이가 몽둥이를 들고 장서쾌를 내리 치려고 했던 것이다. 사태를 직감한 후미링이 권총을 장취회이에게 겨냥했다.

"물러 서! 쏜다!"

장취회이는 마지못해 뒤로 물러섰다. 그리고 책상 위에 떨어져 있는 가방을 힐끔 쳐다봤다. 진청밍이 그렇게 큰 기대를 가졌던 그 고서가 든 가방을 갖고 달아날 궁리를 했다. 그때 장서쾌가 다가섰다. 그가 가방을 노리는 것을 눈치 챈 장서쾌가 선수를 치려는 순간이었다. 이를 간파한 장취회이가 가방을 얼른 낚아챘다. 그런 후 문을 향해 몸을 돌렸다. 후미링이 권총을 겨냥한 채 막아섰다.

"거기 서라! 움직이면 쏜다."

장서쾌가 끼어들었다.

"너한텐 아무 소용없는 헌책일 뿐이다. 나한테 넘기라. 그러면 살길을 열어주겠다."

"에이 쌍, 남조선 간나새끼가 남의 나라에 와서 놀고 자빠졌네."

"잔말 말고 순순히 내 말에 응해라."

"말 안 들으면 진짜 쏜다. 저기 나뒹굴어진 진청밍 꼴이 되고 싶냐?"

후미링의 위협에 장취회이는 널브러져 있는 진청밍의 몰골을 보고 치를 떠는 것 같았다. 그러더니 갑자기 라이터를 꺼냈다. 이어 가방에서 직지를 꺼내 들었다.

"가까이 오지 마라. 우리 사람 열 받아 해."

장서쾌와 후미링이 동시에 주춤했다. 뒤에 누가 있으면 덮치기가 좋은데 모두 앞에 있으니 낭패였다. 다 된 밥을 망칠 수는 없었다. 그놈을 죽여서라도 직지를 뺏어야 했다. 후미링이 강단 있게 나왔다.

"정 말 안 들으면 할 수 없지. 이제부터 진청밍을 따라 가라!"

막 권총을 쏠듯 겁박하며 다가들었다. 이에 겁을 먹은 장취회이는 책상 서랍에서 조그마한 플라스틱 병을 꺼내더니 뚜껑을 열고 직지에 확 끼얹었다. 휘발유 냄새가 진동했다. 진청밍이 최악의 경우에 대비해서 준비한 것이었다.

"간나새끼들, 인제 끝장이야! 니 죽고 내 죽자 해."

장취회이는 남은 휘발유를 몸에 뿌리고 후미링에게로 돌진했다. 기겁을 한 그녀가 미처 피하기도 전에 불붙은 몸뚱이가 후미링을 덮쳤고 그녀는 놀라 방아쇠를 당겼다. 동시에 장서쾌가 후미링을 구출하기 위해 달려들었다. 다행히 후미링의 옷에는 휘발유가 제대로 묻지 않아 불길이 옮겨 붙다가 말았다. 장서쾌가 그녀의 옷에서 휘발유를 털어내느라 정신이 없는 사이 직지는 불길 속에서 사라져갔다. 그가 간절히 찾았던 한민족의 문화유산이 그렇게 눈앞에서 허무로 돌아가고 말았다. 안타까운 마음에 후미링을 껴안은 채 서 있었다. 그녀도 그의 품속에서 함께 안쓰러운 마음에 젖어들었다.

다시 도전하다

1

6개월 후 서울, 부산에서 올라 온 장서쾌와 호성이는 서울역에서 함께 공항철도를 타고 인천공항으로 달렸다. 인천공항에는 심양에서 날아오는 여객기에 탄 강명호와 그의 아내가 내릴 예정이었다. 열차 안에서 호성이는 강명호 아저씨를 만날 일에 마음이 둥둥 떠서 한시도 가만히 있지를 못했다. 성불사에서 처음 만났던 일, 중국 기관원에 쫓겨 두만강을 넘었던 일, 후미링 아줌마의 보호로 하얼빈에서 지내던 일, 탈북 브로커의 안내로 메콩강을 건너 태국으로 가던 일, 방콕에서 한국 여객기를 타고 서울로 오던 일, 어느 하나 기억에 새롭지 않은 일이 없었다.

장서쾌는 장춘에서 불상사가 있은 후 후미링에게 맡아 달라고 했던 호성이를 찾았다. 흑룡강성 복지시설에서 잘 지내고 있었다. 그는 귀국길에 호성이를 데리고 가려고 했다. 그러나 중국에서는 호성이가 난민으로서 인정받을 수 없다고 했다. 탈북자이기 때문에 난민 신청 자체를 받지 않는다는 것이었다. 할 수 없이 고영동을 통해 탈북 브로커에게 부탁하여 한국으로 보내주도록 했다. 그 바람에 호성이는 멀리 곤명을 거쳐 라오스 밀림지대를 지나서 메콩강을 건너는 모험을 할 수밖에 없었다. 어린 나이에 어른들의 잘못으로 고생을 시키는 것이 안쓰러울 뿐이었다. 중국 같이 대단한 국력을 가진 나라가, 그것도 수천 년을 이웃해온 나라가 독재 치하에서 부모를 잃고 갈 곳이 없는 어린애에게 난민 인정을 해주지 않는다니 국제관례에 어긋나는 일이었다.

어쨌든 호성이는 어렵게 자유 한국으로 찾아왔고, 하나원에서 새로운 삶터의 생활에 필요한 교육을 받고 새로운 인생을 시작하게 되었다. 장서쾌는 호성이가 하나원을 수료하는 날 차에 태워 부산으로 데려왔다. 그 후 호성이는 초등학교에 입학하여 학교에 다니는 동안 문창서점에도 가끔 얼굴을 내밀었다. 수많은 책을 골라 읽는 재미로 시간 가는 줄 모르는 아이가 되어가고 있었다. 나중에 자라면 박서치에 이어 새로운 조서치가 될는지 누가 알랴.

장서쾌는 들뜬 호성이를 보고 한마디 해주었다.

"호성이는 평양 선생님 오신다고 기분이 아주 좋은 모양이구나."

"네. 빨리 공항에 갔으면 해요."

"그래. 빨리 갈 거야. 이 열차가 가장 빠른 전철이거든."

이윽고 인천공항에 도착한 그들은 입국장 앞에서 강명호 일행이 나오기를 기다렸다. 장서쾌는 강 선생과 그의 부인을 여기서 만나 보게 된 것이 꿈만 같았다. 진청밍 일당을 쫓느라 연길에서 헤어진 후 소식을 모르고 있었다. 후미링에게 의사를 알라 봐달라고 부탁해 놓고는 잊어버리고 있었다. 후미링은 그가 귀국한 후 그의 부탁을 성심껏 들어 주기 위해 백방으로 뛰었다. 흑룡강성 사회복지국에 부탁하여 심장병 전문의를 구해달라고 했다. 러시아인 의사가 유명하다는 말을 듣고 수소문해 달라고 했다. 그 사이 강명호는 평양에 복귀하여 생활총화 시간에 아내 때문에 직무 이탈한 사실을 고백하고 처벌을 받았다. 4·15문학창작단에서 철직되어 동 인민위원회 지도원으로 일했다. 그러면서 후미링과 연락을 취해 러시아인 의사를 소개 받고 평양으로 초빙했다. 장서쾌가 준 돈으로 수술을 잘 마치고 아내는 몇 달 요양했다. 그 후 장서쾌와 호성이의 소식을 후미링으로부터 전해 듣고 탈북을 결심했다. 연길에서 장서쾌가 보여 준 호의에 감사할 뿐만 아니라 그가 직지에 대해 가지고 있던 애착과 열정에 감동한 나머지 그가 사는 자유 한국으로 가고자 했다. 거기 가서 못다 한 문학에의 열정을 불태우고 싶었다. 나아가서 장서쾌의 한민족을 위한 일에 일조를 하고 싶었다. 그는 고영동에게 연락하여 탈북을 도와 줄 것을 부탁했다. 그리하여 무사히 도강하게 되었고, 그의 소개로 알게 된 탈북 브로커의 도움으로 태국을 거쳐 한국으로 오게 된 것이다.

장서쾌는 입국장을 통해 승객들이 나오기 시작하자 왠지 긴장되었다. 오랜만에 만나는 그리운 사람이라서 그런지 몰랐다. 마른 침을 삼키며 주시하고 있는데 50대 사나이가 청년과 함께 부인을 부축하며 모습을 나타냈다. 순간 코끝이 찡해졌다. 성하지 않은 몸으로 남편을 따라 탈주 행로를 걸었던 부인이 얼마나 힘들었을까, 자유를 찾아 큰 걸음을 내딛은 부부의 결단에 숙연한 마음이 되었다. 그는 큰 소리로 불렀다.

"강 선생. 여기요. 어서 오시오."

그러자 옆에 있던 호성이 앞으로 내달리며 외쳤다.

"아저씨! 저 호성이 여기 있어요."

강명호는 그들 부부를 마중 나온 얼굴들을 알아보고 환호를 했다.

"어! 장 선생, 호성아!"

강명호는 호성이를 끌어안고 떨어질 줄 몰랐다. 앞길을 알 수 없었던 그때 낯선 이국땅에서 처음 보는 중국 여인에게 호성이를 맡기고 돌아서야 했던 심정은 이루 말할 수 없었다. 그런데 이제 자유 한국에서 그야말로 마음 놓고 정담을 나눌 수 있게 되었으니 감개무량하다는 말로 다 표현할 수 없었다. 그저 건강하게 버티어 준 호성이가 고맙기만 했다. 호성이의 얼굴을 만져 보던 강명호는 장서쾌의 인사말을 듣고서야 고개를 돌렸다.

"장 선생님, 정말 무어라 말할 수 없어. 이렇게 만날 수 있게 도와주신 은혜 감사합네다. 저의 안까이와 아들도 건강하게 잘 왔습네다. 여보, 인사드려요."

"선생님, 감사합네다. 저희를 위해 은덕을 베풀어 주신 점 영원히 잊지 않겠습네다."

부인은 그동안의 아픈 사연이 떠오르는 듯 눈물을 글썽이고 있었다. 옆에 이던 아들 경민이도 덩달아 울먹이고 있었다.

3개월 후 하나원 교육을 마친 강명호는 부인과 함께 부산으로 장서쾌를 찾았다. 보수동 문창서점을 보고 강명호는 입이 벌어졌다. 자유 한국이라지만 개인 서점이 이렇게 큰 줄은 몰랐다. 장서쾌는 그동안 자리를 비워 서점 운영에 차질이 생긴 것을 메우느라 바쁘게 움직였다. 아직 일이 다 끝나지 않은 상태였다. 귀한 손님들이 왔으니 가까운 국제시장 한식당에서 식사를 하며 얘기를 나누었다.

"가정주부가 있으면 집에서 대접을 해야 하는데 주부가 없어서 식당에 모셨으니 양해 해주세요."

"아참, 장 선생님은 아직 미혼이시던가요?"

"네. 어쩌다가 그렇게 됐습니다. 허허."

"앞으로 참한 색시를 만나 행복한 가정을 꾸리시기 바랍니다."

"네. 감사합니다."

두 사람의 얘기를 듣고 있던 부인이 무슨 말을 할 듯 하면서 참는 눈치였다.

식사를 마치고 차를 마시며 환담을 하던 중 화제가 직지 얘기에 미쳤다. 장서쾌와 강명호는 그제야 참았던 화제를 떠올리는 것처럼 종횡무진 얘기를 펼쳐나갔다. 특히 장춘에서 있었던 불상사에 대해서는 안타까운 마음을 공유했다.

"그때 직지 하권을 회수했어야 했는데 참 안타깝게 됐지요."

"정말 중국 흑사회 조폭들이 문제지만 그들을 끼고 이권을 챙기는 관리들도 마찬가지지요."

"강 선생이 야밤에 성불사에서 호성이와 함께 힘들여 가져온 것인데 호성이는 여기 건재한데 직지는 없으니 허전하기 이를 데 없습니다."

"장 선생님, 지성이면 감천이라고 하지 않습네까. 한민족의 문화유산을 기렇게 지성으로 찾고 있는데 하늘인들 무심하갔습네까."

"글쎄요. 요즘 미북 관계가 잘 풀려야 남북교류를 통해 북한의 문화재를 발굴해 볼 수 있을 텐데요."

"꼭 남북통일이 안 되어도 그 전에 남북교류만 정략적 고려 없이 진행된다면 기대해 볼 수 있갔시오."

"그러게요. 좋은 생각이라도 있습니까?"

"아직은 가정에 불과합니다만 어쩌면 직지 상하권을 다 찾을 수 있을지 모르갔시오."

"네, 그게 무슨 말씀입니까?"

"장 선생님, 들어 보세요."

강명호가 풀어 놓은 얘기는 뜻밖에도 성불사에 직지 상하권이 있을지도 모른다는 것이었다. 얘기인즉 성불사 대웅전은 극락전인데 1374년에 중창된 반면 응진전은 그보다 47년 빠른 1327년에 창건되었다. 그런데 극락전은 1950년 6·25전쟁 때 소실되었다가 1957년에 재건되었다고 한다. 이를 볼 때 직지가 발간된 1377년에 백운선사가 있었던 성불사에 몇 권을 보냈다면 극락전과 응진전 양쪽 불상에 복장되었을 것이다. 하지만 극락전 불상에 복장된 직지는 불에 타서 소실되었을 것이다. 응진전 불상 밑에 복장된 직지는 상하권이어야 하는데 하권만 있는 것을 발굴하여 가지고 나왔다. 그렇다면 상권은 어디에 있을까? 아마도 1957년 재건 때 응진전 불상 밑의 직지 상권을 옮겨 대웅전인 극락전 불상 밑에 복장했을 가능성이 커다는 것이었다. 그리고 대웅전에 직지 상하권 한 질을 갖추어 놓았을 가능성도 없지 않다고 덧붙였다. 왜냐하면 흥덕사에서 직지 몇 권을 성불사에 보냈다면 상하 짝을 맞춰 보냈을 것이고, 재건 후 극락전에 상권만 이장하지는 않았을 것이기 때문이었다. 즉 명색이 대웅전인 극락전에는 상하 한질을 복장했을 것으로 볼 수 있다는 것이었다. 지난번에는 극락전 소실 얘기만 믿고 아예 그쪽은 관심을 가지지 않았었다는 사실을 볼 때 극락전 불상 밑 복장품을 확인할 필요는 있었다. 장서쾌는 강명호의 설명을 듣자 무르팍을 쳤다.

'아하, 그런 사실이 있었구나. 남북교류가 제대로 되는 날 직지 상하권이 빛을 볼 수 있을 것이 아닌가.'

장서쾌와 강명호는 그날을 기다리자며 축배를 들었다.

직지 발굴에 대한 기대감이 새삼스레 솟아나자 문득 후미링 생각이 났다. '후미링, 그녀는 나에게 잊을 수 없는 존재가 아니던가.' 그런데 잊고 있었다니 너무나 미안해 고개를 들 수 없었다. 그날 폐공장에서 목숨을 구해준 생명의 은인인 그녀에게 제대로 고마움을 전하지도 못하고 총총히 떠나오고 말았다. 눈앞에서 직지를 잃어버린 낭패감에 빠져 후미링을 소홀하게 대한 자신이 원망스러웠다. 그녀를 가만히 불러 보았다.

'후미링……'

오로지 직지를 찾겠다는 일념에 살가운 말 한마디 제대로 나누지 못한 그녀, 박서치를 그리워하는 것 같아 남자로서 접근을 자제했던 그녀, 그녀는 단순한 직지 찾기의 후원자가 아니었다. 진청밍 일당을 추적하는 과정에서도 어느 순간 따뜻한 미소를 보내던 그녀의 얼굴이 떠올라 그리움을 더했다. 하루 빨리 남북교류가 진행되어 문화재 발굴사업을 하게 되면 다시 하얼빈으로 가서 그녀를 만날 수 있으련만 어느 세월에 가능할지 확신할 수 없는 것이 안타까웠다.

장서쾌는 며칠 동안 가슴에 묻어 둔 후미링의 모습을 그리워하다가 결국 휴대폰에 손을 댔다. 다이얼 숫자 하나하나를 누르는 손끝이 떨려 옴을 어쩔 수 없었다. 이윽고 신호가 가고 저쪽에서 응답이 왔다.

"여보세요?"

장서쾌는 순간 숨이 멎는 것 같은 감동에 말을 잊었다. 다시 그녀의 낭랑한 목소리가 전파를 타고 들려왔다.

"여보세요. 후미링인데요."

장서쾌는 눈물이 왈칵 솟구치는 것 같았다. 간신히 흔들리는 감정을 추스른 후 응답했다.

"후미링 씨 나요, 장서쾌……."

"어머, 장 선생님……."

둘은 서로 벅찬 교감 속에서 말을 잃고 있었다. 곁에 있었더라면 구차한 말 대신 힘껏 끌어안을 순간이었다. 영어 표현대로 곰처럼 우악스럽게 포옹해야 할 것을 멀리서 휴대폰 몇 마디로 대신하자니 남녀의 불같은 정염을 태울 길이 없어 말문을 닫았던 것이다. 그러나 장서쾌는 그녀에게 해 줄 말이 있었다. 벅찬 가슴을 가라앉힌 후 말문을 열었다.

"후미링 씨, 어쩌면 우리 두 사람에게 좋은 소식이 될지 몰라 알려드려요. 강명호 씨가 탈북해서 여기 왔는데 희망을 주더군요."

그는 강명호의 가정과 직지 상하권의 발굴 가능성을 그녀에게 설명해주었다. 후미링은 물론 자기 일처럼 반겼다.

"정말 잘 되었네요. 앞으로 또 뵙게 되었으면 해요."

그녀의 반기는 말 뒤에는 어딘지 섭섭함이 묻어나는 것 같았다. 이를 감지한 장서쾌는 자신이 미워졌다. '왜 나는 후미링 같은 미인을 두고 남자답게 접근하지 못하는가? 기껏 한다는 것이 또 직지 얘기를 가지고 접근하고

있나, 답답한 사람…….' 이제야 깨달았다. 그녀가 기다리는, 아니 내가 하고
싶은 진솔한 한마디 그것이 무엇인가를……. 그는 호흡을 가다듬은 후 휴
대폰을 고쳐 잡고 말했다. '정말 사랑해요.' 중년이 되도록 간직해 왔던 사
나이의 순정이 전파를 타고 멀리 흑룡강성으로 날아가고 있었다.

2

　장서쾌는 혼자 해운대 해변을 거닐며 깊은 사색에 빠졌다.
　직지 상하권의 발굴 가능성을 확인한 날 강명호와 축배를 들고 그날을
기다리자고 했으나 영 마음이 개운치 않았다. 결국 남북교류를 전제로 하
여 발굴 가능성을 내다본 것일 뿐 현실성이 떨어지는 기대감이라는 것을
깨달았다. 지금까지 트럼프와 김정은 간에 줄다리기를 해 온 것을 보면 그
런 기대를 걸기에는 너무나 먼 얘기였다. 선대 김정일로부터 선군정치의 기
치를 내걸고 핵무장화의 길을 치달아온 북한의 실상을 어찌 하루아침에 평
화 운운하며 부정할 수 있겠는가. 김정은이 그럴 수 없을 뿐만 아니라 설령
그가 비핵화 평화 비전에 기대려 할지라도 선군정치에 익숙해진 측근 세력
이 그대로 용납하지 않을 것이었다. 거기에 상대방인 트럼프가 비핵화를 내
걸고 미북 정상회담에 응한 만큼 북한의 상응한 조치가 뒤따르지 않으면
미북 관계가 진전을 볼 수 없을 것이다.
　이런 큰 틀 위에서 남북관계의 진전을 바라 볼 수 있을까? 미북 관계가
삐걱거리는데 남북관계가 원만하게 나갈 수는 없을 것이 아닌가. 그렇게 본

다면 남북 문화교류를 언제 기대하며, 문화재 발굴 협력은 과연 가능할 것인가. 장서쾌는 고개를 가로 저으며 회의에 빠져들었다. 저 멀리 수평선으로 눈길을 주었다. 확 트인 시야에서 희망의 빛을 찾고 싶었다. 그러나 기대감을 불러 일으켰던 일이 한반도 정세에 막히는 것 같아 안타까움이 시야를 흐리게 했다. 갈매기 떼가 하늘을 날며 까악까악 울어대는 소리가 울적한 심정을 달래주는 것 같았다. 그 순간 수평선 너머에 보일락 말락 하는 대마도가 아슴푸레 시야에 들어왔다. '저곳이 일본 땅, 아! 그렇지 우리의 민족 자긍심을 묻어 둘 수 없지 않은가.' 그는 바다 위에 걸린 일본의 존재를 느끼며 가슴 밑바닥으로부터 불끈 솟아나는 불같은 열정에 치받쳐 울컥했다. '내가 누구인가? 그렇지, 바로 고서 사냥꾼이 아닌가. 고서 사냥을 하다 죽을지언정 어찌 때만 기다리고 있을 소냐.'

장서쾌는 남북교류니 남북 문화재 발굴협력이니 하는, 겉으로 점잖은 언사에 홀려 있다가는 어느 세월 직지를 찾아 민족의 자긍심을 더 높일 수 있을까, 불끈하고 두 주먹을 쥐었다. 그가 이렇듯 단기필마로 직지 찾기에 나설 결심을 굳히자 그녀의 얼굴이 동시에 떠올랐다. 당연히 그녀의 도움이 필요해서 뿐만 아니라 그녀와의 인연을 보다 구체화해야 할 단계라고 판단했기 때문이었다. 그녀-후미링은 이제 그의 인생에서 빼놓을 수 없는 존재였다. 그의 직지 찾기 결심에 그녀의 존재는 촉진제가 되어 불을 댕기는 꼴이 되었다. 바야흐로 고서 사냥꾼의 열정이 다시 타오르기 시작한 것이다.

그로부터 며칠 후 장서쾌는 조용히 강명호를 불렀다. 점심 식사를 마친 후 해운대 동백섬으로 갔다. 은밀히 둘만의 속내를 교환하려고 했다. 장서쾌는 강명호의 손을 잡은 채 시선을 마주쳤다. 이제 그에게 강명호는 예사로운 존재가 아니었다. 그는 지금 혈육의 정 이상으로 친밀한 정을 서로 공유하며 한민족의 자긍심을 살릴 복안을 가지고 의논하려는 것이었다. 아내에게 생명의 은인이 된 그에게 강명호가 느끼는 감정은 이미 동북지방에서 체감할 수 있었다. 그런데 탈북하여 한국으로 온 후 단순히 은인 차원이 아니라 혈육 이상으로 끈끈한 정서적 유대감을 갖게 된 것이다. 그런 강명호가 장서쾌에게는 동지이자 협력자로서 보다 친밀한 존재로 다가왔다. 그의 야심찬 결단과 추진력에 없어서는 안 될 동행자가 되어야 할 것이었다.

장서쾌의 뚫어질 듯한 시선을 받고 있던 강명호는 이윽고 이심전심의 짜릿한 감흥을 느꼈다. 그가 자신에게 무엇을 바라는 것인지, 선뜻 받아들일 수 있을 것 같았다. 더 기다릴 필요가 없었다.

"장 선생, 무슨 얘기든지 하시라요. 내레 흔쾌히 따르겠시오."

장서쾌는 강명호의 유연한 태도에 용기를 얻어 그이 손을 힘껏 잡으며 말했다.

"강 동지, 난 이 순간부터 강 선생을 동지로 부르기로 했소. 우리 민족의 자긍심을 더 높일 수 있는 일에 동행자가 됩시다."

"기러시라요. 기럼 직지를 다시 찾아 나설 거이란 말입네까?"

"물론이지요. 그래서 강 동지의 동참을 간절히 바라는 바이오."

"내레 힘껏 도울테이니까니 어떻게 해야 할지 말씀해 주시기요."

"감사해요. 정말로 감사해요."

장서쾌는 강명호를 끌어안고 바위 같이 굳은 믿음을 확인했다. 강명호는 이에 호응하여 태산 같이 깊고 높은 사나이의 의지를 확인했다. 둘은 이 순간 한반도에서 살아가는 존재감을 실감하며 약속이나 한 듯 멀리 수평선을 바라보았다. 그들의 시선이 모이는 수평선 한 지점에는 신기루 같은 직지의 잔영이 어른거리고 있었다. 동백섬 언덕에 자리 잡은 최치원 선생 기념비를 뒤로 하고 선 그들의 모습은 역사의 한 장면처럼 그윽한 인상을 남겼다. 앞에는 망망대해로 뻗어 나간 수면의 고요함과 뒤로는 우거진 숲의 녹음이 혼합하여 연출하는 자연의 음색이 둘의 의기투합을 한층 돋보이게 했다.

장서쾌는 두 사람의 합동으로 직지 찾기 대장정에 오를 복안을 펼쳐 놓았다.

먼저 목표를 황해도 성불사로 잡았다. 동행자는 두 사람과 후미링으로 정했다. 직지 발굴 방법은 세 사람이 직접 현지로 가서 감행하기로 했다. 그러자면 위장 침투를 해야 하는데 위장 팀에 여성이 끼이는 것이 유리했다. 여성은 가족으로 위장하기에 적합한 요인이었다. 세 사람이 가족으로 위장하려는 속셈이었던 것이다. 위장팀의 리더는 강명호로 하기로 했다. 현지 사정에 밝은 사람이라야 팀을 무난히 리드할 수 있을 뿐만 아니라 위급할 때 임기응변으로 대처하기에 편리했다. 우선 국내에서 둘이 기본 준비를 갖춘 후 후미링에게 연락하여 동참시키기로 했다.

강명호는 그의 복안을 듣고 전적으로 찬성했다. 다만 현지 침투공작 계획은 자신이 구상하여 방안을 만든 후 의논하기로 했다.

장서쾌는 강명호와 함께 다시 직지 찾기 대장정에 나서기로 한 후 바로 후미링에게 전화했다. 사랑하는 사람과 함께 뜻 깊은 장정의 길을 가기로 한 사실을 하루 빨리 알려주고 싶었다. 그리고 얼굴도 보고 싶었다. 손을 잡고 함께 할 일을 의논하고 싶었다.

"여보세요, 후미링 씨?"

전파를 타고 이심전심이 흘러갔는지 신호가 가자말자 전화를 받았다.

"네, 저에요. 잘 계시죠?"

"덕택으로 잘 지내요. 헌데 그대가 보고 싶은지 자꾸 궁금해지네요."

"저도 왠지 요즘 부쩍 선생님의 근황이 궁금하던 중이었어요."

"그래서 후미링 씨를 만나러 갈 궁리를 대고 있소."

"어머, 그래요. 언제 무슨 일로 오시는데요?"

"내 일이야 뻔하잖소."

"그럼 직지 때문에 오셔요?"

"뭐 그보다 먼저 그대를 보려고 해요. 의논할 일도 있고……."

"장 선생님은 직지를 빼면 이야기 할 게 없잖아요."

그녀의 반문에서 여성 특유의 서운함이랄까, 아니 기대감이랄까, 하는 여운이 묻어나는 것 같았다. 해서 직설법을 구사했다.

"후미링 씨. 내가 사랑한다는 걸 잊지 마요. 직지 얘기는 차차 만난 후 하고……."

"네, 기다릴게요. 오실 때 연락 주세요."

3

한창 신록이 짙어지기 시작하는 초여름 어느 날 이른 오후, 장백 해관.

이곳은 압록강이 지나가고 있었지만 짧은 다리가 놓여 있어서 단동처럼 그렇게 국경 지역 같은 경계 분위기가 나지 않았다. 더군다나 강폭이 좁아 이쪽 강둑에서 저쪽 북한쪽 강둑 훤히 보였다. 북한 주민들이 강변 주택에서 나와 걸어 다니는 것도, 국경 경비초소 경비병이 총을 맨 채 초소를 나와 어디론가 가는 것도 보는 것이 예사롭지 않았다. 하물며 강둑 밑으로 내려와서 빨래를 하는 아낙네들이 친근감이 갈 정도로 동네 아줌마 같은 인상을 풍겼다. 이전에는 냇물 같은 강을 건너 이웃집 가듯 북중 간에 인민들이 들락거리던 곳이었다. 혜산과 건너편 장백에는 친척들이 적지 않았다. 장백에 사는 조선족도 이들과 함께 어울려 살면서 나라 경계의 개념이 없이 자유로이 오가던 곳이었다. 그런 곳이 북한 세습정권의 등장에 따라 폐쇄적으로 되면서 엄격한 국경 지대로 탈바꿈하게 되었다. 서로 남북으로 뻔히 바라보면서도 마음대로 오가지 못하는 곳이 되어 버린 지 오래였다. 용무가 있는 사람은 반드시 해관을 거쳐야만 북중을 오갈 수 있었다.

이렇게 국경연선이 폐쇄되자 혜산 강변 둑에는 왜가리 족이라는 새로운 무리가 등장했다. 1990년 중반 이후 모두가 먹을 것이 없어서 산으로 들로 강으로 먹을 것을 찾아 헤매던 때, 이곳 강둑에는 남녀노소 할 것 없이 해만 뜨면 몰려나와 장백에서 무슨 소식이 오지 않나 기다리기 시작했다. 강 건너 장사하러 다니는 인편에 친척에게 도움을 요청하는 전갈을 부탁해 놓고 행여나 소식이 오기를 기다리는 무리였다. 장백 친척들은 처음에는 안타까운 마음에 음식이라도 싸서 인편에 부쳤지만 그런 부탁이 하도 많이 오게 되자 도와주지 못하고 있었다. 그 바람에 혜산 주민들은 강둑에 나앉아 친척으로부터 소식을 기다리는 것이 일상생활의 일과가 되다시피 했다. 주민들은 늘 입고 다니는 흰 옷을 입고 나와 앉아 있었기 때문에 장백 쪽에서 보면 마치 왜가리가 강둑에 앉아 있는 것처럼 보였다. 선군정치에서 비롯된 고난의 행군이 낳은 슬픈 한민족의 모습이었다.

남녀 셋이 장백해관 입구에서 북한으로 가기 위해 통관 절차를 밟고 있었다. 맨 앞에 선 여성이 여권과 공민증을 제시했다. 해관 직원이 그것들을 거저 힐끔 쳐다본 후 군말 없이 돌려주었다. 여성은 '세세' 하며 뒤의 두 남성이 일행이라고 알려주었다. 여성보다 나이가 좀 들어 보이는 두 남성은 차례로 여권과 공민증을 내보인 후 여성의 뒤를 따라 갔다. 그들은 슬며시 미소를 띠며 다리를 건너 혜산 해관으로 향했다. 다리라고 해야 불과 1백 미터 안쪽이라서 건너는데 시간이 오래 걸리지 않았다. 그러나 아직 긴장감이 가시지 않은 채 혜산 해관에 닿았다. 해관 복무원 무리 속에 보위원으로 보이는 사나 둘이 서서 그들에게 날카로운 눈동자를 굴리고 있었다. 앞에 선 여성이 날카로운 눈동자들에게 가볍게 목례를 하며 다가가서 복무원에게 통관 서류를 제시했다. 흑룡강성청 사회복지국 노년과 주임 후미링이 평양 양노원 시설 지원협의차 방문하는 것으로 되어 있었다. 서류를 검토하던 복무원은 갑자기 서류를 손에 든 채 '니하오마!' 하고 인사를 했다. 그러자 옆에서 지켜보던 날카로운 눈동자 둘이 덩달아 헤헤 거리며 허리를 굽혔다. 일이 이렇게 되자 후미링이라고 이름이 적힌 여성은 자동발생적인 것처럼 고개가 올라가고 어깨가 뻣뻣해졌다. 동시에 뒤에 선 두 사람이 일행이라고 일러주었다. 복무원은 그들의 서류를 본 둥 만 둥 하며 되돌려주었다. 여성은 '세세' 하며 북한 땅에 발을 들여 놓았다. 그녀는 난생 처음 북한에 오게 된 것이 감격스럽기도 했지만 그보다 사랑하는 사람의 뜻 깊은 일에 동참하게 된 것이 가슴을 울렁이게 했다.

일행은 혜산해관을 나온 뒤 강변 마을 쪽으로 다가갔다. 감개무량한 듯 오른쪽과 왼 쪽을 번갈아 보면서 강변도로의 행인들을 물끄러미 바라보았다. 자전거를 타고 가는 사나이가 있는가 하면 국경초소에서 나온 경비병이 어디론가 탈래탈래 걸어가고 있었다. 길가에 띄엄띄엄 늘어선 기와집들은 지붕에 잡초를 이고 있는 낡은 모습에 걸맞게 벽이 알록달록 변색된 채 허물어지기 직전의 허울을 드러냈다. 조금 지나자 아이들 몇 명이 기와집에서 뛰쳐나와 종종걸음으로 장난치듯 걸어갔다. 그러는 사이 바구니를 옆구리에 낀 아낙네들이 강변으로 내려와서 압록강 물에 빨래를 하고 있었다. 그 광경을 본 장서쾌는 코끝이 시큰둥함을 느꼈다. 인민이 그렇게 죽어가도 선군정치만을 외치며 핵무장화에 눈먼 지도자가 팽개친 무고한 백성은 저렇게 생존을 이어가고 있었던 것이다. 얼마 지나지 않으면 그들도 저들 북한 인민 속에 스며들어 제 갈 길을 가리라 기대했다.

일행은 혜산 역으로 가는 도중 한적한 곳에서 잠시 쉬며 앞으로의 장정에 대해 의견을 교환했다. 먼저 장서쾌가 장정을 위한 위장팀 구성에 대해 설명했다. 처음 구상은 가족으로 위장하기로 했으나 그럴 경우 중국말밖에 모르는 후미링의 역할 수행에 어려움이 있고, 그 결과 실질적인 역할을 할 수 없다는 본인의 의견에 따라 변경했다. 후미링의 역할을 보다 실질적으로 하기 위해 그녀가 속한 흑룡강성청 사회복지국을 내세우기로 했던 것이다. 그래서 평양 측과 양노원 시설지원을 협의하기 위해 출장 오는 것으로 위장했다. 그런 구상이 잘 먹혀 의도한 바대로 장백–혜산 해관 통과를 무사히 끝낼 수 있었다. 후미링은 앞으로도 계속 위장팀 대표로서 행세를 한다면 북한 내 활동을 원만하게 할 수 있을 것이라고 확신하게 되었다. 그러니까 장서쾌와 강명호는 그녀의 수행원으로서 행세하면 별 문제가 없을 것이다. 그녀가 중국 기관의 간부로서 북한을 지원하기 위해 방문하는 만큼 보위원이 함부로 손댈 일이 없기 때문이었다. 다만 북한 실정을 모르기 때문에 그때그때마다 강명호가 도와주기로 했다.

일행이 평양으로 가기 위해 혜산 역에 도착하여 기차표를 사려다가 짐 보따리를 든 인민들 등쌀에 밀려 애를 먹었다. 할 수 없이 후미링이 역 사무실로 들어가서 역장에게 출장 목적을 말하고 세 사람의 표를 구했다. 대합실에 모인 사람들 틈에 젊은 아가씨들이 눈에 띄었다. 후미링이 보기에 남루한 옷차림에 걸맞지 않게 유난히 눈길을 끄는 것이 있었다. 그녀들의 입술이 발갛게 윤이 났다. 같은 여자로서 이물질을 보는 듯 해 기분이 언짢았다. 자기도 모르게 눈살을 찌푸리자 강명호가 슬그머니 다가와서 일러주었다.

"저 에미나이들 보지 맙소. 돈벌이 나왔시오."

후미링은 영양실조가 된 어린 처녀들이 생존을 위해 몸을 팔지 않으면 안 되는 실정에 몸서리를 쳤다. 일행은 그들을 피해 광장으로 나왔다. 기차 시간이 될 때까지 간단한 요기를 하며 시간을 보낼 작정이었다. 노파들과 4, 50대 아주머니들이 좌판을 늘어놓고 앉아 있었다. 헌데 그 주위로 남루한 옷차림의 아이들이 기웃거리고 있었다. 후미링이 유심히 아이들을 보고 있자 강명호가 북한 실정을 알려주듯 설명했다.

"저 아이들을 꽃제비라고 합네다. 어딜 가나 장마당마다 우글거리는 것을 볼 수 있시오."

"꽃제비라고요? 꽃제비라고……."

후미링이 언뜻 납득이 가지 않는 표정을 짓자 강명호가 낱말 풀이를 해주었다.

"저 떠돌이 애들을 두고 제비처럼 떠돌아다닌다고 꽃제비라고 해요."

둘이서 이러고 있는 사이 장서쾌가 나서 음식 좌판에 앉으며 술 한 병을 주문하고 앉기를 권했다.

"동무들 이리 앉으시라요. 출출한데 막걸리나 한잔씩 하고 갑세다."

그는 좌판 노파에게 술이랑 돼지고기, 수수떡, 나물전 등을 시켜놓고 주변을 둘러보았다. 어느새 꽤 재재한 몰골의 어린이들이 그들을 빙 둘러싸고 있는 모습이 눈에 들어왔다. 행색이 너무나 남루하여 바로 쳐다보기가 민망했다. 일반적으로 알았던 거지와는 완전히 달랐다. 얼굴은 세수를 하지 않아 때 얼룩이 낀 정도가 아니라 아예 거무스레한 피부 한 꺼풀이 덮여 있었다. 머리는 봉두난발이라는 말이 무색할 정도로 뭉텅 뭉텅 무더기가 져 마치 머리 위에 매듭 가발을 씌워 놓은 것 같았다. 온몸을 긁적거리고 있는 손등은 거북이등 마냥 두꺼운 껍질이 둘러싸고 있었다. 아래로 내려다보니 신발이라고는 보이지 않고 옛날 빨치산들처럼 낡아빠진 옷 조각으로 발을 감싸고 기다란 천으로 묶어 놓았다. 체구는 쪼그라들어 어린 아이에게 누더기를 들씌운, 무슨 쓰레기 더미 같았다.

장서쾌는 이들을 보고 있다가 비감어린 기분이 전신에 퍼져나가는 것을 느꼈다. '어쩌면 어른들이 이럴 수 있을까? 어쩌면 통치자가 보살펴 줘야 할 자기 백성을 비정하게 팽개칠 수 있을까?' '아하 이 애들이 바로 꽃제비들이었구나!' 이곳 실정이 이토록 저주스러운 것인 줄 미처 몰랐던 자신이 원망스러웠다. 북받쳐 오르는 슬픔과 분노를 삭이며 그는 노파가 구워주는 나물전과 수수떡을 있는 대로 그 애들에게 주었다. 그리고 막걸리를 한 사발 벌컥 벌컥 들이켰다. 술기운이 오르자 누군가에게 하소연을 하고 싶은 감정에 휘말려 소리쳤다.

"할머니, 이 애들이 왜 이래요?"

그러자 노파는 무슨 말인지 모른다는 표정으로 그를 물끄러미 쳐다봤다. 답답한 장서쾌는 다그치듯 물었다.

"애들이 꽃제비지요? 어떻게 이럴 수 있어요? 너무 불쌍하잖아요."

노파는 그제야 알겠다는 표정을 지으며 한마디 했다.

"오마니 아바지가 양식을 구하러 간 후 소식이 없어 굶주리는 아아들 앵이오."

"그럼 인민반이나 배급소에서 구호양식을 주지 않아요?"

"기런 거이 없시오. 아아들이 장마당에서 얻어먹다가 배가 고파 죽지오."

장서쾌는 이래가지고 어떻게 나라가 지탱되는지, 고개를 갸우뚱거렸다. 옆에 있던 후미링은 안쓰러운 마음에서 돼지고기를 집어 어려 보이는 소년에게 주고는 물었다.

"오마니, 아바지가 안 계시나?"

소년은 말하기가 쑥스러워 머뭇거렸다. 그때 어디선가 호각 소리가 삐익! 하고 들리는 것과 동시에 꽃제비들이 달아나기 시작했다. 안전원이 단속하려 나선 것이었다. 이 광경을 본 노파가 혼자 중얼거리는 소리가 들렸다.

"간나들 또 지랄하네. 아아들 굶어 죽는 걸 모르고서리……."

장서쾌 일행은 차 시간이 되어 무거운 발걸음을 떼어놓았다. 그들은 혜산

역을 출발하여 평양으로 가는 동안 꽃제비들의 얼굴이 떠올라 침울한 기분을 떨쳐 버리지 못했다. 직지를 찾으러 가는 마음이 납덩이에 눌린 것처럼 무거웠다.

4

2019년 5월 15일 노동신문은 전과 달리 남조선 간첩단사건을 대서특필 보도했다.

―국가안전보위부는 지난 10일 남조선 간첩단을 체포, 공화국 내부에 침투하여 민심교란 공작을 펼치려던 음모를 밝혀냈다. 중국 여성 한 명이 끼인 3인조 간첩단은 평양 양노시설 지원 협의단이라는 위장 명칭을 내걸고 혜산해관을 통해 은밀히 침투하여 평양으로 잠입하던 중 보위부 해외정탐반에 의해 불시 검문을 받고 체포되기에 이르렀다.

평양중앙방송을 통해서도 보도된 이 남조선 간첩단 사건은 미북관계가 급냉한 미묘한 시기에 발생하여 한국 정부는 앞으로 귀추를 예의 주시하게 되었다. 지난 2월 28일 하노이에서 열린 미북 정상회담장에서 트럼프 미국 대통령이 북한 측의 상응한 조치가 없는 것에 반발, 회담을 중지하여 사실상 정상회담이 결렬되는 결과를 낳았다. 이 때문에 한반도에 막 긴장상태가 조성되고 있던 시기에 이러한 간첩단 사건이 불거진 것은 최근 정세와 관련이 있는 것이 아닌가, 하는 전문가의 분석이 나오고 있었다. 말하자면 정상회담장에서 퇴짜를 맞은 것에 대한 반작용이라고 할까, 심기가 불편한

판에 꼬투리를 잡고서 엉뚱한 방향으로 궁지를 모면해 보려는 수작일지도 몰랐다. 앞으로 사건 처리의 방향을 예의 주시해야겠지만 정말 간첩사건인 지조차 확인이 안 된 것이었다. 거기다가 중국 여성이 끼어 있다는 사실 또한 아리송한 여운을 남겼다. 아직 신원이 밝혀지지 않은 이상 그 여인이 무엇 때문에 남조선 간첩들의 침투공작에 동참했는지 모를 일이었다.

며칠 후 간첩단의 신원이 밝혀졌다. 주모자는 장서쾌였고, 공모자는 강명호였으며, 방조자인 중국 여성은 후미링이라고 했다. 그러나 이들이 구체적으로 어떻게 민심을 교란시키려 했는지, 이에 대한 보도는 나오지 않고 있었다. 그런데도 북한 측은 남조선의 반평화적 만행이라며 한국에 대해 화살을 날렸다.

장서쾌 일행은 평양을 거쳐 해주로 잠입할 예정이었는데 평양역에서 불심 검문에 걸려 체포되었다. 후미링이 잠시 화장실에 간 사이 열차 안전원이 장서쾌와 강명호에게 여행증을 제시하라고 요구했다. 평양 양노원 지원 협의차 오는 중국 지원조라고 말하고 조장이 화장실에 갔으니 기다려 달라고 했다. 해서 안전원은 별 의심 없이 기다리고 있었다. 이때 그들 쪽으로 유심히 시선을 던지고 있는 사나이가 있었다. 그의 시선은 특히 강명호 쪽으로 향하고 있었다. 유별나게 시선이 자기 쪽으로 꽂히고 있는 것을 느낀 강명호가 슬쩍 시선 방향으로 눈길을 돌렸다. 바로 그때 무엇인가가 경계심을 일깨우는 경종이 온몸을 짜릿하게 했다. 얼른 시선을 거둔 강명호는 모른 체 하며 딴짓을 했다. 챙을 잡아 당겨 모자를 더욱 깊숙이 쓰고 손에 든 가방 속을 뒤적거리다가, 얼굴을 쓰다듬기도 하는 등 짐짓 태연한 모습을 보이려고 했다. 그런데 그런 행동이 오히려 의도적인 회피심리를 드러낸 결과가 되고 말았다. 그에게 시선을 던지고 있던 정체불명의 사나이가 다가왔다. 강명호는 불안감을 느끼며 고개를 숙였다. 사나이는 그런 그에게 알은체를 했다.

"이기 뉘기오? 강명호 동무 아니오?"

자신의 이름을 듣고 움찔한 강명호는 무의식중에 그를 쳐다봤다.

"아 맞잖고. 강 동무 탈북하고는 웬일이네."

사나이는 보위부 해외정탐 반 성원이었다. 마침 그때 후미링이 화장실에서 돌아왔다. 안전원으로부터 탈북자가 끼인 일행의 평양 방문 목적을 들은 사나이는 무엇인가 석연치 않은 점을 발견하고 모두 해외정탐 반으로 연행했다. 사흘 동안 심문 끝에 강명호의 탈북 사실 때문에 양노원 시설 지원조가 위장이라는 사실이 탄로되는 바람에 평양 잠입 목적에 대해 집중 추궁을 당했다. 그들이 값나가는 고서화를 밀반출하기 위해 들어왔다고 실토했지만 보위부에서는 간첩단 사건으로 몰고 갔다. 다만 후미링만은 삼촌에게 연락되어 상당한 벌금을 물고 강제 추방되었다. 위험한 고비를 넘기고 귀국한 후미링은 삼촌 밑의 간부를 움직여 장서쾌와 강명호를 고서화 밀반출 미수죄로 처벌하도록 힘썼다. 하지만 미북관계에서 고배를 마신 당국은 애먼 남조선에 대한 분풀이로 그들의 간첩 혐의를 풀지 않았다.

사태가 여의치 않게 돌아가자 후미링은 한 가지 결정적인 대책을 구상했다. 전에 직지를 탈취했던 흑사회 조직을 기억해 내고 또 다른 흑사회 조직을 이용하기로 했다. 삼촌이 모르게 중앙통일전선공작부 길림지부 간부를 통해 선이 닿는 흑사회 조직의 간부를 소개 받았다. 상당한 공작금을 주기로 하고 특공 요원을 북한에 침투시켜 밀수꾼 두 명의 구출작전을 감행하도록 요청했다.

그로부터 닷새 후 트럭 한 대가 북한 국경마을 원정에서 다리를 통해 두만강을 건너 훈춘 쪽으로 건너오려고 했다. 건너편 권하해관에만 가면 중국차이기 때문이기도 하지만 흑사회 측에서 미리 손을 써놓았기 때문에 무사히 목적지로 갈 수 있었다. 헌데 이쪽 원정해관에서 까다롭게 굴었다. 평양에서 탈출한 남조선 간첩 두 명이 도강할 것에 대비하여 국경연선에 철통같은 비상경계령을 내렸기 때문이었다. 국경경비대 병사와 안전원을 제치고 보위원이 직접 나서 트럭을 검색했다. 트럭은 나선 지역에서 수산물을 싣고 오던 차였다. 짐칸에는 수산물 상자가 가득 실려 있었다. 이 상자 속에 장서쾌와 강명호가 숨어 있었다. 상자들 중간에 공간을 만들어 둘이 드러눕고 위에 각목을 가로 지른 후 천막을 덮고 상자들을 쌓아올렸다. 육안으로는 도저히 발견되지 않을 은폐였다. 보위원은 트럭 뒤로 돌아와서 건성으로 짐칸을 훑어보고 가려고 했다. 그가 막 돌아서는 순간 코끝에 오는 이상한 냄새를 느꼈다. 바로 그의 발걸음을 세운 그 냄새는 사람의 배설물 냄새였다.

'아! 니거이 오줌 냄새 아님둥?'

보위원은 운전사에게 상자들을 하나 둘 들어내도록 지시했다. 그러나 운전사는 주춤주춤 하고 있었다.

"야 쌍 간나새끼, 빨리 들어내라우!"

화들짝 놀란 듯 하던 운전사는 재빨리 운전석으로 뛰어올라 엑셀레이터를 힘껏 밟아 제쳤다. 트럭은 붕 부응— 하며 속력을 내고 달리기 시작했다.

그 순간 보위원은 "도망자다!" 고함을 지르며 권총을 난사했다. 난데없는 총 소리를 들은 권하해관 쪽 중국 공안이 긴급사항이 벌어졌음을 직감하고 남쪽으로 향해 응사했다. 이미 흑사회 측의 협조 요청을 받은 해관 측은 트럭을 통과시켰다. 기다리고 있던 후미링이 급히 소리쳤다.

"뒤에 타고 있는 사람들 무사한지 빨리 상자를 들어내 봐요!"

운전사가 급히 짐칸으로 올라 그들이 숨어 있는 상자들을 들어냈다. 가운데 부분에 피가 흐르고 있는 것이 후미링의 눈에 띄었다.

"아! 저 피! 어쩐담…… 장 선생님 괜찮아요?"

상자가 위로 솟구치더니 장서쾌의 얼굴이 나타났다.

"후미링 난 괜찮아요. 근데 왜?"

그는 의아해 하며 주변을 둘러보았다. 옆에 있는 상자가 부서지고 그 밑에서 흐르는 피를 보았다. 얼른 상자를 치웠다. 강명호가 꼼짝 하지 않은 채 누워 있었다. 총알이 심장을 관통한 흔적이 보였다. 망연자실했다. 후미링이 때맞춰 비명을 질렀다.

"어머 어떻게 해!"

두 사람은 강명호의 죽음을 두고 깊은 나락으로 빠져드는 느낌이었다. 평양에서 죽을 고비를 넘기고 간신히 국경까지 왔는데 이렇게 당하다니……. 장서쾌는 차라리 자신이 당했어야 했다고 탄식했다. 강명호의 시신을 화장한 후 멀리 남쪽에 있을 그의 가족을 머리에 떠올렸다. 자유를 찾아 탈북한 그들에게 무엇이라고 말해야 할지 가슴이 답답했다. 한사코 직지를 찾으려던 자신의 집념 때문에 그들의 가장을 잃게 되었으니 무슨 말로도 사죄하기 어려웠다. 아내를 살리려고 그렇게도 애쓰던 한 사나이의 죽음 앞에서 민족자긍심이란 말을 떠올릴 수 없었다.

　이제 고서 사냥꾼 장서쾌가 갈 길은 어디인가? 아니 가야 할 길은 어디서 찾을 것인가? 후미링과 함께 고향 부산에서 행복의 보금자리를 꾸려야 할 것인가? 막막해진 그는 총소리가 가신 두만강을 바라보았다. 고요한 강 위에 풀어 놓은 테이프처럼 푸른 물이 펼쳐져 흐르고 있었다. 하지만 그의 눈에는 테이프가 돌아가지 않고 멈춘 듯 강물이 얼어붙은 것처럼 보였다. 장서쾌는 정지된 강물에서 존재감을 잃고 있었다.

에필로그

훈춘 가도로 오는 도중 장서쾌는 하염없는 상념에 사로잡혀 있었다. 남북 당국자들도 외면하고 있는 일을 개인인 자신이 나서서 두 번이나 노력해 봤지만 성과를 거두지 못하고 말았다. 외국인인 후미링마저 공감하여 시도했다. 뜻이 있으면 길이 있었다. 그래서 그 길을 즐거이 갔다. 온갖 방해와 어려움을 물리치고 말이다. 심지어 목숨까지도 위태로웠던 상황을 헤쳐 나왔다. 그런데 결과는 빈손이었다. 참담하기 짝이 없었다.

'이 일을 어찌 해야 하나?'

심란한 마음에 창밖을 내다 봤다. 만주 벌판에는 각종 농작물들이 푸른 잎을 펄럭이며 생명의 활기를 뽐내고 있었다. 하늘도 푸르고 들판도 푸른 세상에 겉보기에는 활력을 느낄 수 있는 순간이었다. 저곳에는 우리의 동포인 조선족의 손길이 간 곳이 적지 않을 것이다. 그리고 그들의 조상을 찾아 윗대로 가노라면 일제시대, 더 멀리는 한말에 남부여대하여 살길을 찾아 온 한민족의 이주민이 자리를 잡은 곳이었다. 그때는 유랑하던 조선인들이 이제는 나름대로 터를 잡아 살고 있는 곳인데도 외국이라는 것 때문에 낯선 고장이었다. 이들을 생각하노라니 한민족의 통일이 시급한 일임을 개달았다. 더욱이 북한 인민의 실정을 볼 때 그냥 세월만 보내서는 안 될 일이었다. 점점 눈앞에 어른거리는 혜산 역전의 모습에 마음이 기울어져 갔다. 직지 찾기도 중요하지만 이번 북한 밀입국을 통해서 또 하나의 과제가 자기 앞에 다가온 것 같았다. '직지만 가지고 매달릴 게 아니라 저 불쌍한 인민을 위해 무엇인가 해야 할 것이 아닌가.' 새삼스레 그때 역에서 보았던 을씨년스런 광경이 심기를 어지럽혔다. 남루한 차림에 입술연지만 빨갛게 칠한 아가씨들, 역전 좌판 주위를 맴돌던 꽃제비들, 목이 휘어라 무거운 짐을 이고 기차를 타려 안간 힘을 쓰던 아주머니들……. 그들을 위해서 할 일이 무엇인지 찾아봐야지, 하고 새로운 일거리에 관심을 가질 때였다. 옆에서 팔을 잡고 흔들었다. 돌아보니 후미링이었다.

"장 선생님, 무슨 생각을 그렇게 골똘히 해요?"

그제야 그녀의 존재를 깨달았다.

"아! 내가…… 후미링 씨를 깜박 잊었었나?"

"네 아까부터 중요한 얘기를 하려고 했는데 창밖으로 시선을 보낸 채 생각에 잠겨 있어서 말을 걸지 못했어요."

장서쾌는 옆에 사람이 있는데도 혼자 생각에 빠져 있는 것을 보고 후미링이 토라진 것이 아닌가 싶었다. 여성 특유의 자부심 때문에 그러는 줄 알고 사과부터 했다.

"그랬었구나. 미안해요."

"그래, 무슨 생각을 그렇게 했어요?"

"뭐 심드렁한 생각 같은 거요."

그는 북한에 사는 동포의 안타까운 실정을 외국인인 그녀에게 말하기가 꺼림칙해 얼버무렸다. 후미링은 혹시 자신에게 못마땅한 점이 있어서 그런가 싶어 되물었다.

"장 선생님, 제가 잘못 빠트린 점이 있나요?"

"아니…… 그게 아니라……."

"그럼 뭐 문제가……?"

장서쾌는 점점 이야기가 엉뚱한 방향으로 흐르는 것 같은 느낌이 왔다. 할 수 없이 혜산 역에서 못 볼 것을 본 것 같아서 착잡했던 기분에 빠져 있었다고 알려주었다.

"그랬었군요. 저는 또 제가 잘못한 일이 있었나 하고 움찔했잖아요."

"허허 잘못 했으면 우리 그대를 두고 서로 오해할 뿐 했네."

그러면서 그녀의 손을 가볍게 잡아주었다. 그러자 후미링은 미소를 띠우며 그의 손을 맞잡고 다정하게 말했다.

"그 문제는 하루 이틀에 해결될 일이 아닌 것 같아요. 시간을 두고 저와 함께 고민해 봐요."

그는 그녀의 살가운 반응에 고마움을 느껴 오른 팔로 그녀의 어깨를 감싸 안았다. 그녀는 그를 빤히 쳐다보더니 짐짓 엄중한 자세로 중요한 얘기를 했다.

"아까 중요한 얘기를 하려던 게 직지 찾기 관계였어요. 우선 급한 게 우리가 찾아 나섰던 직지 상하권을 포기하지 말아야 하는 거예요."

"그게 그렇게 잘 될까, 문제지요."

그 말에 후미링은 잠시 눈을 흘기는 듯 하더니 다그쳐 물었다.

"그럼 직지를 포기하겠다는 거예요 뭐예요?"

"직지를 포기하겠다는 것이 아니고…… 일이 틀어진 이상 일단 물러나서 생각해 보자, 이런 얘기지."

"안 돼요. 물러나지 말아야 해요. 우리가 평양에서 뜻밖에 저지를 당했다 뿐이지 직지는 성불사에 그대로 엄존하고 있어요."

장서쾌는 후미링의 선언 같은 주장에 옷깃을 여미었다. '외국인인 그녀도 이렇게 나오는데 난 지금 무슨 생각을 하고 있는 건가?' 다시 한 번 자신을 다잡을 필요가 있었다. 그동안 산전수전 다 겪고도 남은 것은 손에 잡히지 않고 아무 것도 없지만 자신의 목표였던 직지는 성불사에 그대로 있을 것이었다. 그렇다면 그것은 자신이 찾아와야 하는 것이다.

"알았어요. 헌데 성불사에 직지가 있을 확률이 높지만 강명호 선생이 사망한 마당에 현지 사정을 알 수가 있어야지. 다시 한 번 원점으로 돌아가서 계획을 짜봐야 될 것 같은데……."

"그러니까 제가 도와 드릴게요."

"아, 그래요. 어떻게……?"

"조선족을 통해 성불사 주변 지리에 밝은 사람을 구해보겠어요. 그런 다음에 장 선생이 구체적인 계획을 짜보도록 하세요."

"그게 좋겠군."

"그럼 훈춘에 도착하는 대로 해주 출신이나 해주 주변 지리에 밝은 조선족을 알아볼게요."

장서쾌는 그녀의 적극성에 감복하여 다시 힘을 얻었다. 어쩌면 그녀의 동지적 협력에 잠시 소극적이었던 자신이 부끄럽기도 했다. 직지를 찾는 대신 북한 동포 돕기 운동에 관심을 가졌던 것이 성급해 보였다. 이쯤에서 일의 우선순위를 정하는 것이 필요했다. 먼저 민족자긍심을 세우기 위한 일부터 하고 난 다음에 북한 인권운동을 전개하는 것이 자신이 감당해야 할 순서였다. 북한인권운동은 그만큼 시간이 오래 걸릴 뿐만 아니라 북한 세습체제의 존망과도 관련이 있는 일이었다.

마음을 정하고 나니 한결 희망이 솟아오르는 것을 느꼈다. 옆에 앉은 후미링의 존재 의미가 새삼 뿌듯하게 다가왔다. 훈춘이 가까워질수록 석양에 옅은 구름이 흘러 푸른 하늘을 붉으스레 수놓고 있었다. 저 구름이 흘러 북한 하늘로 가면 북한 구름이 되고 휴전선을 넘어가면 한국 구름이 되거늘 어찌하여 땅에는 남북 분계선이 있어 땅 주인인 우리가 오도 가도 못하는 것인지. 그 바람에 멀리 이국땅을 돌아 도둑놈처럼 내 땅에 몰래 침투하여 민족 문화유산을 찾아 와야 한다니, 참 어처구니없기도 하고 기가 막히기도 하는 현실이다. 어떻게 하든지 이 현실을 뚫어내야 한다. 그것도 한국의 사나이와 중국 여인, 둘이 힘을 합쳐서 말이다.

장서쾌는 이국땅 석양에 젖어드는 남다른 상념에 머리를 굴린 끝에 각오를 다졌다. 훈춘에 도착하는 즉시 직지 발굴 작전 D-15일에 돌입하기로 했다. (끝)

참고문헌

국내 문헌

〈신문보도〉
꼭 북경에 가고 싶습니다! ①, 엽기인물 한국사 22, 스포츠경향, 2007년 12월 20일

보수동 책방골목 한국전쟁 이전에 이미 형성됐다, 부산일보, 2017년 9월 7일, 29면

문화의 단절 없는 공간 고서점, 탁석산, 나의 독서일기, 신동아, 2002년 9월호

베이징의 인사동, 유리창 옛이야기, 유홍준 칼럼, 한겨레, 2017

'직지의 대모' 고 박병선 박사의 일생, 2011 올해의 인물, 여성신문, 2011년 12월 23일

직지를 찾아라, 25년만에 다시 등장한 은익설, 이영빈, 조선일보, 2020년 1월 16일

'프랑스 직지 원본' 고향 나들이 성사 관심, 중부매일, 2015년 11월 29일

한국 고서점의 산증인… '통문관 70년 지기' 이겸노 씨 타계, 매경, 2006년 10월 16일

〈관련 도서〉
고서 이야기, 박대헌, 열화당, 2008

오래 된 새 책, 박균호, 바이북스, 2011

유럽의 책 마을을 가다, 정진국, 생각의 나무, 2008

조선인민군 우편함 4640호, 이홍환 편, 2012

조선후기 문화의 창, 북경 유리창-새로운 세계가 황홀경처럼 펼쳐지는 곳, 직지심체요절, 장콩(장용준) 선생님과 함께 묻고 답하는 세계문화유산 이야기(한국 편) 2011년 3월 15일, 네이버 카페 북 멘토

직지탐험대, 정덕형, 우리출판사, 2007

책만 보는 바보, 안소영, 보림 출판사, 2005

책 사냥꾼을 위한 아내서, 오수완, 뿔, 2010

탐서주의자의 책, 표정훈, 마음산책, 2008

탐서의 즐거움, 윤성근, 모요사, 2016

통문관 책방비화, 산기 이겸노, 민학회 편, 민우당, 1987

한국학, 그림을 그리다, 고연희, 김동준, 정민 외, 태학사, 2013

〈동북공정과 만주 관계〉

동북공정, 학문적 토대 없어… 중국 正史도 '삼국'이라 칭해, 조선일보, 2018년 3월 26일

3년 전 중국 동북공정의 실체 최초 폭로한 '신동아'의 현장 취재, '딥 인사이드', 신동아, 2006년 9월호

역사전쟁, 윤명철, 안그라픽스, 2004

신간도 견문록, 박진관, 예문서원, 2007

신흥무관학교, 안천, 교육과학사, 2005

아직도 내 귀엔 서간도 바람 소리가, 허은, 정우사, 1995

중국 속에 일떠서는 한민족, 차한필, 예문서원, 2006

험난한 팔십 인생 죽음만은 비켜갔다, 김중생, 명지출판사, 2013

중국 흑사회 성질범죄조직 연구, 사례목차, 신상철, 부산대학교, 2011

외국 문헌

꿈꾸는 책들의 도시, 발터 뫼르스, 들녘, 2010

뒤마클럽, 아르투로 레베르테, 정창 역, 시공사, 2002

살인자의 책, 기예르모 마르티네스, 웅진지식하우스, 2008

시간이 멈춰선 파리의 고서점, 세익스피어&컴퍼니, 제레미 머서, 조동섭 역, 시공, 2008

위험한 책, 카를로스 마리아 도밍게스, 들녘, 2006

이 책이 세상에 존재하는 이유, 가쿠타 미쓰요, media 2.0, 2007

책벌레, 클라스 후이징, 문학동네, 2002

책 사냥꾼의 흔적, 존 더닝, 웅진문학 임프린트 곰, 2013

책 사냥꾼, 존 백스터, 동녘, 2006

책의 자서전, 어느 베스트셀러의 기이한 운명, 안드레이 케르베이커, 열대림, 2004

피플 오브 더 북, 제럴딘 브룩스, 이나경 역, 문학동네, 2009

영화 파일

직지코드, Dancing with Jikji, 2017

(감독: 우광훈, 데이빗 레드먼)

고서 사냥꾼, 광야를 달리다

정다운 지음

발행처·도서출판 **청어**
발행인·이영철
영   업·이동호
홍   보·천성래
기   획·남기환
편   집·방세화
디자인·이수빈 | 김영은
제작이사·공병한
인   쇄·두리터

등   록·1999년 5월 3일
(제1999-000063호)

1판 1쇄 발행·2020년 2월 20일

주소·서울특별시 서초구 남부순환로364길 8-15 동일빌딩 2층
대표전화·02-586-0477
팩시밀리·0303-0942-0478
홈페이지·www.chungeobook.com
E-mail·ppi20@hanmail.net
ISBN·979-11-5860-738-8(03810)

이 도서의 국립중앙도서관 출판시도서목록(CIP)은 서지정보유통지원시스템 홈페이지
(http://seoji.nl.go.kr)와 국가자료공동목록시스템(http://www.nl.go.kr/kolisnet)에서 이용
하실 수 있습니다.(CIP제어번호: CIP2020003547)